FICHA CATALOGRÁFICA
(Preparada na Editora)

C31s   Caruso, Léa Berenice, 1939-
       *Simão Pedro e os primeiros cristãos* / Léa Berenice Caruso.
       Araras, SP, IDE, 1ª edição, 2015.
       416 p.
       ISBN 978-85-7341-677-0
       1. Romance 2. Espiritismo I. Título.

                                                    CDD -869.935
                                                        -133.9

Índices para catálogo sistemático

1. Romance: Século 21: Literatura brasileira 869.935
2. Espiritismo 133.9

ISBN 978-85-7341-677-0
1ª edição - outubro/2015
2ª reimpressão - novembro/2016

Copyright © 2015,
Instituto de Difusão Espírita - IDE

Conselho Editorial:
*Hércio Marcos Cintra Arantes*
*Doralice Scanavini Volk*
*Wilson Frungilo Júnior*

Projeto Editorial:
*Jairo Lorenzetti*

Revisão de texto:
*Mariana Frungilo*

Capa:
*César França de Oliveira*

Diagramação:
*Maria Isabel Estéfano Rissi*

INSTITUTO DE DIFUSÃO ESPÍRITA - IDE
Av. Otto Barreto, 1067 - Cx. Postal 110
CEP 13600-970 - Araras/SP - Brasil
Fone (19) 3543-2400
CNPJ 44.220.101/0001-43
Inscrição Estadual 182.010.405.118
www.ideeditora.com.br
editorial@ideeditora.com.br

Todos os direitos reservados. Nenhuma parte desta publicação pode ser reproduzida, armazenada ou transmitida, total ou parcialmente, por quaisquer métodos ou processos, sem autorização do detentor do copyright.

# Simão Pedro
## E OS PRIMEIROS CRISTÃOS
## LÉA CARUSO

*pelo Espírito* JOSÉ

# Sumário

Nota da médium, 9

Prefácio, *Alfredo*, 13

*Capítulo* 1
Nosso Consolador, 17

*Capítulo* 2
O incêndio de Roma - ano 64, 19

*Capítulo* 3
Depois do incêndio, o sacrifício de Paulo, 23

*Capítulo* 4
Dias antes, próximo a Roma, 32

*Capítulo* 5
A procura do remédio, 48

*Capítulo* 6
Tendes fé, eu venci o mundo, 67

*Capítulo* 7
Próximo ao Velabro, 78

*Capítulo* 8
A melhora de Petrullio, 87

*Capítulo* 9
Mãos à obra no amor cristão, 107

*Capítulo* 10
SALÚCIO E O ACERTO DE CONTAS, *121*

*Capítulo* 11
A CURA DE PETRULLIO, 127

*Capítulo* 12
NA REUNIÃO CRISTÃ, 160

*Capítulo* 13
SIMÃO PEDRO, 174

*Capítulo* 14
A PAIXÃO DE ROMÉRIO, 184

*Capítulo* 15
DIAS DE TEMOR, 200

*Capítulo* 16
A HORA DO TESTEMUNHO, 219

*Capítulo* 17
DEMÉTRIUS E TÍLIA, 262

*Capítulo* 18
O CAMINHO SEGURO DE JESUS, 271

*Capítulo* 19
AS LIÇÕES RECEBIDAS, 278

*Capítulo* 20
UMA NOVA FAMÍLIA, 317

*Capítulo* 21
NOVOS ACONTECIMENTOS, 329

*Capítulo* 22
NO EGITO, 367

*Capítulo* 23
ALEXUS CHEGA COM ROMÉRIO, 387

FINAL, 409

## NOTA DA MÉDIUM

CERTA NOITE, ENQUANTO MEU CORPO DESCANSAVA, fui conduzida por meu guia a uma reunião que se realizava nas catacumbas de Roma. Sentavam-se à volta de uma estreita mesa doze Espíritos que vestiam túnicas e mantos, sendo que o senhor que a presidia, usando óculos com armação pesada, sentava-se no centro e encontrava-se vestido com traje deste século, com casaco xadrez e gravata. Ali presenciei aquela conversa, com meu guia ao lado.

Acordei impressionada. Nas Catacumbas de Roma? Por que razão? Foi-me, então, pedido que escrevesse sobre os cristãos depois da desencarnação criminosa de Paulo de Tarso e que fosse incluído o testemunho de Simão Pedro, em Roma, já que essa seria a parte importante da narrativa.

Fiquei preocupada, pois não sou médium escrevente mecânico e a responsabilidade era grande demais. Pedi desculpas a meu guia, dizendo-lhe que eu, em minha pequenez, talvez não fosse capaz de atender àquela solicitação. Dois ou três dias depois, nos minutos de meu descanso, depois do almoço, meu guia se apresentou a mim, e junto dele estava um senhor magro que usava uma túnica branca, barba branca muito longa, rosto retangular e pele bronzeada pelo sol. A cabeça destituída de cabelos na frente prolongava sua testa, mas os expunha longos, além dos ombros. Esse senhor de idade me olhou por alguns segundos, com seriedade, e os dois partiram. À noite, pedi "socorro" a Deus, com prece sentida, para que me auxiliasse, pois não me sentia digna nem merecedora de escrever sobre Simão Pedro. Então, à noite, depois do estudo da doutrina e de realizar minhas preces, já com a luz apagada, enquanto me preparava para dormir, olhei as horas, desliguei a luz de cabeceira, como sempre faço, e fechei os olhos, relaxando. A seguir, ouvi a voz amável e terna de um senhor a me chamar: "Irmã Lea, irmã Lea". Olhei para o lado do meu leito, com o quarto ainda na penumbra, procurando ver quem me chamava. Aos pés da cama, uma senhora de branco me sustentava, porque, do meu plexo solar, um filete fluídico subia em espiral. O senhor, na lateral esquerda de meu leito, apanhou minha mão para eu me levantar, e o quarto clareou. Vi ali um homem aparentando uns quarenta e poucos anos, estatura mediana, cuja voz doce e atenciosa relatou-me fatos durante algum tempo. Depois, levou-me para o alto, fazendo com que eu visse uma cidade, muito linda e colorida, mostrando-me o lugar onde ele viveu. Quando perguntei quem era ele, pois estava bem mais moço, ouvi seu nome; emocionada, corri para abraçá-lo. Ele ficou sem jeito pela minha maneira de agir, e continuou a relatar as partes importantes do livro, com sua doce e tranquila voz. Com felicidade imensa, de volta ao meu dormitório, ao abrir os olhos, depois dessa viagem maravilhosa, ainda continuei a ouvir suas ternas e amáveis palavras. Pareceu-me estar com ele por segundos, mas, olhando para o relógio, percebi que havia se passado uma hora e meia. No dia seguinte, iniciei esta obra, agradecida. Pedi perdão a Deus por ser tão insegura na psicografia e, desde esse dia, jamais duvidei. Entreguei-me ao trabalho disciplinadamente, como sempre faço, pedindo ao Pai a proteção necessária para fazer o melhor.

Parte desta obra foi recebida com visões e psicografia em nossa Casa Espírita.

*Léa Caruso*

# PREFÁCIO

PODERIA PERGUNTAR-SE O PORQUÊ DE MAIS UM livro sobre o cristianismo primitivo nesta época em que tantas e tantas obras cristãs procuram revolucionar a alma humana através das lições do Novo Testamento. No entanto, certos fatos, naqueles últimos dias de Simão Pedro, o que ele fez em Roma, além de atrair corações para as lições do Cristo, ainda não sabíamos.

Não, não mais comentaremos que os tempos são chegados, porque disso todos nós temos ciência; não mais diremos o que estamos cansados de saber sobre os acontecimentos daqueles dias e de seus trezentos anos seguintes, quando as terríveis perseguições cristãs salpicaram de sangue e dor a humanidade toda. No entanto, se nos dermos conta, foi isso que contribuiu para fortalecer as raízes do Cristianismo e assinalar um caminho para o povo oprimido, estimulando-o a lutar pela liberdade de escolha, com o livre-arbítrio a que fomos presenteados pelo Pai, desde que nossa alma foi criada.

O ser humano não pode mais amar a Deus nas Igrejas e, fora delas, continuar com seus erros. Faz-se urgente uma introspecção para modificar o que não está correto em si, procurando modificar sua maneira de pensar, endereçando-a ao bem, na destinação do amor e do perdão.

Quantas histórias vão surgindo com a terceira revelação; quantas verdades estão sendo desvendadas ao mundo pela mediunidade da psicografia. E os amigos da Luz se regozijam em nome do verdadeiro amor, porque as obras trazem um misto de aprendizagem, observando aquelas vivências humanas e o estudo da doutrina; o amor que nosso mestre Jesus nos veio firmar através de sua exemplificação, mostrando-nos que, somente seguindo seus passos, poderemos nos reerguer das pesadas sombras que, por séculos e séculos, carregamos conosco.

Ah, irmãos, nós daqui, apesar das sombras que teimam em permanecer em certos pontos do orbe, assistimos o amor se espalhar com as preces e o conhecimento doutrinário, despontando da distante Pátria do Evangelho e envolvendo parte do nosso Planeta Terra em faixas de luzes azuladas. Essas luzes, criadas pela vibração do sentimento maior, iniciam a retirada, pouco a pouco, das pesadas sombras que ainda invadem esse mundo de provas e expiações, essa pátria que também nos acolheu um dia, a qual nós amamos tanto e que nos faz dizer o quanto nos alegramos em poder colaborar com as pequenas dádivas de nosso afetuoso coração.

Conforme nos comunicou o Mestre, o Consolador viria para abrir esse caminho, que um dia acolherá a todos aqueles que O amam; e nós, os Seus colaboradores, podemos contar, graças à codificação de Kardec, com os Espíritos de encarnados que abraçam essa doutrina dedicada a Jesus. Agora, não mais os mistérios ou os dogmas, mas as revelações e a luz a iluminar o conhecimento, provando-nos que a mediunidade faz parte do homem desde tempos remotos e que a reencarnação é fator da ciência, comprovando a sabedoria e o amor que Deus tem por nós, oferecendo-nos diversas chances para o crescimento evolutivo.

Somos imortais. Há necessidade de o homem tornar-se um cristão com o interior limpo e puro, anotando as marcas na areia dos pés do Mestre e procurando segui-Lo pelo caminho que nos revelou, vestindo, não mais o traje pesado e rude do momento, mas despojando-se dele para dar lugar às vestes brancas e límpidas do novo homem, isento de maldades, trazendo consigo não mais a fé cega, mas a fé avaliada pela razão; que analisa as passagens de antigos milagres como ocorrências naturais da mediunidade; que acompanha o homem desde as mais remotas eras e se coloca hoje com Jesus, aquele que se entrega de coração e alma ao amor incondicional.

A vida, irmãos, aguarda-nos para que, revolvendo as cinzas do tempo, acendamos novamente a verdadeira chama do amor, quase esquecida pelo materialismo; o amor real, que fomos instruídos por Jesus a seguir.

O tempo urge, a mudança se aproxima. Que sejamos nós os acompanhantes da tarefa redentora e salvacionista de nosso Mestre, destinando-nos a proporcionar conhecimento às almas irmanadas pelos desenganos. Que sejamos nós a estender as mãos ao necessitado e o coração ao nosso próximo para um mundo melhor; labutemos em auxílio fraterno para a verdadeira mudança

Ave Cristo!

Alfredo

## Capítulo 1

## NOSSO CONSOLADOR

> *Se me amais, guardai os meus mandamentos, e eu pedirei a meu Pai, e Ele vos enviará outro consolador, a fim de que permaneçais eternamente convosco; o Espírito da Verdade que o mundo não pode receber, porque não o vê e não o conhece. Mas quanto a vós, o conhecereis porque permanecerá convosco e estará em vós. Mas o consolador, que é o Santo Espírito, que meu Pai enviará em meu nome, ensinar-vos-á todas as coisas e vos fará lembrar tudo aquilo que eu vos tenha dito.* (João, 14:15,16,17 e 26)

CONTA-SE QUE JESUS, PISANDO A AREIA DO DESERTO naqueles dias, idealizava que atitude tomar para transformar a mente humana, tão rústica e desprovida de beleza espiritual. Seus discípulos já estavam com Ele, mas não seriam deterioradas, em eras posteriores, as lições que viera trazer? O ensinamento explanado seria capaz de apaziguar as ofensas travadas entre seus atuais semelhantes, terminando com o orgulho, como erva daninha, entranhado na mais profunda rocha, destruindo o egoísmo com o amor ao próximo, como Deus lhes havia pedido? Sim, se todos soubessem a realidade que Ele enxergava a distância, o quanto poderiam ser felizes hoje, os que pudessem ver, como Ele, a verdade...

Depois de alguns momentos, pensativo, elucidou:

"Um real opúsculo deverá surgir, relembrando aos homens a lei de amor, oportunizando os corações a se ampararem e, sobretudo, a se amarem, conforme os ensinamentos reais do Divino comandante dos Céus e de todos os mundos do Universo."

Nesse momento, o Mestre ergueu a face aos Céus, sentindo o vento levar os grãos de areia que cobriam seus pés, e falou para si mesmo:

"Só o tempo dirá quando o novo sentimento no homem florescerá, incitando-o a travar a difícil batalha com o velho homem, permitindo que o verdadeiro amor floresça e permaneça firme em sua consciência. Um amor forte e puro, verdadeiro, sem exigências e grandes apelos. Um amor que se doe sem desejar nada em troca, que seja capaz de salvar, de iluminar, de dar o exemplo. Uma entrega de si mesmo ao amor divino. Sim, as definidas etapas reencarnatórias são o suave polidor para as arestas grotescas de todos os Espíritos."

E Jesus, retendo na face suave sorriso, concluiu seu pensamento:

"Pedirei ao Pai que lhes envie o Consolador, fazendo-os relembrar todas as Suas lições."

## Capítulo 2

## O INCÊNDIO DE ROMA
## ANO 64

*De maneira que cada um de nós dará conta de si mesmo a Deus.* – **Paulo** (Romanos, 14:12)

O GRANDE INCÊNDIO DE ROMA, INICIADO EM JULHO de 64, próximo ao Grande Circo, trouxera consternação e tristeza. A fumaça ainda tomava conta dos locais enegrecidos pelo fogo e muitos mortos pela fatalidade daqueles dias, deitados ao chão, ainda estavam sendo recolhidos. Em toda parte, a desgraça alimentava o temor, e do mau cheiro não se podia fugir.

Na realidade, já em outras vezes, os cristãos foram acusados pela abjuração aos deuses romanos ou ainda pelo escárnio às estátuas dos Césares. Sempre desculpas dos nobres romanos para apanharem os mais humildes, os mais serenos e os mais fiéis e até para acusar aqueles a quem invejavam ou execravam. Nesta época e nos três séculos subsequentes, os seguidores de Jesus foram tão perseguidos que passaram, como sabemos, a aproveitar a escuridão noturna para obterem os ensinamentos do Mestre, ouvindo as palavras confortadoras dos grandes apóstolos e, conforme estes eram martirizados, outros cooperadores se lhes substituíam, levando a palavra de amor e perdão aos sofredores.

Diante da imagem cândida daquele Mestre, que viera firmar as leis de Deus, transmitindo-nos o código moral de vida, objetivando a felicidade futura, a coragem dos mártires se consolidava e, com a prece, adquiriam forças adicionais desconhecidas.

Isso induzia a muitos pagãos, adoradores dos deuses romanos, os que vibravam com aqueles momentos grotescos, que riam e aplaudiam nos massacres, a pensarem:

*"Quem, realmente, fora o homem chamado Jesus?"*

Em suas mentes, enraizava-se este enigma:

*"Afinal, que homem fora ele? Um guerreiro? Um deus? Quem, realmente, fora esse Jesus, que levava multidões de seres a entrarem no circo com a coragem de um Hércules, dando o testemunho divino de um Apolo?"*

Viam uma imensidade de velhos, jovens e crianças, homens e mulheres, oferecendo-se ao testemunho de amor a Jesus. E continuavam com suas percepções:

*"O homem que fora crucificado, quem fora ele que dispersava a ansiedade dos olhos mortais daquelas criaturas, que, em vez de chorar, entravam no circo com tanta fé*

*e muitos até cantavam? Qual o segredo da firmeza daqueles homens?"*

E nada, mas nada, poderia apagar de suas reflexões aquela explanação de bravura e perseverança, ao caminho dos terríveis sacrifícios, tudo pelas orientações de amor de um simples carpinteiro pobre, que jamais ferira ou iludira alguém, mas que era considerado: O caminho, a verdade e a vida.

É que os cristãos primitivos, diante daquilo que esperavam, presentes a tantas barbáries e injustiças, tinham sede da luz e da fraternidade real. Com o transcorrer dos dias, e, escutando as lições que recebiam, distanciavam suas almas da mesquinhez da matéria, e grande parte deles já se sentia planar nas esferas luminosas. Para esses heróis do Cristo, não importava o que sentiriam na carne na hora do sacrifício, porque tinham a certeza do que lhes viria em seguida.

Permaneceria o Circo Máximo como símbolo dos mártires do cristianismo primitivo e o poder do amor a Jesus Cristo.

Ser cristão, para muitos, era sinônimo de boa conduta, de caráter elevado e de coragem. Com esse exemplo, a disseminação do Evangelho, em vez de se abater com os sacrifícios, crescia. E a curiosidade aguçada dos pagãos levou a alguns deles também, mais tarde, a seguir as mesmas virtudes.

Na época do grande incêndio de Roma, Paulo de Tarso e Simão Pedro estavam na grande cidade dos conquistadores, modificando a maneira de pensar de muitos escravos e até de romanos. Já na viagem até aquela cidade, Paulo, bravo seguidor do Mestre Jesus, havia cativado a muitos, com seu exemplo e com as lições que aproveitava para difundir.

Roma, com a tirania de Nero, estava novamente sendo planejada em sua arquitetura. O pobre Espírito, ignorante do amor, achava que poderia abranger a tudo com seu poder, inconsequente quanto ao que ocorreria depois, sobre os custos dessas obras. Sem ponderar nas reservas monetárias para essas edificações, desdobrava-se para reconstruir uma Roma mais imponente, intimamente desejando revestir seu palácio em ouro. Executando seu íntimo desejo, ele mandou queimar os edifícios mais antigos da cidade, causando toda aquela tragédia, com o fogo disseminando-se próximo ao grande Circo. Roma ardia em chamas.

Como todos sabem, iniciada a revolta do povo enfurecido, pensou Nero em uma maneira de se safar. Sabia que eles odiavam os homens da nova crença, contrários aos seus deuses profanos; então, por que não dizer que foram os cristãos maldosos os causadores daquela obra? Desta forma, os seguidores do Mestre foram acusados e o Imperador prometeu vingar-se deles pela Roma destruída, antes, porém, presenteou a população com doação de alimentos. Assim, satisfez a sede de sangue da população vingativa; no início, em grandes jardins, até que fosse restaurado o Circo Máximo.

## Capítulo 3

## DEPOIS DO INCÊNDIO, O SACRIFÍCIO DE PAULO

> *Nós, porém, temos a mente do Cristo.* – **Paulo**
> (I Coríntios, 2:16)

A CIDADE ESCURECIA COM OS PRENÚNCIOS DE TEMpestade próxima, e os transeuntes apuravam o passo para chegar antes da chuva a seu destino. A ventania carregava com seu furor tudo o que estava na rua, maçãs estragadas, sujeira dos animais, restos das verduras e legumes largados pelos feirantes. Entre as pessoas que, nas vielas estreitas, andavam rápido, uma mulher vinha, com seu traje simples de pessoa do povo, vestindo uma túnica clara. Segurava com suas mãos o manto da cabeça, que teimava largar-se ao vento. Ao chegar a uma casa humilde, entre tantas outras, bateu três vezes, olhando para ambos os lados para constatar se estava sendo seguida ou vista por alguém. Um indivíduo baixo, vestido também com simplicidade, abriu uma fresta da porta, olhou para os dois lados, deixando-a entrar.

- Ave Cristo, Domitila.
- Ave Cristo, Lucianus, dizei-me, ele já foi?
- Prepara-se para partir; vinde, entrai, e lhe dai o vosso recado.

Lucas, o acompanhante de Paulo de Tarso, foi chamado e apareceu para Domitila com a face entristecida, mas um leve sorriso nos lábios:

- Ave Cristo, irmã. Então, quais são as novidades depois dos tumultos noturnos anteriores?
- Ave Cristo, mestre Lucas. Vim porque necessitava falar-vos. Está sendo muito difícil para nós continuarmos com as reuniões, senhor, depois do que houve. Estive no Velabro, ou no que sobrou dele, depois do grande incêndio. Os irmãos de todas as comunidades estão desorientados e sentem muita tristeza pelo desaparecimento do venerando Paulo, e achamos melhor vir falar-vos antes de procurarmos por mestre Simão. Nós, que éramos seguidores de Paulo, precisamos saber que passo daremos a seguir. Encontramo-nos como que perdidos, com essa desgraça dirigida a tantos cristãos, mas principalmente ao querido profeta das lições de Jesus. Jamais abandonaremos o Mestre, porém, pelo temor que nos envolve nessa cidade, imaginamos amenizar nosso coração se deixarmos passar um tempo sem nos encontrarmos para as reuniões. Estaremos fazendo o correto?
- Tendes vosso livre-arbítrio, irmã, pois sei que quem é verdadeiramente cristão jamais abandonará o

Cristo. Que façais o que vosso coração mandar. Não há necessidade de começardes logo com os encontros noturnos naqueles locais alugados, tão visíveis, e muito menos nas catacumbas, onde foram apanhados tantos irmãos, mas, se possível, reúnam-se em vossas próprias casas, levando esperança ao sofredor, alegria aos desalentados, fé aos que temem e amor aos desamparados. Como vê, irmã, o trabalho não pode parar enquanto um sofredor sequer estiver sedento de consolo. Falo as palavras de Jesus, saídas da boca do próprio Simão Pedro. Além do mais, permanecerão aqui alguns instrutores que nos seguiam antes, porque eu estou partindo. Necessito estar em paz para fazer o que Paulo me pediu, mas Simão Pedro não vos abandonará. Como sabeis, ele já está em Roma há algum tempo. Ele veio com sua família e daqui não partirá.

– Mas Simão mora bem mais longe... não sabemos onde encontrá-lo.

– Ele deve estar nas catacumbas, procurando saber, não sobre os que se foram no circo, mas pelos familiares daqueles. Simão é a própria "caridade".

– Sair desta cidade vos será uma bênção, senhor. Aqui parece que nosso mundo vai acabar. Sente-se a dor de nossos semelhantes como se fosse a nossa própria dor, sente-se o peso em todos os nossos companheiros. Não temos mais paz e sentimos a perda de nosso irmão Paulo, o querido amigo e benfeitor... Ainda na semana que passou, ele nos confortava com as reais palavras do Cristo e as bem-aventuranças. Assegurou-nos que, em breve, partiria e pediu que ficássemos bem, porque ninguém ficaria só. Jesus estaria com todos. Será que seremos felizes um dia, adquirindo a verdadeira paz, irmão Lucas? Eu sei, senhor, que deveis estar pensando que estou desistindo do Cristianismo, mas não é assim. Todavia, nós tememos a dor. Os crimes são hediondos e cruéis e as mortes são as mais dolorosas. Oro a Deus pedindo que eu não os odeie, e sei que devemos compreender tanto aos soldados como ao nosso imperador Nero, no entanto, para mim que perdi tantos familiares, isso está sendo muito difícil, mestre Lucas. Por que nos odeiam tanto se somente aprendemos a amar?

Domitila caiu em pranto, e Lucas a abraçou, acalentando-a, com as mãos em sua cabeça:

– Filha, entregai-vos verdadeiramente ao Cristo. A fé concreta que adquirimos não nos permite perder as esperanças... A vida é um soprar de vento e ninguém fica imune à morte. Então, por que não partirmos dessa vida sabendo que só o amor nos poderá salvar? Não deveis vos desalentar. Jesus já havia dito a Paulo o quanto deveria sofrer em Seu nome. Nosso irmão Paulo, aonde ia pregar, recebia pedradas e açoites; sofreu naufrágios, abeirou-se da morte algumas vezes e, no entanto, isso lhe era como uma alavanca, que lhe dava mais forças para ir adiante, até nos dizer que agora ele levava consigo as marcas do Cristo e nada mais lhe poderia ferir.

Colocando na jovem Domitila o olhar carinhoso, Lucas ainda falou:

– Mas peço-vos que oreis. Orai pedindo a Deus e a Jesus a coragem e ide em frente. Enfrentai esta vida sabendo que tudo isso não demorará a passar e, quando abrirdes os olhos, estareis diante do próprio Mestre e junto aos vossos mais caros afetos. Esse é o legado de todos nós que O seguimos. Agora preciso encontrar meus companheiros de viagem, mas não vos esqueçais de que Simão Pedro, o verdadeiro discípulo de Jesus, está assumindo, novamente, as orientações de todos os cristãos de Roma.

– Sim, nós vamos procurá-lo para que nos oriente. De nosso grupo sobraram somente trinta pessoas e estamos nos preparando para colocarmos os nossos queridos mortos em lugares dignos. Não os queremos queimados em valas como há alguns anos aconteceu. Temos soldados amigos, e eles estão nos auxiliando a reuni-los em carroças e enterrá-los condignamente. Também ouvi dizer que Simão Pedro está ansioso, como dissestes, procurando ajudar os órfãos e os familiares que restaram.

Lucas e Simão Pedro haviam sido avisados por Acácio Domício, que muito estimava Paulo, depois que fora curado da cegueira por ele, onde se encontrava o corpo decapitado.

– Quando encontramos o corpo de Paulo – Lucas relatou a Domitila –, acautelamo-nos em lavá-lo também com nossas lágrimas, depositando óleo em seu corpo, envolvendo-o em linho, para logo o colocarmos além dos muros da cidade na Via Ostiana, não sem muita tristeza e orações. Mas, para apanhardes vossos mortos e levardes às catacumbas, precisareis de mais carroças, pois sabeis que as catacumbas estão distantes; ficam fora da cidade. Temos alguns amigos patrícios que poderão colaborar convosco, Domitila, todavia, contamos com vossa discrição nestes dias tão obscuros pelos quais estamos passando.

Domitila aproximou-se mais de Lucas para prestar-lhe maior atenção, e ele continuou:

– Há uma nobre senhora romana, agora cristã, viúva, com casa próxima ao Tibre, chamada Saturnina, que é conceituada e tem muitos amigos nessa cidade. Procurai essa senhora. Se eu permanecesse aqui, poderíeis contar comigo, contudo, o trabalho me espera e a embarcação me aguarda. Paulo contou comigo e eu farei o que ele me pediu – elucidou, lembrando que muito teria que escrever para que a palavra do Cristo se mantivesse sempre viva no mundo; fugia dali para que pudesse cumprir com o pedido do amigo. E, baixando a cabeça, não conseguiu estancar as lágrimas que teimavam em cair, molhando levemente sua túnica, por toda a dor que se espalhava na capital dos conquistadores.

Desejando modificar a triste sintonia do momento, Domitila falou:

– Mestre Lucas, dizei-me algumas palavras de bom ânimo antes de partirdes. Transmitirei o que disserdes a nossos irmãos que perderam muitos dos seus, para que se confortem um pouco.

– De minha parte, eu que não fui um discípulo de Jesus, mas somente de um homem que muito O amou e O está seguindo, confirmo: não vos aflijais, porque a realidade não está aqui, mas além, em um lugar tranquilo e cheio de paz, iluminado e florido como um jardim. Estará nesse lugar a felicidade que tanto aguardamos. Não odieis vosso algoz, não desejeis vingar-se dele, atendei-o como a um irmão em dificuldades que ainda não soube amar, fazei-o imaginando-o como a um doente que necessita de cuidados e não de repreensão. Pois, como nos disse o Mestre Jesus, o amor é fonte cristalina e, para bebermos dela, precisamos amar o nosso próximo como a nós mesmos. Ele é a água da vida; seguindo-O estaremos bem, não mais sofrimentos, não mais temor. Portanto, tende fé e coragem, buscando as palavras sábias de Simão Pedro, aqui nesta grande Roma.

Domitila apanhou as mãos de Lucas, beijando-as e dizendo-lhe:

– Por pouco eles não vos pegaram, senhor. Ainda bem que vos salvastes... Aí vemos a grandeza de Deus.

Lucas reportou-se novamente àquela manhã, quando amigos seus foram avisar Lucianus sobre as prisões feitas a Paulo e ao casal que o havia acolhido em sua própria casa. Quanta tristeza o invadiu ao ouvir aquela notícia. Estivera naquele local após ter ciência do acontecido, apanhando todas as anotações que o amigo Paulo havia deixado por lá. O mesmo fez com os pergaminhos de Lino, os quais foram entregues a Simão nos momentos seguintes. Introspectivo, ele dizia a si mesmo que não sentira alívio nenhum por ter escapado do sacrifício, como a irmã ali assegurava, mas tristeza e desolação.

Frente a Domitila, cenho franzido, face preocupada, Lucas suspirou profundamente, com os olhos fixos nela, sem nada lhe responder, lembrando a madrugada que prenderam Paulo e apanharam também o jovem casal Lino e Cláudia, que acolhera o homem de Tarso na volta da viagem à Espanha. Afinal... – imaginava Lucas –, por que Jesus não o escolhera também para o sacrifício? O que desejava o Cristo dele? Certamente, que levasse adiante a promessa que fizera a Paulo, porque para tudo na vida há uma causa.

Vendo a apreensão estampada na face pálida do amigo de Paulo de Tarso, Domitila indagou-lhe:

– Há tanta necessidade em viajar, senhor, com a borrasca que se aproxima?

– Sim. Como disse, tenho trabalho a fazer.

– Anacleto vai convosco, senhor?

– Não, ele fica.

– Então, que Deus e Jesus vos protejam.

– Saiamos daqui juntos – convidou-a Lucas.

Começava a tempestade sobre Roma. A chuva caía com força sobre a cidade de Nero. Domitila procurou colocar-se debaixo de uma tenda da rua e Lucas fez o mesmo. Então, viu Lucianus aproximar-se e dizer-lhe:

– Irmã Domitila, voltastes às calçadas com essa tormenta toda? Se quiserdes, podeis ficar mais um pouco e aguardar essa borrasca passar...

– Tenho pressa de chegar à casa de Raimunda novamente e colocar meus amigos a par de todas as orientações que ouvi aqui.

– Então que o Pai vos proteja, Domitila – desejou Lucianus.

A chuva continuava a cair torrencialmente. Raios rasgavam os céus como se o próprio Pai Celeste estivesse irado com aqueles que não aceitavam Seu filho amado. Mesmo assim, a senhora romana foi em frente, sendo acompanhada por Lucas, que se condoía internamente, desejando deixar para trás as lembranças das lutas de seu amigo Paulo, ali em Roma, somado à eterna renúncia de si próprio. Contudo, levava consigo muitos rolos de anotações, que fariam parte das epístolas, entre elas a II Epístola a Timóteo, pedidas por Paulo a ele. Lucas partia, levando consigo, na alma corroída, o que aprendera com aquele antigo perseguidor de cristãos em anos longínquos, que se doara, com valor, pela obra do Evangelho e amor a Jesus Cristo.

Domitila seguiu seu rumo enquanto Lucas, já acompanhado por dois amigos cristãos, partia para Óstia, a fim de alcançar a embarcação que os levaria à Ásia.

## Capítulo 4

## DIAS ANTES, PRÓXIMO A ROMA

*Que farei, Senhor?* – **Paulo** (Atos, 22:10)

A FIGURA DO TRIBUNO ALI, ESPICAÇADO PELO tormento, fazia lembrar as aves negras, desejando trocar as plumas para se tornarem cisnes, belos e puros na brancura, aves de angelitude, verdadeiros anjos. Era a dor do desespero, da angústia, da consternação, que ele sentia, como se a vida que tivera até o momento estivesse passando-lhe pelos olhos. Como havia falhado... Matou, sacrificou, escorraçou em nome de Roma e, agora, caído de seu cavalo, jazia pesado ao solo e já não podia mexer as pernas. Então, experimentou a angústia dos infortunados. Se assim permanecesse, certificar-se-ia somente de uma coisa: a morte. Precisaria morrer, apesar de sua esposa ainda estar jovem e bela e de seus filhos, já adultos, homens feitos, não dependerem mais dele. A morte o livraria da desgraça real. Como fazer para enfrentar esse acúmulo de dor?

Murilo Petrullio estava voltando de uma das batalhas romanas quando, ao chegar às adjacências do lugar onde morava, foi alcançado nas costas por uma lança e, caindo do cavalo sobre as pedras da entrada de seu sítio, bateu com a cabeça. Foi socorrido por Rufino, seu escravo, e, depois, por sua esposa.

– Descansa, Petrullio. Nada digas e retém tuas lágrimas, que estão prestes a cair em tua face – lamentou-se a esposa enquanto o acariciava, após acudi-lo quando o viu ao chão.

– Estou imprestável, Veranda, jamais serei o mesmo homem novamente; por que me foi negado morrer como um real comandante de tropas romanas? Meu corpo, eu não consigo mexer, minhas mãos não me obedecem... Quero morrer. Mata-me, imploro-te – dizia com palavras quase incompreensíveis.

– Não digas isso, esposo. Se te fores, como ficarei? Lembra-te de que trinta anos passamos unidos, desde nossas primaveras. Não te justifiques, então, com provérbios de sacrilégio.

– Sacrilégio? Sacrilégio é viver do jeito em que me encontro, Veranda. Tem piedade, por todos os deuses, minha amada esposa. Mata-me – pediu novamente, com dificuldade.

O bravo tribuno, fiel ao seu governo, agora derramava lágrimas de sofrimento. E Veranda sofria, podia-se dizer, quase mais que ele.

– Veranda... até alguns inimigos... matei por humanidade... quando os via assim. Faze o mesmo comigo, minha... esposa – e caiu desacordado.

Sem deixar de conversar com ele, Veranda continuou:

– Aquieta-te que Murilo, teu filho, logo chegará para te colocar em lugar mais aprazível que esse chão imundo. Aconchega-te em meu peito e sente meu coração, que palpita de amor por ti, como na primeira vez em que nos vimos. Tu fazes parte de mim. Somos uma só pessoa. Queres que eu também me vá?

Não ouviu resposta. Então, aguardou ele acordar, em alguns segundos que pareciam séculos, e novamente lhe fez a mesma pergunta:

– Tu fazes parte de mim. Somos uma só pessoa. Queres que eu também me vá?

– Não. Deves... ficar para que... nossos filhos não sofram... tanto – respondeu-lhe forçando a voz.

– Hás de ficar bom, meu esposo, eu te prometo.

Veranda olhou-o com tristeza no coração e começou a lembrar a sua juventude em Roma, quando o viu pela primeira vez. Ela sorria enquanto revivia isso, mas Murilo, seu filho, ao chegar, retirou-a das antigas reflexões e daquele momento de felicidade, trazido pelas lembranças que a embalavam.

– Mamãe! – indagou aflito. – O que houve com ele, minha mãe?

Veranda aproveitou o momento em que seu esposo desmaiara novamente e disse ao filho:

– Oh, filho meu. Teu pai foi atacado por um inimigo e caiu sobre pedras.

– Ele não consegue se mexer?

– Não. E pediu que o matemos, mas não faças isso, meu filho. Tem pena de tua mãe, porque sem ele não poderei viver.

Vendo o pai abrir os olhos, Murilo ponderou:

– Meu pai, eu e Rufino vamos vos levar para casa, nosso cantinho de paz, como sempre chamais o nosso lar. Marius, em breve, estará aqui.

– Não me deixes perder minha potencialidade... Sem me mexer sinto-me um trapo, filho, e assim não desejo mais viver.

O servo e o filho mais velho apanharam cuidadosamente Petrullio, levaram-no para dentro da residência campestre e o colocaram no leito, deitado de lado.

– Pronto, papai. Agora é só retirarmos essa lança. Assim ficareis bem melhor. Vamos ver vossas costas. Não sentistes essa lança quando a recebestes? – inquiriu-o, retirando com cuidado a vestimenta de guerra do pai.

– Não. Sei que senti dores fortes quando chegava ao sítio, depois caí sobre... as pedras.

– Precisamos tirar essa lança daqui, quem sabe se é isso o que está travando vossos movimentos.

Mais animado, Petrullio confidenciou ao filho:

– Nestes minutos... em que não chegavas, revi toda minha vida de... maldades. Queria morrer, mas no momento... em que tua mãe me aconchegou... derramando suas lágrimas sobre... minha cabeça, acariciando-me como... a um bebê, não pude deixar de chorar... e derramar imenso lago... de dor e arrependimento. Posso morrer com a honra de ter servido Roma, mas ficar aleijado... Isso nunca! Na hora do desespero, eu pedi... até ao Deus dos judeus, porque sei das coisas que aconteceram anos atrás àquele Jesus, o Nazareno, as quais ficaram conhecidas pela maior parte da população. O Deus deles... é mais poderoso. Foi ele quem modificou a alguns romanos... Soube que ele ensinou a não matar, mas modificaria gente... como eu? Acho que não, depois das nossas grandes conquistas, quando matamos sem piedade, por Roma.

– Descansai, meu pai – continuou Murilo. – Quando o médico chegar, ele tirará essa lança.

O enfermo continuou, como se não ouvisse o que o filho lhe dizia:

– Mas... jamais acreditei em nada disso... a não ser hoje... quando adormeci nos braços de Veranda e, saindo do corpo... vi que seu amor me iluminava. Havia uma luz à sua volta... enquanto ela beijava minha face e... cantava.

– Estais cansado, meu pai. Descansai por hora, até que o médico venha.

– Preciso... falar. Encontrei-me envolvido... em

imenso oceano de sentimentos retrógrados. Então... fui levado por alguém que não reconheci a belas paragens. Lá... aguardava-me um homem desconhecido... que conversou comigo...

Petrullio gemeu, mas, decidido, continuou:

— Eu não sei quem... era ele, mas sei que... voltei ao corpo sem tanta revolta... apesar de saber que, se viver... serei um peso... para muitos. Aquele homem... cheio de luz, dizia-me ... que eu havia orado para ele e que tudo tinha um significado... e não era para eu me... desesperar. "Há um caminho – disse-me – que desconheceis, mas... que é o único que vos trará a felicidade".

— Olhai, pai, Marius chegou com Dulcinaea e traz o menino com ele – interrompeu-o Murilo, achando que ele devia estar com a cabeça machucada para falar aquelas coisas.

Murilo aproximou-se de Marius e disse-lhe ao ouvido:

— Marius, não discordes de papai, porque ele está dizendo coisas estranhas. Falou-me há pouco que saiu do corpo e que viu um homem iluminado. Não estou aceitando o que ele diz. Talvez isso seja um prenúncio de morte iminente, sim, porque ele não é um daqueles profetas que um dia ouvimos. Será bom que Salúcio nada saiba do que lhe ocorreu, pois coisas terríveis poderão acontecer.

— Terríveis, como terríveis? Mais terríveis que isso?

37

— Sim, Marius... Salúcio poderá dizer que nosso pai está inválido e que será um peso para o Estado. E podes imaginar o que pode advir disso, não? Aí nossa mãe também morrerá, pois nos pediu, há pouco, que não o deixássemos morrer, porque ela também morreria.

— Por que aquele homem odeia tanto assim a nosso pai? – inquiriu-o o irmão mais novo, Marius.

— Isso é coisa de quando eles ainda eram jovens. Nosso pai ganhava todos os jogos e corridas de bigas e, na hora da escolha da esposa, foi se apaixonar logo pela noiva daquele homem. Por esse motivo, Salúcio quer ver nosso pai morto. Não sei se não foi ele quem atirou essa lança em suas costas.

— Nossa mãe sabe sobre essas alucinações que ele te contou há pouco, Murilo?

— Acho que ele não deve ter-lhe dito nada. Não teve tempo, pois, quando cheguei, ele ainda estava como que desmaiado.

— Então, peça a ele que nada diga à mamãe, exatamente para não preocupá-la.

— Marius, meu filho... aproxima-te! – pediu-lhe, em tom baixo, o esposo de Veranda.


Nesse momento, Saturnina, uma amiga da família, vinha adentrando no sítio, com seu filho pequeno.

— Estava passando por aqui quando soube, por vosso

servo Rufino, o que houve e vim prestar-vos minhas atenções, Marius – disse a gentil senhora ao filho mais moço de Petrullio.

– Contaste a mais alguém, Rufino? – perguntou Marius ao escravo, meio indignado com aquela visita inoportuna.

– Não, senhor, é que *domina* Saturnina passou há pouco por aqui, muito próxima de nosso portão, e perguntou como estavam todos na casa.

– Ah... Então entrai, senhora, mamãe está ali dentro. Vou agora atender ao meu pai.

Depois dos abraços afetuosos, as duas mulheres conversaram sobre o que havia acontecido. E o olhar triste de Veranda mostrava a Saturnina todo o desespero que lhe vinha n'alma.

– E o que pretendes fazer agora, diante dessa desgraça? – perguntou-lhe a visitante.

– Desejo cuidar dele, seja lá o que os deuses desejarem.

Aproximando-se mais com Lucas, seu filhinho, no colo, Saturnina abriu seu coração:

– Minha amiga, sei o que estás passando e não me conformo em ficar calada, quando muitas coisas boas poderiam advir da conversa que vou ter contigo.

Veranda deixou o que estava fazendo e virou-se rapidamente para olhar a amiga de frente.

– O que de tão importante tens a me dizer?

– Sempre me perguntaste por que havia colocado o nome Lucas em meu filho, no dia em que o recebi nos braços, não foi?

– Sim, foi.

– Lembras de que eu não podia ter filhos e que era a coisa que eu mais desejava em minha vida?

– Lembro o quanto te lastimavas e, já tão amadurecida, recebeste essa abençoada criatura em teus braços, não é, Lucas? – falou dirigindo-se à criança. Mas, depois, olhando Saturnina com olhos fixos, confirmou – Sim, é verdade, mas nunca me respondeste quando te perguntei isso.

– Esse é o nome de um acompanhante do apóstolo Paulo, o homem de Tarso. Abandonada pelo esposo logo que engravidei, achei importante que ele fosse chamado com o nome de Lucas, o médico que se tornou seguidor fiel de Jesus, através de Paulo.

– Não entendi qual o motivo de teu filho ter o nome desse homem.

– Longa história, minha amiga...

– Não sabia que eras cristã, Saturnina, e que os meus não saibam! – comentou Veranda, resoluta.

– Por isso não te contei antes.

– E qual o motivo que te fez me dizer isso logo hoje?

– O fiz porque poderás receber a graça da saúde para teu esposo, ou a solução do problema da dor, do desespero. Poderás ter a consolação de que necessitas.

– Não te compreendo.

– Vou te contar desde o princípio.

– Faze isso antes que meus filhos apareçam aqui, mas melhor será irmos próximo àquela oliveira. Lá ninguém poderá nos interromper.

As duas senhoras, com o menino, debandaram-se para certa distância, atravessando uma alameda de ciprestes altivos, e sentaram-se em um banco de pedra, ao lado de uma bela estátua grega, onde, às tardes, Veranda descansava, aguardando a volta do esposo.

– Conta-me, então, tua vida, amiga. Mas não demoremos muito, porque meu coração está oprimido. O que sei sobre tua pessoa, depois que ficaste só, foi um pouco antes de teu filho nascer, quando enviuvaste de Crimércio. Devias, sim, ter colocado o nome de teu esposo no filho que tiveste. Afinal, o filho mais velho leva a paternidade no nome.

– Naquela época em que casamos, sem eu poder engravidar, sofri muito. Mas, depois de um tempo, isso aconteceu, porém logo meu esposo me abandonou. Eu quis morrer; como poderia ser mãe, criar uma criança, sem esposo? Então, tentei me afogar no Tibre, todavia, quando estava prestes a isso fazer, uma mão amiga não me

41

deixou cair. Foi aí que conheci os cristãos. A pessoa que me salvou, Lucas, aconselhou-me a procurar um dos dois homens que vieram de Jerusalém e atendiam as pessoas necessitadas. Lá faziam curas, orientando sobre como nos modificarmos, e como nos portarmos perante a vida, porque diziam que os doentes eram, sim, doentes da alma, do Espírito, e que tudo o que sentíamos, as tristezas, as mágoas, era transmitido para o corpo e nos fazia adoecer. Esses homens foram Paulo e Simão Pedro.

– Mas eles são fora da lei, não é? Cristãos, incendiários de nossa cidade – contestou, resoluta, Veranda. – Não te dás conta de todos os que foram mortos no incêndio de nossa Roma, que custará muito para ser reconstruída totalmente? Minha própria casa ainda está lá, em cinzas! Essa é uma peste cristã! – afirmou, sem paciência.

– Não chames disso a revelação que Jesus nos trouxe, querida amiga. Não foram os cristãos que queimaram Roma. Os cristãos amam a todos. Olha para mim, achas que foi obra do acaso essa linda criança ter sido alimentada num ventre improfícuo como o meu, e nascer? Eu não conseguia segurar em meu ventre filho algum. Olha como é doce e meigo! Vê como brinca mexendo a terra com um ramo caído no chão. Já estou ensinando a ele tudo o que aprendi sobre Jesus...

– Para que ele morra? – interrompeu-a a amiga, já com a tez carregada.

– Veranda, eu confio que o que dizes é pela dor de

teu coração, mas não alimentes na alma a revolta, tratando os cristãos com despeito, para não acarretar dor maior em tua vida – comentou, acariciando a face da amiga madura, nobre e bela romana.

– Rogas-me pragas? Não basta meu esposo estar lá prostrado ao leito sem poder se mexer?

– Pois chegou a hora de tuas dores desaparecerem – aludiu pacientemente Saturnina –, pensa no que falei a ti. Quero que experimentes Jesus, se não agora, no momento em que a dor te parecer insuportável, mas não te esqueças disso – e, olhando em direção à moradia, comentou – Vê, lá vem vindo tua nora com uma bandeja de maçãs para nos oferecer, mas está na hora de eu voltar. Fomos ao sítio, Horácio, o servo que conheces, e nós, para apanharmos legumes e verduras, desejas alguns?

– Não quero nada. Esta conversa me incomodou.

Veranda viu a nora chegando com as maçãs e ergueu-se para voltar à residência, dando as costas para Saturnina.

– Não esqueças o que te falei, minha querida – afirmou a mãe de Lucas.

Mas Veranda não virou o rosto e continuou caminhando; então, Saturnina chamou por Lucas.

– Vem, Lucas, vamos embora. Deixa o cãozinho. Assim vai machucá-lo! Vem com a mamãe! – ergueu-se Saturnina, voltando para a carroça onde Horácio a aguardava, pensando em deixar o sítio.

Dulcinaea, sorrindo, cabelos loiros e soltos ao vento, a face iluminada pelo Sol, aproximou-se dela, dizendo:

– Parece que meu sogro deve estar melhor. Depois que chegamos, ele chamou por Marius, e estão conversando. Vejo que minha sogra não ouviu o que dissestes... ou ela fez de propósito. Estão brigadas?

– Ela está assim porque dei a entender a ela que não devemos abraçar a revolta, para não arrecadarmos o mal.

– Senhora, vós aceitais uma maçã? Estão gostosas.

– Se não estivesse de saída, gostaria muitíssimo.

– Mas, então, levai algumas para degustar mais tarde... Olhai, Lucas viu as maçãs e vem correndo para cá.

– Obrigada, Dulcinaea. Que as bênçãos dos Céus te iluminem.

Dulcinaea sentou-se no banco, interessadíssima em conversar com a amiga da família.

– Dizei-me, senhora, não quereis vos sentar mais um pouco?

Saturnina confirmou com a cabeça e voltou a se sentar. E Dulcinea continuou:

– Quem diz que não devemos abraçar a revolta? Por acaso isso é alguma coisa da doutrina do crucificado? Sabeis que eu converso com uma vizinha que me conta coisas maravilhosas sobre Ele? Que Ele somente desejou o bem de todos, que curou a muitos... Quase que ela me convence. Mas... desculpai-me, talvez não devamos anotar uma coisa destas aqui

– O Cristianismo, minha querida, é dádiva somente. O resultado é o amor do Cristo por nós e uma paz imensa. Ele nos ensina, principalmente, a sabermos viver os dias calamitosos de dor.

– Dizei-me, nobre Saturnina, mais uma coisa – perguntou cochichando. – Sois cristã, não sois?

Saturnina nada respondeu.

– Mas, se sois, deveis saber que foram os cristãos que incendiaram Roma.

– Não foram os cristãos que fizeram isso. Contudo, ainda agora, estão sendo perseguidos por isso. Sabias?

– Sei que estão sendo procurados e, com sinceridade, fico achando que seria maravilhoso termos uma doutrina de paz; porque chega de loucuras nesta nossa sociedade, não achais?

– Minha querida, eu penso igualmente – comentou, erguendo-se para não levar muito adiante a conversa, porque iria acabar traindo-se. Não negaria o Cristo mais uma vez se a jovem perguntasse novamente. Assim, rematou: – És delicada e gentil comigo, porém devo ir.

– Posso procurar-vos para falarmos mais sobre isso?

– Sem dúvida.

– Não fosse ter muito trabalho com meu pequeno

Marius, iria ainda amanhã. Mas ele não se aquieta... Quer liberdade, correr por aí, mas temo, porque ele ainda é pequeno. Ah... não sei o que fazer. Quando troco suas roupinhas, ele ri e corre nu pelo sítio.

Saturnina sorriu com aquelas frases inocentes e despediu-se de Dulcinaea com um ósculo em sua testa.

– Até mais, querida. Lucas já largou o cãozinho e vem para cá atrás das belas maçãs.

– Adeus.

Na residência, Petrullio queixava-se de dores na cabeça e dizia que não sentia o corpo. Mesmo assim, alegrou-se com a presença do netinho em seu dormitório. Tentou conversar com ele, brincar um pouco, sem conseguir.

– Ah... preciso descansar. Desde que chegaste... eu não descanso, meu filho – pediu Petrullio.

– Está bem, papai. Nós já estamos indo.

– Não, por favor – sussurrou –, eu gostaria... muito... que permanecesses... nesta casa, hoje e nos próximos meses. Não sei o que será de minha vida, filho. Posso piorar.

– Não, papai! Olhai, o médico chegou. Vou falar com ele.

– Doutor, que alegria nos dais. Entrai e sentai-vos – animado, Marius dirigiu-se ao amigo que adentrava ao dormitório –, necessitamos que vós olheis como está o nosso pai.

– Não vim para isso, mas sempre estou a trabalho. De que farra saístes, homem? – indagou ao chefe da casa. – E essa lança, quem a colocou aí?

Depois, deu uma ordem a Murilo:

– Prepara água quente e um bom vinho forte. Vamos tirar essa ponta de arma.

Murilo Petrullio desmaiou.

– Ele... morreu, doutor? – perguntou o filho com o mesmo nome do pai.

– Não, somente adormeceu. Foi melhor assim, porque, retirando a lança rapidamente, ele quase nada sentirá. Mas conta-me o que, na realidade, aconteceu.

## Capítulo 5

## A PROCURA DO REMÉDIO

*Tens fé? Tem-na em ti mesmo diante de Deus.*
– **Paulo** (Romanos, 14:22)

Ansiosa, Veranda apertava as mãos, caminhando de um lado a outro, e conversava sozinha, enquanto o médico tratava de seu esposo.

– Mãe, ele está em boas mãos, então, por que essa ansiedade toda? – indagou a ela Murilo, o filho.

– Ora, mas que pergunta, acaso sabes que dia é hoje?

Murilo olhou-a franzindo o cenho como para se lembrar de algo, e sua mãe continuou:

– Dia em que teu pai deveria ir ao encontro do Imperador. Agora sentes o que estou sentindo também, Murilo?

– Realmente, é coisa que nos deve preocupar, por não sabermos qual a desculpa que deveremos dar ao César de nossos dias, a respeito de meu pai.

– Como deixei de pensar nisso até este momento? Em minha cabeça preocupada, a razão se foi, tudo pela teimosia de Saturnina, sempre desejando me cativar para seu lado repulsivo. Ela retirou-me de minhas reflexões... Ora, cristã, eu jamais serei.

– Mamãe, não vos volteis contra a pessoa que tanto bem vos deseja; há um momento na vida em que podemos nos transformar. Isso depende das coisas que poderão se apresentar a nós. Assisti, algumas vezes, um cristão falar. Confesso que jamais iria me deixar ludibriar por uma personalidade insignificante como um mendigo, mas ele foi um grande orador e, como cristão, minha mãe, deixa-nos dias a pensar sobre o que essas novas ideias significam. Talvez poderiam transformar nosso mundo em um mundo cheio de paz, mas isso, talvez, não seja para os homens de hoje.

– Ora, se vou me preocupar com Cristianismo agora, Murilo.

– Preferis, então, começar a aceitar as dores que estamos sofrendo e sentirdes a perda de nosso estimado pai?

– Não fales assim, meu filho!

– Está bem, não vos contarei o que a moça, que tanto sofreu nas mãos dos romanos, falou-me.

– Moça, que moça?

– Uma mulher que perdeu o esposo através de armadilhas feitas por homens que a desejavam, mas, procurando os cristãos, considerou-se segura. Os sedutores procuraram-na por toda parte até desistirem. Isso lhe deu a oportunidade de abandonar Roma, indo juntar-se com sua família nas Gálias.

– Ora, meu filho, afinal, aonde queres chegar? Deves estar tentando dizer-me para conversar com alguém sábio, como por exemplo, algum desses cristãos?

– Sim.

– Muita bobagem é dita por aí, Murilo, e não creio ser importante dar razão a esse fato agora, quando estou tão preocupada. Mais tarde, podes relatar-me esse tipo de coisa... Mas... Por que será que o médico está demorando tanto?

Nesse ínterim, saiu do dormitório o médico amigo.

– Então, doutor, mestre dos mestres de vossa área, a quem dareis as boas notícias de hoje? Tudo, oportunamente, foi decidido de forma positiva? – indagou-lhe Murilo.

– Bem... O caso de teu pai é sério, meu filho.

– Oh, não! – condoeu-se a esposa.

– Mas ele, penso eu, não vai morrer ainda – afirmou-lhe o médico.

– Sim, mas quero saber como ele ficará – inquiriu-lhe Veranda, esbaforida.

– Seu caso é muito sério, senhora Veranda... Eu, se fosse vocês – explanou-se, dirigindo-se ao filho angustiado –, iria viajar, ou esconder-me, pois logo virão atrás de vosso pai, e, se ficardes aqui, irão descobri-lo.

– Mas por quê?

– As notícias más correm rapidamente. Um tribuno imprestável encarece o império e sabeis vós como estão os nossos cofres. Salúcio, como sabe toda Roma, não perderá a oportunidade para acusá-lo a Nero como paraplégico. Vós perdereis a companhia de vosso esposo e pai e quem sabe o que será dele.

– Mas, então, para onde iremos? – indagou-lhe Dulcinaea, que entrava com seu filho no colo.

O médico coçou a cabeça, dizendo:

– Bem, eles o procurarão por todos os locais, pois sabem que recém voltou das conquistas com saúde, contudo, eu imagino que o único local em que não o buscarão será entre os cristãos.

– Cristãos? Vós também, doutor Anércio? Isso é demais! Vou ver meu esposo – concluiu Veranda, alterada.

Marius, assentado na cabeceira da cama, acariciava os poucos cabelos que ainda restavam na cabeça do pai.

– Meu pai, nós sentimos muito. O que fazer agora? – queixava-se.

A pergunta não obtinha resposta, porque Petrullio, sonolento pela bebida dada para acalmar sua dor, somente derramava lágrimas.

Veranda, quando o viu chorar, tão corajoso que ele sempre se mostrava, abraçou-o dizendo:

– Vamos sair desta casa, meu esposo. Tenhamos um

pouco de paciência. Nossos servos ficarão no comando da vinha e não teremos que nos preocupar, por ora. Eu te prometo que não te entregaremos, mas cuidaremos de ti como cuidamos de nosso próprio corpo. Quanto a César, mandaremos Rufino até o palácio agora, com uma correspondência escrita pelas mãos de Murilo, que tem a escrita similar à tua, comunicando-o que, por motivos referentes ao próprio Estado, foste chamado a retornar a Salerno – rapidamente, solucionou Veranda.

– Muito bem pensado, minha mãe. Não poderíamos desculpá-lo de outra forma. Assim, até quem o prejudicou dessa forma poderá acreditar.

Veranda sabia dos segredos de estado que o esposo guardava sobre o projeto da queda de Nero, ocultados de seus superiores do quartel pretoriano, e temia até por aqueles que, junto com o esposo, tramavam aquele golpe. Com certeza, eles temeriam ser acusados por revelações do enfermo.

Rufino, ao receber a missiva das mãos de sua senhora, rapidamente apanhou a biga e partiu para Roma em grande velocidade.

No dia seguinte, saía uma caravana do sítio, não pelo caminho mais conhecido, mas pelas estradas mais desertas, percorrendo locais onde não havia tanta guarda. Uma das carroças, fechada, dirigida pelo filho mais velho, Murilo, carregava Dulcinaea com a criança e Veranda ao lado de

Petrullio, acomodado, enquanto o casal de servos dirigia a outra, que carregava os pertences úteis à família. Marius viajava a cavalo, ladeando a primeira.

Aonde iriam? Iriam direto à cidade, Roma, a pedido de Veranda, procurar por Saturnina para que ela lhes indicasse os cristãos que os poderiam auxiliar.

Com o entardecer e o pôr de sol quente naquela tarde de verão, a noite iniciava, apontando as primeiras estrelas que surgiam no céu ainda claro. Andando em estradas por entre campos, todavia ensimesmados, sentiam eles o perfume das árvores e dos arbustos floridos; ouviam o cantar da passarada, acomodando-se nos ninhos, o barulho dos animais que eram recolhidos ao longe nos campos, e o chamado das mães aos filhos que voltavam do trabalho cansativo da campanha.

Tudo era tão tranquilo ali... Não lembrava a Roma audaciosa e brava, que se alegrava das conquistas com o morticínio e, agora, com nova tentativa de perseguição aos cristãos. Petrullio, olhos cerrados, ia inconsciente e Veranda derramava lágrimas dolorosas.

– Senhora Veranda, não vos preocupeis, porque todos nós cuidaremos dele. Meu pequeno Marius dorme e isso facilita que andemos sem sermos notados. Para aonde, exatamente, estamos indo? – indagou Dulcinaea, sua nora.

– Não tivemos escolha a não ser alimentar a alma sedenta de cura para meu amado esposo. Ah, minha querida, este foi um abençoado casamento. Como nos amamos!

Petrullio sempre foi o esposo ideal para qualquer mulher. E eu fui a esposa escolhida.

– Soube disso por Marius, que segue o exemplo do pai. Mas não respondestes aonde vamos. Por acaso, procuraremos por vossa amiga? Notei que alguma coisa escondíeis ontem, quando a senhora Saturnina saiu de lá.

– Bem, este assunto, perdoa-me, não te diz respeito. São coisas entre mim e ela.

– Pois eu me encantei com aquela conversa do "Salvador", o que foi crucificado por nós.

– Ora, e quem acredita nisso? Tu somente?

– Não, senhora Veranda. Vós não estais a par do que acontece nos grupos que se reúnem. Muitos e muitos são acompanhantes das lições desse Jesus e procuram segui-Lo. Mas por que razão vós os detestais tanto, se não conheceis o Cristianismo?

– Tu também não o conheces. Então, por que falas, minha nora?

– Sei que eles pregam o amor e o perdão.

– Ora, isso é bobagem. O importante é banirmos tudo o que é contra nossas ligações justas com o império romano. Estou procurando Saturnina, não por mim, mas para saber quem poderá salvar a vida de meu esposo, ou, como dizem por aí, fazer algum bem a ele... escondê-lo. Cá entre nós, se alguns senadores o descobrirem assim poderão temer que ele possa abrir a boca e contar os segredos de estado, que guarda para si.

– Segredos de estado? Por acaso, há uma rebelião contra o próprio imperador?

– Eu não disse isso, e nossa conversa termina aqui.

– Mas, senhora, deve ser isso! Muitos estão contra as façanhas de Nero. Cá entre nós, ele deve estar louco. Era um menino que parecia tão inocente, contaram-me... No entanto, eu penso que o poder subiu-lhe à cabeça e ele tornou-se um monstro.

– Quieta... Não falemos mais nesses assuntos, nem aqui, agora, nem depois. Não devemos nos comprometer.

A noite já havia caído e a carroça agora andava com seu agrupamento pelas ruas calçadas da grande cidade de Rômulo e Remo, considerados pela história seus fundadores e que foram criados por uma loba.

– Falta muito para chegarmos, Marius? – indagou Dulcinaea a seu esposo. – Para aonde estamos indo? Estamos cansados e nosso filho, agora, irrita-se e dá pequenos gritos.

– Logo chegaremos – respondeu-lhe Marius, pedindo ao servo para acender a chama a óleo do velador fixado na trave da carroça e parar um pouco, a fim de oferecer água à criança.

– Dá a ele esta água, esposa. Deve estar com sede, porque o calor está se estendendo noite adentro. Estamos demorando, mas é para amenizar essa viagem neste veículo tão rumoroso. Os cavalos andam devagar. – E, então, pergunta à mãe: – Minha mãe, a Saturnina de quem falais é aquela que esteve lá em casa ontem?

– Sim.

– Aquela bondosa mulher que nos visitou ontem, Dulcinaea, é filha de Saturninus Epifácius Nobilis e viúva de Crimércio Firminus Zacaro. Ela está morando nas proximidades do Tibre. É para lá que nós estamos indo – comentou Marius à esposa amada.

– Eu achei que ela morasse no Aventino – aludiu Dulcinaea.

– Sim, mas depois que o esposo se foi, ela saiu de lá. Sua residência estava situada em uma das colinas mais elegantes de Roma – comentou-lhe ainda Marius.

– E foi morar onde dizes? Que pena, não sei por que ela fez isso. Soube que tinha uma esplendorosa residência.

– Ninguém sabe sobre isso. Talvez a causa seja o próprio Cristianismo, querida esposa, mas, de todo jeito, não há o que chorar, pois a residência no Aventino foi quase toda destruída pelo incêndio...

– Bobagem da parte dela – comentou Veranda, sempre amuada –, deveria tê-la reerguido e poderia estar muito melhor agora.

– Mas sei que os cristãos não pensam assim – complementou Dulcinaea.

– Como sabes tantas coisas sobre os cristãos, minha nora?

– Ora, *domina*, é por nossa serva Matilde que eu sei essas coisas. Matilde é judia e recebe esses ensinamentos de sua mãe.

Matilde, ao lado do esposo, que movimentava com os relhos os cavalos, ficou temerosa e pasma pelo que poderia vir depois dessa conversa entre eles. E a mulher de Petrullio comentou:

– O homem Jesus nem imaginava o que aconteceria aos cristãos depois de morto. Sim, porque a finalidade desses cristãos, penso eu, é que todo povo acredite em Jesus e o siga. Devem ser escravos revoltosos que desejam ser iguais aos seus patrões. Pois sim! – rebelou-se Veranda.

– Sois uma sogra especial, *domina*, mas, desta vez, estais errada. Ele, o próprio condenado à crucificação, foi quem nos pediu para segui-Lo. E outra coisa, os que estavam lá, naquela época, disseram que Ele não morreu, e que, depois de tudo, ainda está vivo.

– Não sei como! Impossível! Eu não acredito nisso, deve ter sido magia – interrompeu-os Veranda. – Agora, andemos novamente, que a criança já bebeu a água.

– Mas antes, um adendo à vossa conversação – interpelou-as Marius. – Não foi magia, os cristãos daqui comentam, em seus assuntos secretos, que o homem Jesus é o Messias do povo judeu.

– Calemo-nos agora. Petrullio está franzindo a testa – completou Veranda.

O grupo viajou mais algumas horas e a carroça parou em frente à casa de Saturnina.

– Chegamos – alertou-os Marius.

Duas tochas de fogo iluminavam o grande portão de madeira, que quase escondia a fachada da casa de dois pisos e janelas retangulares, todas fechadas como se ninguém lá convivesse. Adiante, na rua, andava um grupo de homens em algazarra, que os centuriões, em ronda, interpelaram. Murilo, temeroso, bateu fortemente no grande portão de duas folhas. Todos aguardavam ansiosos, e outra vez ele bateu. Contudo, antes que aquela guarda chegasse até eles, Saturnina deu-lhes passagem, convidando-os a adentrar diretamente ao pátio interno da residência. Os portões foram fechados e, quando a carroça parou, rapidamente os servos de Veranda, Marconde e Horácio, adiantando-se e sendo auxiliados por Rufino, levaram Petrullio para o colocarem no leito a ele destinado.

– Bem-vindos, irmãos – cumprimentou-os Saturnina.

– Como sabias que viríamos? – inquiriu-a Veranda, humilde e sofrida nesse momento.

– Nosso instrutor de hoje nos confirmou vossa presença para essa hora, Veranda amiga. Mas vinde, gostei muito que viestes.

No grande pátio, tochas incandescentes, colocadas em tripés, iluminavam toda a extensão do jardim. Veranda caminhava com a nora e o neto ao lado da amiga, enquanto Murilo e Marconde levavam os cavalos e a carroça para a cavalariça.

– Como estão as perseguições aqui em Roma? – indagou Veranda, preocupada, a caminho da residência.

– Aqui, onde moro, a maldade humana ainda não chegou – com um sorriso, respondeu-lhe a amiga.

Vendo algumas pessoas vestidas de maneira muito simples ali, que aguardavam sentadas nas escadarias da entrada da residência, a esposa de Petrullio frisou a testa indignada e continuou, olhando-os com cara de quem não estava de acordo:

– E quem são todas essas pessoas aí sentadas, desse jeito, em tuas escadarias? Agora colocas a ralé em tua casa?

– São boas pessoas, que vieram para aguardar o grande apóstolo.

– Ah...

– Senhora Saturnina, por favor, onde podemos ficar: Marius, meu filhinho e eu? – Dulcinaea perguntou-lhe, com a criança nos braços, caminhando ao lado do esposo.

– Vinde, subamos as escadas. Arrumei um quarto para vós.

– Mas e meu esposo? Onde colocaste meu esposo? – arguiu Veranda, sem paciência, andando atrás dela.

– Ele já está sendo cuidado pelo "médico dos mendigos", um dos nossos, querida.

– Médico dos mendigos? Ele é um mendigo? – ensimesmada, perguntou Veranda.

– Somos aqui, entre cristãos, quase todos mendigos. Mas nada nos falta. O pão, a casa, e o auxílio uns aos outros, sem ônus nenhum. Esse médico, por exemplo, não cobra seu trabalho para quem nada pode pagar.

– Mas nós podemos – redarguiu Veranda.

Saturnina somente lhe sorriu. Mostrou o dormitório do doente a Veranda e o que tinha reservado para a esposa de Marius. Erguendo o pesado reposteiro que fazia o lugar de porta, então, comentou:

– Agora vou descer para ver Murilo, o jovem, e acomodá-lo.

Sorridente, a anfitriã, ao descer as escadas, viu Murilo entrar e perguntou-lhe:

– Os cavalos foram acomodados?

– Sim, e Marconde agora ajeita nossa carroça – respondeu-lhe o moço, elevando o olhar ao muro em torno da residência para ver se a moradia apresentava segurança e, então, perguntou-lhe – alguém sabe que sois cristã, senhora?

– Infelizmente, Murilo – comentou Saturnina com voz entrecortada pela tristeza –, nós, os cristãos, andamos ainda escondidos, com a desgraça a espreitar nossas portas. No entanto, neste lugar, sentimo-nos bem amparados, portanto, fica tranquilo; apesar de não termos mais aquele belo palácio onde, rodeada de tesouros, sentia-me orgulhosa da nobreza romana, mas sem objetivos na vida, hoje vivemos com isenção de adereços e vaidades, mas muito mais felizes pela fé em Jesus e na imortalidade da alma. Na verdade, não precisamos mais que isso. Mas vem, descansa da viagem. A parte de cima da casa é reservada aos hóspedes. Tua mãe nos aguarda no dormitório onde teu pai já descansa.

Subiram as escadas em silêncio.

Mais tarde, Ester, serva de Saturnina, chamou-a para o jantar. E todos desceram novamente, com exceção de Petrullio, que permanecia em sono profundo.

– O que o médico disse do caso de teu esposo, Veranda? – pergunta-lhe a anfitriã.

– Disse-me que ele realmente ficará paraplégico. Oh, deuses, por que isso teria que acontecer conosco?

– Não fiques assim, minha amiga. Ainda verás que tudo ficará bem. Descansa tua mente repleta de ansiedade por ora e vem cear conosco.

Tentando mostrar-se segura e sem preocupações, Veranda dirigiu-se na hora da ceia a Saturnina:

– Não consigo imaginar como tu, uma mulher da sociedade e nobreza romana, que vestia-se sabiamente, com lindos trajes, joias maravilhosas, apresentando grande número de bigas, cavalos e com aquele palacete de dar inveja a qualquer um de nós, foste mudar tanto assim. E depois, nas festas, o quanto rias, o quanto te divertias, de forma a eu ajuizar-te como uma mulher "perdida" entre tantas fiéis.

Marius e Murilo entreolharam-se. E sua mãe continuou:

— Não te sentes infeliz? O que é de uma mulher se não sua beleza, seu cuidado, os adereços que usa e seu belo vestir?

— Pois vê só, minha querida, como a mudança fez bem para mim. Retirei os adereços, só guardando os que foram de minha finada mãe, para sentir-me mais próxima a ela. No entanto, quanto ao cuidado, ainda sou a mesma. Isso é uma questão de capricho, apesar de eu não estar mais tão elegante. Vê, não precisamos tanto para viver. Mas meu coração, sim, necessita ser imensamente rico, pelo acúmulo de amor que precisamos ofertar a todo ser humano.

E, acariciando a mão de Veranda, continuou:

— Apesar de mudar tanto, como dizes, a minha amizade por ti ainda é fidelíssima. Vi teus filhos crescerem, Marius casar-se, o pequeno nascer...

— Mas o que te faz pensar que eu me sinta à vontade nesta casa?

Dulcinaea parou de comer e chamou a atenção da sogra, fazendo um ruído, como se engasgasse.

Todos fizeram silêncio, mas tanto Marius como Murilo franziram a testa, indignados com a mãe, olhando-a fixamente.

Rufino chegou pedindo licença e falou com Saturnina:

– Senhora, vosso servo Marconde manda vos avisar que o instrutor cristão já está aqui e aguarda-vos no átrio. Ele está levando, com Horácio, a nossa outra carroça para a cavalariça.

– Obrigada por tua gentileza, Rufino. Enquanto todos terminam de cear, eu irei lá falar com ele.

Dizendo isso, Saturnina fez menção de se erguer.

– Senhora, ele pediu-me que lhe avisasse para terminar primeiro a ceia com seus amigos.

– Está bem, Rufino, farei isso.

– Interessante; foi necessário o meu escravo vir avisar-te, Saturnina, que teu próprio servo viu o instrutor chegar – expressou-se Veranda, arrogante e mal-humorada. Depois, virando-se para Rufino, resmungou:

– Não és empregado de Saturnina, homem! Deves obedecer somente a nós.

– Mamãe, Marconde está guardando a outra carroça que trouxemos...

– Ah...

Todos daquela família abriram os olhos, como que horrorizados pela educação perdida da mãe e sogra, mas Veranda, amarga pela situação do esposo adoentado, ergueu os ombros e virou-se para Saturnina, olhando-a altivamente:

– O que vem a ser esse tal "instrutor"?

– Ele é como nosso médico espiritual. Vem nos dar umas aulas – alertou-a serenamente a dona da casa.

– Mas ainda insistes nessa tua ideia religiosa, não é? Estamos aqui a um pedido teu, mas não abuses, para que não partamos ainda no meio da noite.

– Desculpa-me, Veranda. Sei o que estás passando neste momento de dor, mas isso não impede que façamos preces pela melhora de teu esposo. Nosso querido apóstolo dará instruções somente a quem desejá-las, ou pedi-las.

Enquanto, após a ceia, colocando um sorriso nos lábios, Saturnina saía para receber o apóstolo galileu e Porfírio, tanto Marius como Murilo se aproximaram da mãe, sussurrando-lhe:

– Minha mãe, por que tratas assim quem nos recebe a todos, inclusive nossos servos, com os braços abertos? Ainda mais quem chamou um médico para o papai e vai nos reunir para preces a ele? Se não desejardes comparecer, eu vou – relatou Marius.

– Eu também, mamãe – disse Murilo, ainda com a tez franzida.

– E, com a permissão de Marius, eu também irei – comentou Dulcinaea.

– E eu me trancarei em meu quarto para cuidar de vosso pai. E não sou vossa filha para ser ridicularizada perante tanta gente nesta casa, portanto, calai-vos!

– Por que motivo vos irritais tanto com o Cristianismo? – perguntou Marius a sua mãe.

– Por quê? Ainda perguntas? Ora, isso é uma doutrina de um feiticeiro... E tu, Marius, quebras, espatifas, todas as tuas raízes assistindo a essa abominável religião de um só Deus.

– Sabeis que tanto eu como Murilo estivemos em Jerusalém há pouco e vimos os judeus orando a um só Deus. Isso é o certo, minha mãe. Moisés ensinou-os, através das palavras de Deus, os escritos nas pedras de salvação, contendo Sua vontade.

– Mas por que aceitam Jesus?

– Ora, pelo que soubemos, ele é o verdadeiro Messias que todos lá esperavam.

– E qual a divindade nele?

– Ele ressuscitou, viveu novamente e seu testemunho foi amar até os inimigos.

– Incoerência da parte dele, que só vós não vedes. Bem, deixemos de lado essa conversa, eu vou é me deitar assim como estou. A preocupação me fere, me dói saber que o meu esposo, vosso pai, está atirado ao leito, só respirando, sem abrir os olhos.

– Boa noite, mamãe. Esperamos que, ao deitar, possais desarmar toda essa revolta que está em vosso coração.

– Pois sim! – indignada pela falta de respeito do filho, ela subiu os degraus para estar com seu esposo.

Saturnina chegou com sorrisos para receber o apóstolo e seu acompanhante, quando notou estar só Porfírio com Olípio ali. Simão não fora. Eles a olharam com olhos chorosos.

— Olípio, Porfírio, o que houve?

— Senhora, deves ter ouvido falar sobre a prisão de cristãos nas catacumbas.

— Sim, ouvi comentários, mas...

— Apanharam também Paulo, nosso apóstolo. Ele foi martirizado, nós todos estamos consternados...

— Oh, quando isso acabará? O que será de Roma sem Paulo? — tristemente exprimiu-se a senhora, agora derramando lágrimas copiosas.

— Considera Simão que não deveríamos nos expor nas catacumbas, desde que tantos foram sacrificados em nome de nosso Mestre. No entanto, estamos aqui em nome de Jesus, somente para fazermos uma oração.

— Sede bem-vindos, há um trabalho de amor a um não cristão, que precisa ser feito.

— Penso que amanhã faremos esse trabalho melhor, senhora.

— Então, façamos uma prece a todos que aqui nos aguardam, em silêncio.

## Capítulo 6

## TENDES FÉ, EU VENCI O MUNDO

> Mas alegrai-vos do fato de serdes os participantes das aflições do Cristo. (I Pedro, 4:13)

VOLTANDO AO DIA, DEPOIS DA CONVERSA COM Lucas, Domitila voltou à casa de Raimunda, que mal podia falar tamanha sua tristeza, mãe de dois filhos que haviam perecido durante as festas de Nero.

– Senhora, eu já tenho as novas orientações de Lucas, aquele que acompanhava nosso apóstolo Paulo. E onde estão os outros?

– Conseguiram uma carroça com um desconhecido que se apiedou de nós. Agora devemos apanhar os restos mortais de nossa gente a fim de colocá-los em lugar abençoado, para que sigam em paz. Há um soldado que sabe onde estão os corpos de Fliminus e Corino, meus pobres rapazes que já estão com Jesus. Esse soldado brincava com os dois em sua infância e, apesar de não ser cristão, teve piedade de mim. Mas, minha filha – falou, vendo Domitila molhada da chuva –, usa esta túnica, estás encharcada!

Domitila apanhou a túnica e foi trocar de roupa, agradecendo à senhora.

– Viu como Deus não nos abandona, senhora Raimunda? Sempre nos mostra um caminho para que não fiquemos desalentados – comentou, sempre otimista, a romana simples e afetuosa, já vestida com a alva e seca túnica.

– Tens razão – comentou Raimunda com grave suspiro, continuando sentada e acariciando o cão ao seu lado. – Quando achamos que estamos sós, Ele nos aponta o caminho a seguir e sentimos que nunca nos abandonará. Mesmo assim, o desaparecimento de meus filhos me fere a alma e essa chuva torna mais angustiado o meu dia. Vejo a casa vazia, mas suas vozes ecoam, por vezes, perto de mim.

– Sabe, senhora Raimunda...? Estou sentindo que ficamos como que perdidos sem Paulo. Ainda estão nos meus ouvidos as suas palavras, naquele último encontro em que fomos juntas. Eu havia agradecido a ele por sempre ser incansável conosco, ouvindo de sua boca:

"Somos, como a maioria aqui, também um escravo que ama o Messias e quer fazer todas as Suas vontades, espalhando a todos os Seus ensinamentos. Com Suas lições, retemos nas mãos o segredo da conquista da paz e da felicidade. Precisamos construir em nós uma ponte, a fim de atravessarmos o precipício, alcançarmos o outro lado e seguirmos com segurança. O ensinamento de Jesus é essa ponte e o sofrimento humano nada mais é que a incompreensão da vida e a ausência de espiritualidade. Também será preciso erguer as mangas para sair em busca do trabalho, pois só a doação de nós mesmos, ensinando a todos sobre Cristo Jesus e o que ele veio nos dizer, conseguirá amenizar esses corações sofredores, cansados e aflitos."

Assim ele nos falou.

– Ai, minha filha... Sinto todo o peso do mundo cair sobre nossas almas – redarguiu Raimunda.

– Mas precisamos nos manter otimistas como Paulo nos pediu e, quanto a vossos filhos, Raimunda, imagine que eles agora estão com Jesus em um lugar ensolarado, sem violência, sem dores, sem perseguições...

– Tens razão, querida, tens razão – respondeu-lhe a matrona, esboçando leve sorriso, com o olhar dirigido aos Céus, como se lá estivesse vendo seus filhos na paz com Jesus.

– Lucas nos afirmou que, próximo ao Tibre, não muito distante daqui, há um casarão de uma nobre senhora romana de nome Saturnina e ela poderá nos conceder uma ou mais de uma carroça para levarmos os corpos às catacumbas.

– Então, vai procurá-la, minha filha, mas deixa essa tormenta passar; daqui a pouco, já terá passado.

Nas grutas rústicas das catacumbas, muitos companheiros cavavam as rochas para que ali fossem colocados os corpos daqueles cristãos que haviam perdido a vida tão bravamente. Filhos amados, mães abnegadas, amigos abençoados... Isso era um trabalho árduo, pois precisava ser feito logo, antes que os corpos se decompusessem. E tudo estava sendo realizado pelos irmãos, mães e pais, tios e parentes próximos dos sacrificados, revezando-se de dez em dez para que não acontecesse como nos anos anteriores, quando os corpos foram atirados em uma vala e mandados queimar por Nero.

No ambiente soturno e malcheiroso, ali entre os mortos, Simão Pedro fez uma prece, pedindo ao Pai que acompanhasse todas aquelas almas que se entregaram por amor a Jesus e lembrou-se de Paulo, o incansável trabalhador, que conseguiu constituir, em vários locais, a igreja cristã. Com idade, magro, vestindo uma túnica alva, tendo longa e branca barba e cabelos que se lhe caíam nos ombros, também brancos, Simão Pedro, em certa hora, ao orar, enxugou as lágrimas, antes estacionadas em seus olhos:

"Mestre, estamos aqui para prestarmos uma homenagem a essas inúmeras almas que partiram ao Teu encontro, recordando-nos, nesses momentos que sempre nos trazem a dor, o quanto fomos atraídos pela claridade de Teu olhar, chamando-nos ao trabalho de restauração das almas perdidas de Israel e do mundo. E Te seguimos, Jesus, naqueles dias, mas também Te negamos; contudo, antes frágeis, hoje somos tão fortes como os que partiram, deixando seus mais caros afetos por amor a Ti, à procura de um mundo consolador. Hoje estamos preparados para abraçar a cruz a que foste imolado, porque nos imantamos com fé por sabermos que está próximo o momento em que sorriremos mais, avistando o caminho que nos levará à água viva e luz do mundo. Mas não deixaremos de pedir-Te que o otimismo não nos falte e que a coragem seja nossa alavanca até o escurecer de nossos dias. Bendito seja Teu nome, bendito o amor que nos ensinaste a vivenciar e esse caminho que nos dispusemos a caminhar."

E realizou a oração do Pai Nosso, agradecendo a bênção das lições que foram recebidas. Nisso, Simão Pedro viu uma ponta de um tecido púrpura, certamente de uma túnica que saía para fora do algodão, que envolvia um cadáver, em uma das furnas mais ao fundo, à esquerda. Aproximou-se rapidamente do local. Reconheceu, naquele tecido, um pedaço da veste de uma das jovens mais queridas, que estava batalhando pelo Cristianismo na cidade dos conquistadores. Aproximou-se do rapaz que cavava a laje e perguntou-lhe, com respeito e muito baixo, apontando o dedo em direção à furna:

– Quem foi colocado ali?

– Não sabemos. A pobrezinha está irreconhecível.

– Estou preocupado que seja Catina, a jovem que tem o avô paraplégico. Seus pais a deixaram quando era ainda criança. Se for ela mesma, nós teremos que ir imediatamente buscar alguém para tomar conta daquele homem. – E num impulso: – Vou procurá-lo. Ah, Gerusius, o desaparecimento desses cristãos nos deixa infelizes, todavia temos o consolo de que eles estarão melhores agora, contudo ser paraplégico, sozinho e continuar vivendo, isto sim é triste. O avô da moça deve estar sem comer desde o dia em que ela foi aprisionada, meu amigo.

E indagou, lembrando-se de um dos escolhidos para substituí-lo:

– Por onde anda Anacleto que não o vejo? Não sabemos o que me sucederá amanhã e como ficarão os meus pupilos se Anacleto também se for. Com isso eu me preocupo.

Suspirou prolongadamente, continuando:

– No entanto, eu sei que o Pai cuidará de todos eles, como nos ensinou o Mestre.

– Que eu saiba, assim como vós, Anacleto anda à procura desses familiares.

"Oh... eu oro para que ele permaneça vivo – mentalizou o discípulo de Jesus, aquele que fora chamado de "rocha" pelo Cristo. – Eu não o quero mais em reuniões grandiosas nas catacumbas ou em outros lugares. Ele precisa se preservar, talvez até sair daqui por um tempo. Nós precisamos de pessoas fortes e direcionadas aos testemunhos do Mestre, eu já estou velho e sei que minha hora está próxima, mas ele será um bom condutor de cristãos."

– Senhor, eu poderia me oferecer para ir convosco

procurar pelos familiares, mas, como vedes, nós temos ainda muito trabalho pela frente – declinou Gerusius a Simão Pedro, que se sacudiu no lugar onde estava, com um tremor sentido, talvez pela angústia que voltava a sentir.

Tratar ali de solucionar os problemas dos parentes daqueles cristãos que foram sacrificados era difícil, e muitos mortos foram escravos de outros locais.

– Além do mais – continuou o amigo que escavava –, alguns deverão ser queimados. Não enterraremos todos a tempo. Já passou um dia e ainda nos falta fazer mais da metade das escavações. Também estamos ocupando algumas delas que já estão sem os restos mortais.

Pedro direcionou o olhar para fora e reparou, deitados no chão e envoltos em trapos de algodão, mulheres, homens e crianças, todos enfileirados, e corpos embrulhados, mantendo a cabeça coberta por lenços, no intuito de serem reconhecidos. Sentindo grande angústia, procurou retirar os véus para que lhe fosse revelada a identidade de alguns. Sentiu profunda dor em seu peito, um sentimento de amor e tristeza ao ver aqueles inocentes massacrados daquela forma, seguidores do amado Mestre. Então, procurou sentar-se em uma das rochas, indagando ao jovem Gerusius:

– Mas, se não sabes quem foi essa mulher, não reconheces os outros lá fora também?

– Senhor – falou o jovem, parando novamente para fitá-lo de frente –, estamos fazendo o possível para que os corvos e as águias, que estão a rodear estas catacumbas, não dilacerem o que sobrou dos corpos. E, daqui a pouco, as sombras descerão sobre nós, abraçando todo este local, mas continuaremos a trabalhar até cairmos no cansaço, com a chama dos pavios iluminando muito pouco essas rochas de natureza vulcânica. Sinto muito, senhor, não há como sabermos todos os nomes desses infelizes; serão enterrados assim mesmo. Todos nós estamos nessa tormentosa labuta de dor.

– Compreendo. É difícil para todos nós, os cristãos, contudo, muito mais a vós, que chorais a perda dos amados. Peço que me perdoes, meu filho, eu te auxiliaria se o corpo me permitisse e, se faço essas questões, é porque me preocupo em avisar os familiares daqueles cujos corpos serão reconhecidos...

– A maioria dos familiares já percorreu este local, mestre Simão, e isso nos ajudou porque eles mesmos quiseram cavar as covas de seus parentes, no entanto, para os outros nós temos que pensar como fazer.

Depois de segundos, Gerusius estacou. Limpou o suor do rosto com o braço esquerdo e concluiu, olhando firmemente para o discípulo de Jesus:

– Lembrei. Respondendo vossa pergunta, lembrei-me de que conheço uma moça romana que também assistia às pregações de Paulo; ela pode saber destes mortos, para nós, desconhecidos. Ela me disse que faltara ao encontro na noite da prisão, nas catacumbas, por estar adoentada. Chama-se Domitila. Sempre visitava minha mãe. Os que estavam aprisionados e os que não foram reconhecidos, todos eles, estão ali fora – apontou com o queixo para os mortos deitados na terra. Mas ela virá ainda hoje e vou pedir a ela que converse com o senhor.

– Então, terei grande tarefa à frente, procurando todos os familiares possíveis e dando-lhes o conforto, como fazíamos no Caminho, porque não quero mais falhar com o Mestre. Lembro-me sempre de que Ele me pediu para tomar conta dos necessitados e esse é meu dever; e não é por estar assim, velho e cansado, e aqui distante, que eu não vou fazê-lo. É, Gerusius, nós temos muito trabalho pela frente. Vou tratar dos que ficaram e chamar meu filho para te auxiliar nessa tarefa – falou, erguendo-se para sair.

Pedro sentia-se tremendamente abatido. Havia acabado de falar aos conhecidos que lhe perguntavam como estava, ali nas catacumbas, que se sentia mais forte, mas seu coração estava muito sensibilizado. Sua fragilidade seria constante, cada vez que se lembrasse de todos aqueles que partiram por amor a Jesus.

"Oh, Mestre, até quando teremos de sofrer vendo esses inocentes serem maltratados? Lembro-me de quando me perguntaste: Simão, tu me amas? Eu disse que sim, e por três vezes fizeste-me a mesma pergunta. Depois, eu soube a causa dessa indagação: era para ver como eu reagiria frente a situações como esta. Deste-me a responsabilidade da continuidade de teu trabalho na Terra e eu continuarei a fazê-lo, aonde for, por onde andar, e em todas as vidas subsequentes, se assim permitires. Eu Te prometo."

A noite já fechava com seu véu escuro o colorido daquela tarde, mas o peso das vibrações angustiosas não se desfazia. Todos compunham um rosário de lamentos, sem poder dormir, sem poder descansar a cabeça com pensamentos de paz, porque a angústia do que iria acontecer no próximo dia seguia com eles.

Na manhã seguinte, notava-se o recolhimento da cristandade romana. Somente Simão Pedro acordou de madrugada para orar ao relento, fazendo a marca do peixe no piso arenoso da moradia, para relembrar os dias serenos da Galileia distante, com a presença amorosa do Mestre Nazareno. Analisando o clarear do dia, com o Sol a nascer distante, ele ergueu a cabeça ao Céu e, com lágrimas, pediu o auxílio celeste, porque, agora, sentia-se com aquele imenso encargo.

Tinha feito muitos amigos ali em Roma, tinha evangelizado uma imensidade de sofredores e procurava estar sempre sorridente e satisfeito, mas, naquele momento, estava praticamente só, com toda a responsabilidade da representação da Igreja cristã. Paulo já não estava com ele; Aristarco e Timóteo, companheiros de Paulo, haviam voltado antes, sendo que o primeiro levara a carta do convertido de Damasco aos Hebreus, redigida por seu próprio punho. Paulo necessitou mandar dizer a eles sobre as alegrias de um mundo de verdadeira paz em meio à revoltas e guerras, com a consciência nas palavras do Messias, que colocava o amor como o alicerce de toda a vida na Terra. Palavras levadas a esses irmãos que, crendo em um Deus único, não creram em Jesus, o Messias tão aguardado, que nasceu para que as orientações reais lhes fossem ensinadas e assumidas. Toda a tristeza que Paulo sentia, toda amargura por não ter sido compreendido por seus irmãos de ideal voltava à tona na hora da carta aos Hebreus, mas ele sabia que, mesmo com todas aquelas dores sofridas, o Cristianismo se disseminava, formando verdadeiras raízes, que se alastravam rapidamente.

E Simão continuava com seus pensamentos:

"E, naquele momento, até o próprio Lucas já teria partido. Procuraria Anacleto e entregaria a ele o cuidado da Igreja cristã, já que o primeiro bispo, Lino, fora apanhado com sua esposa Cláudia. Certamente, eles estariam entre os mortos, talvez irreconhecíveis como tantos outros. O coração de Pedro apertou-se, e ele, olhando novamente o Céu, vendo a aurora despontar longínqua, pediu ao Pai que concedesse aos romanos um pouco mais de amor e, aos cristãos, a fé e a coragem."

## Capítulo 7

## PRÓXIMO AO VELABRO

> *Embraçai o escudo da fé, com o qual podereis apagar todos os dardos inflamados do maligno.* – **Paulo** (Efésios, 6:16)

NA CASA SIMPLES DE RAIMUNDA, ALGUNS DOS vizinhos se reuniram, acanhados, para as preces, já que ela estava adoentada e andava com dificuldade. Todavia, porque todos estavam muito abatidos, ninguém procurava abrir a boca para a oração. Eles se debatiam entre si, perguntando-se que final teriam. Mas Domitila estava ali para levar os conselhos de Lucas aos sofredores, e teriam, sim, que orar em louvor a Deus e pelas almas dos que haviam partido. Quem dirigiria a reunião?

Simão esperou o Sol nascer e foi com seu filho até a casa do paraplégico Onório. Não bateu na porta porque sabia que ele não poderia abri-la, e foi colocando a cabeça para dentro e chamando:

– Ave, Onório, quem está aqui é um amigo.

Nada ouviu. Então, foi entrando e, sem resposta, olhou à sua volta, não o encontrando. Somente, na mesa rústica, jaziam um pedaço de pão e dois copos vazios. Chamou novamente o velho pelo nome e andou até seu dormitório, onde, deitado sobre um catre e desfalecido, o homem aguardava a providência divina. Simão chamou por Isaac, seu filho adotivo, e ambos apanharam as travessas do catre que o sustentava para levá-lo para sua própria casa.

– Meu pai, onde ireis acomodá-lo em nossa pequena casa? – indagou Isaac.

– Não sei, mas o Cristo pediu-me isso e não posso abandonar este mísero homem. No princípio, o levaremos conosco, depois veremos. Quando se tem um propósito no qual o amor se insere, o auxílio sempre vem. Aqui é que ele não poderá ficar.

A esposa de Pedro, com bastante idade, quando viu chegar aquele aleijado, ergueu o olhar a Simão, como a lhe indagar alguma coisa, mas, entendendo sua preocupação, ele comentou:

– Por hoje ele dormirá aqui na entrada, depois veremos. Vê um alimento para esse pobre homem, que está desmaiado, e dá-lhe de beber.

– Farás aqui uma casa idêntica àquela de Jerusalém, Simão, meu esposo?

– O que sei é que eu preciso fazer isso. Agora saio

para ver Domitila, que está com os desafortunados que me aguardam na casa da senhora Raimunda. Se vierem me procurar aqui, será lá que estarei. Nós temos muito trabalho pela frente. Meu filho, tu vens comigo?

– Sim, meu pai. Vamos.

No que sobrara do Esquilino depois do incêndio, Simão perguntou por Domitila, mas nem todos a conheciam, então lembrou-se de um escravo liberto que trabalhava em uma família de cônsules e foi até aquela residência, encontrando somente seu filho. Frente a ele, indagou onde encontraria a jovem.

– Senhor – ajoelhou-se o jovem frente a Simão Pedro, beijando-lhe as mãos.

Simão se retraiu, erguendo-o do chão.

– Eu sei de todos os passos da senhora Domitila, senhor, porque também sou cristão. Alguns irmãos estão se preparando para ir à casa de Raimunda e também eu vou, senhor, poderemos ir juntos. Domitila nos comunicou que a instrução daquele que acompanhava Paulo e que viajou para a Ásia é a de orarmos nas casas, não sempre nas mesmas, e sem acúmulo de pessoas para não chamarmos a atenção de Tigelino, que procura por cristãos como um cão esfomeado.

– Penso como Lucas, até esperarmos essa poeira de crimes baixar.

– Quanto a reconhecer os corpos dos que se foram,

bem... Isso Domitila já tentou fazer. Ela já deve ter chegado à casa da senhora Raimunda. Iremos lá, todos nós que éramos ouvintes de Paulo.

Simão Pedro chegou lá com o rapaz e pediu a seu filho Isaac que batesse à porta. Uma cabeça de jovem apareceu ali, com olhos indagadores, e Isaac perguntou-lhe sigilosamente:

– Shalom, a senhora é Domitila?

– Sim, ave Cristo.

– Domitila, nós estamos aqui com Simão Pedro, o discípulo de Jesus.

– Por favor, entrem e sejam bem-vindos.

Raimunda esticou o pescoço para saber quem estava ali e sorriu com os olhos lacrimosos, erguendo-se com dificuldade da cadeira em que se sentava e arrastando-se para beijar as rudes mãos de Simão.

– Senhor, viestes acalentar nosso coração de mãe? Perdoai-me que mal posso me mover.

– Sim, filha, eu vim também para isso. Há aqui outras pessoas que perderam seus entes queridos? – indagou o discípulo do Mestre a Raimunda, olhando à volta e vendo somente duas jovens senhoras com ela. – Soube que a reunião seria aqui...

– Muitos não vieram, senhor, muitos não têm forças para vir a este encontro e outros não vêm porque temem a

81

morte. Domitila, ainda há pouco, conseguiu que se levasse alguns cadáveres às catacumbas com algumas carroças. Aquela jovem ao seu lado é Adenaide. Mas sentai-vos, pois sois um ancião e deveis estar cansado por terdes vindo a pé até aqui.

Raimunda, com dificuldade, beijou-lhe as mãos, seguindo o exemplo de Domitila e Adenaide.

Simão Pedro baixou a cabeça, procurou sentar-se e, acomodado, colocou seu cajado ao lado. Depois, franziu a testa indagando à jovem cristã:

– Senhora Domitila, como conseguistes as carroças?

– O próprio Lucas me deu a informação. Cheguei à casa da senhora Saturnina pedindo desculpas e dizendo-lhe que Lucas havia me dado seu endereço porque estávamos precisando das carroças para essa missão dolorosa – baixou a cabeça, entristecida, e prosseguiu – Prestativa, a senhora pediu a seus servos Horácio e Marconde para arrumarem as carroças que tinham e nos convidou para orarmos com ela. Depois, voltamos em paz e mais tranquilos para aquela grande e sofrida tarefa.

Simão ouviu-a e falou, dirigindo-se a todos que ali estavam:

– Estou aqui por outro motivo. Nós, os cristãos, precisamos servir aos familiares dos que padeceram naquele dia terrível. Onde se hospedam os enlutados? Meu filho Isaac está conversando com um amigo, mas ele logo entrará e, então, anotará todos esses nomes para que possamos ajudá-los.

– Está bem, mas estou me sentindo derrotada e infeliz – redarguiu a jovem mulher. – Meu esposo é cônsul e não sabe que aqui estou. Perdi alguns familiares, mas a senhora Raimunda perdeu seus dois filhos.

– Sim, mas sabeis que vossos filhos – falou, dirigindo-se à infeliz mãe – e os que se foram estão em liberdade e muito mais felizes agora, não é, filha? Assim também nós ficaremos quando nos formos daqui. Lembrai-vos de que o próprio Jesus veio nos mostrar para onde iríamos, revelando-se em luz e beleza a todos nós, Seus discípulos.

– Domitila, pede para Adenaide dar um copo de água fresca ao mestre Simão – pediu-lhe Raimunda.

– Sou Simão, sim, mas mestre somente Jesus o foi – contestou o discípulo do Cristo.

– Fostes às catacumbas, senhor? – inquiriu-o Raimunda.

– Estive lá, sim, há pouco.

– Chegou a ver algum dos meus filhos?

– Não, senhora. Não vi ninguém e um dos motivos de estarmos aqui é esse – procurou desviar o assunto para não contar à senhora o estado das vítimas do circo –, mas vos peço que só lembreis que eles estão bem agora.

– Como poderão eles estar bem vendo sua mãe sofrer desse jeito?

83

— Ora, nós, cristãos, temos a fé real, que compreende todos os desígnios divinos. Nada precisamos temer quando formos ao Circo. Jesus está conosco e essa força é superior a tudo o que conhecemos aqui, pois vive entre nós o amor, e entre eles há a selvageria, que desconhece o verdadeiro amor. A morte já não nos é temor, mas libertação.

No entanto, irmã, apesar de tudo, nós não devemos odiar a ninguém, muito menos aos romanos. Nem todos são maus, mas têm de cumprir ordens. Apiedemo-nos de nosso César. Ele não conheceu o Cristo e dia virá em que, renascendo em outros corpos, aprenderá sobre Jesus e O seguirá assim como nós fazemos hoje. Aliás, Jesus nos dizia sempre, que cada ser traz, dentro de si mesmo, uma centelha divina.

— Mas eu sou mãe e perdi meus filhos, não serei capaz de perdoar aqueles que isso fizeram.

— Mas o perdão faz parte daquele que sabe amar. Se não perdoamos, é porque ainda não compreendemos o verdadeiro legado de nosso Mestre. A vida pode se nos apresentar uma estrada longa e difícil, contudo é um grande trajeto de aprendizado. No caminho, encontramos amigos, mas também desafetos, que devemos aprender a amar. Isso porque estamos todos juntos nessa travessia e, se deixarmos algum irmão infeliz para trás, nós nos afogaremos em mágoas íntimas, levando-as conosco para onde formos. Amais aos vossos familiares?

— Sim, é lógico, e por esse motivo tenho essa tristeza imensa – respondeu chorosa.

— Um dia, compreendereis que somos todos irmãos uns dos outros, e voltaremos a partilhar com eles a vida aqui, até que, em nós, não haja mais desprezo por ninguém – e Simão lembrou-se de Jesus em palestra com o respeitável Nicodemos.

— Bem, senhor, eu amo o Cristo, mas não penso como vós – retrucou Raimunda.

— No dia em que compreenderdes as lições de nosso Mestre, vos espelhareis nele e sentireis a verdadeira felicidade, filha. – E falou comentando de si mesmo: – Nós somos felizes hoje, apesar de estarmos nessa cidade sangrenta...

Simão cerrou os olhos em pensamento íntimo: "Mas jamais a felicidade foi tão grande como nos dias em que acompanhávamos o nosso Mestre Jesus... Tenho saudades daqueles dias lindos em que conversávamos sobre a barca, que deslizava no ondular do lago Tiberíades e, ao entardecer, debaixo das oliveiras... ah... a Galileia querida, que eu sei, jamais verei novamente".

Vendo que ele exultava de felicidade, com pensamentos furtivos, deixando uma lágrima escorrer de sua face, Raimunda, para desviar o pensamento de Simão Pedro, indagou-lhe:

— E quem ficará no lugar de Paulo, só o senhor? Temo que tudo se perca se vós também partirdes.

— Paulo teve muitos colaboradores que já voltaram, e Lucas debandou, há pouco, para a Ásia, todavia, João Marcos veio para nos auxiliar e outros chegarão, estão sempre chegando. Assim somos nós, os Cristãos... Uns partem, outros aparecem. Cultiva-se uma roseira, rosas nascem e fenecem, mas, se pudermos regá-la, outras rosas virão sempre. Poda-se o roseiral, e um novo roseiral, ainda mais forte e robusto, abarrota-se de rosas. Assim é o Cristianismo. Somos nós como ramagens de uma bela roseira, sempre com flores novas. O Cristianismo é como grande roseiral que devemos sempre cuidar, adverte-nos o Senhor.

Roma é muito grande e necessário se faz estender também a quantidade dos colaboradores, para que possa levar a Boa Nova a todas as comunidades formadas. Estes servirão de instrutores quando essa poeira, que cerra os olhos de todos nós, baixar.

Dessa forma, terminou o dia. Pedro deixou, nos corações destruídos, a imagem de novo ânimo, um novo dia que surgiria para a alegria de todos. Como roseira cultivada, o Cristianismo permaneceria em todos os corações.

## Capítulo 8

## A MELHORA DE PETRULLIO

> *Quero, pois, que os homens orem em todo lugar, levantando mãos santas, sem ira nem contenda.*
> – **Paulo** (I Timóteo, 2:8)

NA PARTE TÉRREA DA MORADIA, NO DIA SEGUINTE, apesar do clima pesado pelos últimos acontecimentos, Saturnina recebia, sorridente e cheia de alegria, a visita do amorável instrutor das escrituras e seus acompanhantes, com as prédicas de Jesus de Nazareth, para a oração da noite. Mesmo notando a ausência de Simão Pedro, ela estava redundante de felicidade. Entre eles estavam Domitila, Cipriano, Crispin e outros servos do Esquilino, que saíram da casa de Raimunda diretamente para lá.

– Ave Cristo. Entre, venerando irmão Porfírio – recebera-o ela –, e trazei convosco todos os irmãos que vieram para assistir a este trabalho. Sede bem-vindos.

– "Ave Cristo" – ela ouviu de todos.

– Simão Pedro, o apóstolo, mandou-nos em seu

lugar hoje – disse-lhe Porfírio. – Ele está atarefado demais essa noite.

– Todos são bem-vindos.

Na noite quente, em vez de permanecerem no jardim, o instrutor preferiu que se fizessem as preces entre as fortes paredes da grande residência, para que os amigos de Saturnina não temessem serem ouvidos da rua.

– Entrai, por favor – chamou Saturnina a todos os amigos que chegaram. – Hoje não vamos ficar no jardim. Marconde e Horácio já prepararam o pão para a ceia após as orações, e temos também um vinho que nossos amigos nos trouxeram de sua chácara. Podereis abençoá-lo, como Jesus fazia.

– Onde estão vossos amigos que não os vejo, senhora? – indagou-lhe o instrutor Porfírio, encaminhando-se para dentro da residência com seus acompanhantes.

– Olhai lá. Estão descendo as escadas, irmão Porfírio. Mas me falai mais sobre Simão Pedro e nossos irmãos cristãos lá fora – pediu ela, parando um pouco para receber a resposta de Porfírio.

– Grande tristeza nos assola, *domina* Saturnina. Alguns pensam que tudo se perderá nas fogueiras e nos fiéis testemunhos de nossos amados irmãos, no entanto, se fosse assim, Jesus não se daria ao trabalho de descer a esta Terra, sem a certeza de que um dia o Cristianismo alcançaria a humanidade toda. Nestas perseguições, nós temos que elevar a mente e orar, porque Jesus sabia que isso iria acontecer, ele nos disse isso, mas também nos afirmou que, numa era distante, todos estaríamos reunidos em uma só crença. – E continuou, com voz entristecida: – Sofremos muito por Paulo, nosso apóstolo batalhador, que a todos acalentou com as lições da Boa Nova desde que aqui chegou. Nossa dor foi imensa quando o apanharam, mas ele entregou-se a Jesus de tal forma que temos a certeza que foi forte nessa hora. Tememos agora por Simão Pedro. Mas, como sempre, ele não pensa só em si. Nestes dois dias, envolveu-se a tratar dos sobreviventes, velhos e crianças que ficaram, cujos familiares foram sacrificados. Dá-nos a lição da verdadeira caridade, que o Cristo pediu que fizéssemos. E cá estamos nós, procurando erguer a fé do Evangelho nos corações dos aflitos. E não podemos nos revoltar contra o imperador e os que ainda louvam vários deuses; precisamos, sim, compreendê-los, como fazia Jesus, e também pensarmos em trabalhar o "amarmos uns aos outros", porque todos são nossos irmãos, até mesmo aquele que está no poder e foi o causador de todas essas dores e sofrimentos atrozes, não é mesmo?

Suspirando profundamente, Porfírio colocou os olhos lacrimosos sobre Saturnina e referiu-se:

– Como nos disse Paulo, somos todos devedores uns dos outros. Os que sabem mais são devedores daqueles que nada sabem.

– Todos nós sentimos imensamente, meu amigo, mas temos de ser fortes. Temos de pedir a Deus a coragem necessária. Mas, vede, nossos amigos vêm vos cumprimentar. Vamos – convidou-os a anfitriã.

Os amigos de Saturnina se aproximaram para cumprimentar o instrutor e seus acompanhantes com um grande sorriso, com exceção de Veranda, que permaneceu afastada.

– Avancemos e sentemos no chão para discutirmos as lições de hoje – pediu-lhes o instrutor.

– Não, irmão Porfírio – comentou Saturnina –, há lugar para todos nós, em triclínios e almofadas. Ficaremos bem acomodados.

Depois dos abraços do instrutor Porfírio a Veranda e seus acompanhantes, todos foram se acomodando para a apresentação vocal dos companheiros de ideal, com exceção dela, que tornou a subir as escadas. Uma bela música, criada por alguns cristãos, nessa época da perseguição de Nero, para dar coragem aos perseguidos, foi entoada pelos visitantes. Bela, mas melancólica, acompanhada ao som de uma kithara[1], flautas e címbalos.

A melodia dizia assim:

Irmãos nos tornamos hoje
Por todas graças dos Céus
Em busca do bem a fazer
A retirar todos os véus

---

[1] *kithara*, era um instrumento usado em muitas ocasiões e preferido pelo povo romano, substituído pela lira. Muitos diziam que choravam, tamanha paz que sentiam.

Da mentira, da vaidade,
Da ilusão, do desafeto
Buscando durante a vida,
Encontrar caminho certo

Jesus seca nossas lágrimas
Acalenta todas as dores
Perdoa todas as ofensas,
Amando os pecadores

Lembremos que o Salvador
É a verdade e a vida
Nosso Céu, nossa alegria
Nosso conforto e bonança

E nas estradas em andanças,
Trazendo a alma em ferida,
Não precisamos chorar
Nele tenhamos esperanças.

Lágrimas dançavam nos olhares de todos durante a canção, naquele clima de tristeza profunda pelo desaparecimento de Paulo e pelos sacrifícios humanos.

Porfírio apanhou o documento que levava entre as dobras da túnica e abriu o pergaminho com o Evangelho de Mateus. Depois de ler um trecho, falou a todos:

– Que a paz de Jesus esteja nesta casa, abençoando-nos, inclusive àquele homem prestimoso e digno que está deitado ao leito, no piso superior, aguardando Suas bênçãos.

Veranda, que estava no andar de cima, ao pé da escada, não desejando voltar atrás, mas interessada em saber o que iria ser falado, ficou espreitando o que diziam, depois do silêncio que se fez após a música. "Ora, como é que ele sabe sobre meu esposo? – perguntou a si mesma. – Ah... Saturnina deve ter comentado a situação de Petrullio a ele".

– Bem... Aqui estamos nós e os poucos cristãos que se atreveram a sair de casa esta noite, interessados em conhecer sobre a palavra de nosso Mestre Jesus – continuou o instrutor –, e a grande maioria permaneceu orando em suas residências.

Para quem nunca ouviu falar no Mestre, dizemos que poucos reconheceram nele o Messias, aquele que nasceu na Galileia e veio nos exemplificar a lei do amor, o amor a Deus e de uns pelos outros, o único caminho que nos levará a uma vida feliz e que nos libertará do mal.

Murilo, meio indignado com essas palavras, acusou-se:

– Lei de amor? Quereis dizer que as pessoas devem se amar mutuamente?

– Corretamente, meu rapaz.

– Mas... e nossas guerras, nossas conquistas? Olhai para meu irmão e eu. Estamos uniformizados a caráter para defender nosso império. Se não fizermos isso, nossas famílias perecerão, como nós também... Achais dignificante que nos deixemos levar por esse ideal e, dessa forma, perder a nossa vida?

– O Cristo falou sobre as dores que viriam e que era preciso que passássemos por isso. Aí estará o nosso crescimento.

– Mas, sinceramente, apesar de estarmos aqui, eu, meu irmão e sua esposa, assistindo ao vosso comentário, digo-vos que não poderemos abraçar essa doutrina que, certamente, levar-nos-á à morte, se não de um modo, de outro. Não poderemos agir contra o imperador e as leis romanas.

– Não fales por mim, Murilo – adiantou-se Marius.

– Falas dessa forma porque não conheceste quase nada sobre o Cristo, como eu; pelo menos não sabes das coisas que ouvi sobre Ele. Peço-te, querido irmão, que, primeiramente, aprecies as palavras desse homem, para que, depois, tomes a atitude que lhe convier.

– Está bem. Desta feita, permanecerei calado.

– Marius tem razão. Quem não conhece Jesus não deve entender por que a animosidade não deve existir entre as pessoas. No momento em que se conhece o Cristo, a renúncia precisará ser uma constante em nossas vidas – realçou Porfírio. – Jesus veio nos ensinar um caminho de melhoria interior.

– Renúncia? Renunciar a quê? Às guerras, Aos temores? Às dores?... Ora, isso não pode ser. Havia combinado somente vos ouvir – desculpou-se Murilo, porém, ainda não conseguindo entender aqueles ensinamentos, não pôde se controlar, tinha necessidade de saber mais e mais.

– Jesus, através de Seus exemplos – prosseguiu o instrutor –, trouxe-nos tudo o que Deus quis nos ensinar. Durante poucos anos somente, mostrou-nos que o importante ao segui-Lo é nos transformarmos em uma pessoa melhor, através da lei de amor. Ele, para quem não o conhece, é o Messias, aquele que o povo judeu sempre esperou e que, quando chegou, não foi acreditado. E os possuidores de grandes valores nos dizem: "Quem acreditará em alguém que fala para que deixemos tudo o que temos e segui-Lo? Quem acreditará naquele que, sendo esperado em berço de ouro, nasce em uma humilde gruta?" Só que os princípios humanos da Terra estão errados. Em Jesus está a justiça, a lei, esse preceito divino, que nos mostra o caminho para uma felicidade futura. Quem não O aceita e age de forma incorreta não conhece a lei e tem estradas de sofrimentos e dores. Todavia, quem O segue adquire a paz que tanto almeja. Jesus sofreu, pois não foi compreendido, mas nos abençoou com o perdão. E essa graça nos veio até no momento em que estava sendo crucificado.

Ele é um Ser Divino e a Sua luz é tão imensa que chegou a cegar Paulo, o homem de Tarso, Seu apóstolo, como foi chamado o nosso amigo que foi martirizado. Como nosso irmão Murilo, Paulo não acreditava no Mestre, porque não o conhecia, mas Jesus lhe apareceu como que em uma explosão de luzes muito fortes. Tamanha foi sua luminosidade que Paulo ajoelhou-se no solo, chorando de emoção e arrependimento pelo mal que havia feito aos cristãos que perseguira na época, e o reconheceu ali como o Messias esperado. Vindo a Roma, até poucos dias trabalhou incansavelmente, recebendo as dores sofridas como as marcas do Cristo que levava em si mesmo. Mas, com a graça de Deus, ainda está conosco, em Roma, Simão, o pescador da Galileia que conviveu com Jesus, o discípulo que chamamos de Pedro, como devem saber.

– Com o perdão da palavra, sustento em dizer: o que ele, Paulo, ganhou com isso? – continuou o filho de Veranda, posicionando-se em lhe indagar.

– Já vos destes conta de que é só através do Mestre Jesus que poderemos abrir os olhos para a felicidade? O que considerais como felicidade, Murilo?

– Neste momento, considero còmo felicidade ter nosso pai saudável. Falastes antes em um doente que está lá em cima. Ele é meu pai, e minha mãe não sai de perto de seu leito. Ansiosa, revolta-se com todos, porque nosso pai é o grande amor de sua vida, ou acha que tribunos e homens da lei não sentem amor por ninguém? Minha mãe não quer saber de Jesus, mas, neste momento, deseja, ardentemente, que meu pai se salve. Felicidade, senhor, vos digo que, para nós todos, tanto Marius, como Dulcinaea e eu também, tenho a certeza, é estarmos unidos com papai, vendo-o saudável novamente.

Marius e a esposa estavam de cabeça baixa, enquanto que todos os presentes, que foram para ouvir a palestra de Porfírio, acomodados em almofadas, no piso, nos triclínios, fixaram seu olhar no instrutor, a fim de saberem qual seria sua resposta.

– Falais bem, meu irmão, pois valorizais o que é importante e tendes uma família respeitável e cheia de graça, pelo amor que vos une. Pois é esse bem que Jesus quer que permaneça conosco; esse amor abençoado que possa se expandir a todos os que vivem na Terra, tanto para a família, como para os que consideramos vilões, ou seja, nossos inimigos. Essa é a lei. Jesus nos ensina que o amor é o frasco milagroso que poderá trazer felicidade eterna.

Ante o olhar assombrado de quem não entendia como isso poderia suceder-se, Porfírio continuou:

– Murilo, nós somos seres imortais. Jesus nos provou isso, vindo a nós depois de sua crucificação. Trouxe-nos a prova de que jamais morreremos e que, para alcançarmos a felicidade, Ele é o caminho. Por esse motivo, disse-nos que é "O caminho, a Verdade e a Vida", mas não podemos somente querer o bem dos nossos familiares. Precisamos sentir na pele o que nosso cunhado, nossa sogra, nosso servo e nosso vizinho de rua está sofrendo. Mas precisamos, com o amor que aprendemos a sentir, auxiliar o necessitado, não só com moedas da época, conforme nossas possibilidades, mas também com palavras, conselhos, com os ensinamentos da Boa Nova.

Os presentes que assistiam, entusiasmados, àquelas narrativas, confirmavam com a cabeça para Murilo que, impaciente, teve que discorrer:

— Senhor, vós deveis estar dizendo a verdade, assim como os que aqui estão, pois fazem sinal afirmativo com a cabeça, contudo, não posso, ou não devo, crer em uma coisa desse gênero. Acho que nós morremos e tudo se acaba.

— Ledo engano, meu irmão. Muitos viram o Mestre após sua morte e teve um de Seus discípulos que até colocou a mão nas feridas resultantes da crucificação. Lembro-me de quando Paulo contou que, quando perguntaram a Jesus se Ele era Elias, Ele afirmou que Elias já voltara, e ninguém o reconhecera. Quis falar sobre João Batista, que fora Elias em vida anterior.

A vós, que amais vossa família, Murilo, posso dizer-vos que, perante um adversário, podereis ver a face de um irmão do passado, ou mesmo de um pai. E no vosso inimigo de conquistas, podereis ver um filho, um companheiro... É por esse motivo que devemos amar a todos, indistintamente, e, quando esse dia chegar, novos caminhos, novos horizontes se nos demonstrarão. É necessário fazer o bem sempre, porque há uma lei que retorna para nós o que fizermos aos outros.

— Então, o que será de nós, os soldados? Em nossa família, somos três militares, com o papai — argumentou Marius.

— No momento, posso dizer-vos somente para que sigam vossos corações. Nosso apóstolo Simão Pedro nos advertiu, em suas elucidações, que dia virá em que Roma não assistirá mais suas conquistas e se cansará de suas guerras e do sangue derramado de seus compatriotas. O homem de hoje, com a disseminação das leis divinas que Jesus nos revelou, transformar-se-á, pouco a pouco, em uma pessoa mais humana. Esse período aproxima-se lentamente; será um período de paz, que também advirá por essas pequenas, mas grandes mudanças nos corações humanos. Jesus nos afirmou que, um dia, se estabelecerá o domínio do amor sobre a Terra.

E, intuído por guias angélicos, continuou:

– Será como uma vertente de luz que abrirá caminhos aos neófitos, pois, como assim hoje vos determinais, procurando transformar o velho homem que em vós falece, percorrereis caminhos de bênçãos e glórias, sendo um dos grandes precursores do Cristianismo em outra era, muito longe daqui, além-mar.

Marius olhou para sua esposa com olhos interrogativos.

Murilo calou-se pensativo, cerrando as sobrancelhas espessas, a decifrar o mistério que aquelas palavras encerravam.

E, voltando-se para os visitantes, o instrutor persistiu:

– Lembremos sempre que temos um compromisso com Jesus, a nossa mudança. É isso o que Ele espera de nós. O compromisso com o próximo, sim, mas, em primeiro lugar, o compromisso conosco mesmo. No momento em que nos transformarmos em pessoas melhores, estaremos seguindo o exemplo de Jesus. Iniciemos pelo pensamento, depois pelas maneiras e ações.

Pelo pensamento, porque é através dele que os bons ou maus atos acontecem; as uniões de amor, mas também os crimes mais hediondos; a descoberta das plantas que curam, mas também das que envenenam; o pensamento do feliz encontro e a perseguição nos dias que procedem...

Meus amigos, sabemos o quão importante é cultivarmos o pensamento em Jesus no momento em que o ódio deseja fazer morada em nosso ser, quando vimos tantos inocentes nos deixarem pelas mãos do crime. Porque, se analisarmos bem, o nosso coração age através dele, do pensamento. Precisamos, por esse fato, ser vigilantes e perdoar, como Jesus nos pediu.

É um caminho difícil, sabemos, no entanto só assim estaremos seguindo a luz de nosso Mestre Jesus e nos tornando, realmente, cristãos.

Agora, vamos orar pelo homem que está no leito e logo nos aprazaremos com o pão e o vinho que a nossa extremada irmã em Cristo, Saturnina, nos presenteará.

Reunidos em Espírito, aqueles acompanhantes do Evangelho, imaginando o terrível momento das perseguições em que passavam todos os cristãos, elevaram o pensamento a Jesus e, orando o Pai Nosso com os olhos cerrados, pediram o restabelecimento de Petrullio, em Seu nome, e que a família que Saturnina, com seu desprendimento, abrigava encontrasse o seu caminho.

Grande luz se formou. Amigos angélicos, que constituíam a rede espiritual de amparo aos cristãos, os estimulavam com a coragem necessária e a certeza de que, um dia, o amor venceria. Espíritos que haviam sido sacrificados alguns anos antes protegiam os que ali permaneciam, dando-lhes a certeza da vitória, merecidamente alcançada, para a formação de um mundo melhor.

Enquanto todos oravam genuflexos, Porfírio, homem magro e humilde, vestindo uma túnica surrada, mas extremamente limpa, subiu lentamente a escada que o levaria ao dormitório onde Petrullio descansava. Lá, aproximou-se do leito, colocando as mãos sobre a testa e o plexo solar do doente, pedindo a Jesus que demonstrasse seu amor àquela família, curando o tribuno, através daquela transmissão energética e regeneradora, alimentada por Espíritos Superiores.

Via-se ali a esposa exausta, que nada mais ouvira, pois fora tomada de um sono profundo, ao lado do marido.

Porfírio, ainda com as mãos postas sobre a fronte e o peito do tribuno, satisfeito, porque sentira a mão de Deus atuar sobre ele, continuava a orar.

O velho Murilo Petrullio iniciou a ressonar tranquilo, depois das orações de Porfírio, e, naquele momento, quem pudesse enxergar através da mediunidade, poderia ver a beleza do fato que ali ocorria. Com a presença de

Espíritos Superiores, uma luz azul era enviada ao enfermo através das mãos do instrutor, adentrando por suas narinas em direção ao seu sistema endócrino e, através do sangue, restaurando suas células falidas, pelo poder do amor do Pai Maior.

Sentindo que o enfermo recebera a bênção que ele, Porfírio, pedira ao Alto, ao terminar a irradiação, o instrutor agradeceu a Deus e desceu, acomodando-se entre os visitantes, que o aguardavam para o alimento do pão e do vinho. Os servos cristãos de Saturnina sentaram-se também, a pedido dela, para aproveitarem as orientações que ainda viriam daquele amigo cristão.

Murilo e Marius achegaram-se para ficarem próximos ao dedicado amigo e perguntaram a ele, a meia voz, quase sussurrando:

– O que achastes de nosso pai? Achais que ele poderá morrer hoje ainda?

– Penso que dorme tranquilo, assim como vossa mãe, meu irmão.

– Dorme tranquilo?

– Depois da divisão do pão e do vinho, vós mesmos obtereis a resposta, que não vos posso dar agora.

Induzidos a uma alegria que não sabiam de onde viera, os familiares de Petrullio se entreolharam e subiram rapidamente a escadaria em quase total escuridão. Ao chegarem ao dormitório, iluminado só com leve chama a óleo tremeluzente na parede, ouviram a voz do pai a chamar:

– Veranda, minha querida esposa, eu necessito de uma taça de água.

– Oh, marido, estás melhor? – assustada ao ouvir a voz do esposo, ela ergueu a cabeça e logo o corpo, para atendê-lo.

– Sinto-me um novo homem.

Veranda colocava-se em pé com as mãos trançadas no peito, exultante de felicidade, enquanto seus filhos adentravam ao local de repouso do pai, abraçando-o, lacrimosos.

– Foi Porfírio. Ele salvou nosso pai através das preces dos que ali se encontram – atestou Marius, com largo sorriso na face, envolvido pelas vibrações dos seres angélicos que acompanharam Porfírio.

Petrullio, que não sabia do que estavam falando, franziu as sobrancelhas, colocando uma interrogação na face.

Porfírio agradeceu em silêncio, pois, de onde estava, havia ouvido a exultação daquela família. Foi nesse momento que, descendo, Marius abraçou-se à esposa, que alimentava o menino e, dirigindo-se ao instrutor, confirmou:

– Desejo ser batizado, irmão. De agora em diante, sou cristão e, com a aceitação de minha esposa, ela também o será, como nosso filho. Fostes o responsável pela cura de nosso pai.

– Vos enganais, meu irmão, quem o salvou foi Jesus, com as bênçãos do Pai Maior.

Saturnina subiu as escadas e sorriu emocionada pela recuperação quase instantânea do esposo de sua amiga Veranda.

– Minha amiga – falou-lhe Veranda timidamente, quando a viu adentrar no recinto –, eu suspendo todo o receio e os momentos de rejeição que demonstrei a ti, para cair de joelhos em tua frente, como faço agora. Meu esposo está curado!

– Levanta-te, Veranda. Foi com a bênção de Deus que vieram até aqui. Jesus tem salvado pessoas através destes colaboradores que se entregam a Ele sem receio ou suspeita de não serem atendidos, porque o fazem com amor. "Não gostamos de fanáticos", dizem-nos o povo romano, mas isso não se trata de fanatismo, não achas, minha amiga, que tenho razão? Seguir Jesus é ter em mente a reformulação de nossas diretrizes. Se Ele nos mostra o caminho certo a seguir, como não iremos percorrê-lo? Queremos sair da dor que nos assola, compreender o ser humano bruto e insensível, criar um novo campo de amor.

No dia seguinte, refeita pelo sono:

– Como, se não és escrava, nem tiveste fome na vida, te uniste ao crucificado? – reflexiva, indagou Veranda à amiga.

– A dor de não mais ter meu esposo me enlouquecia. Naquela época, eu tinha tudo. Ser rejeitada, vaidosa como eu sempre fora, orgulhosa e admirada por todos, seria como morrer. Visitava o Circo Máximo com ele, assistindo àqueles horrores entre os gladiadores, as feras, o vinho em demasia, os prazeres libidinosos nos espaços privativos... além da maledicência a rolar, só para acompanhá-lo. E, sem razão nenhuma, fui abandonada. Meus pais não mais existiam e eu iria ser repudiada e largada por toda Roma também, como quem deixa uma roupa velha, não fossem os irmãos cristãos. Fiquei tão desesperada que, no princípio, eu só queria morrer, como já sabes. Deves imaginar o que significa uma mulher sozinha aqui nesta cidade. Naqueles dias, eu não quis saber de nada, nem da criança que soube estar em meu ventre. Eu estava magoada e era só esse fato que me desorientava. Então, eu quis retirar minha vida e, olhando para a água do Tibre, sempre em choro convulsivo, cheguei a uma ponte e imaginei que ali tudo logo estaria acabado. Foi quando um braço forte apanhou-me e levou-me com ele: "Vem, minha irmã – disse-me –, não sentirás mais dores, nem maiores sofrimentos, pois começarás a te identificar com o verdadeiro caminho da vida".

Ao se lembrar desse fato, Saturnina sentiu que seus olhos encheram-se de lágrimas. Agora era feliz, porque aprendera a compreender a razão de viver.

Vendo os olhos estupefatos de Veranda, que não soubera tudo o que ela havia passado, pois também a havia abandonado naquela época, continuou:

– E isso aconteceu próximo a esta casa. Por esse

motivo, vendi o que tinha para comprá-la e, assim, lembrar-me do dia em que renasci para o verdadeiro amor. Mas para isso tive de mudar. Pensar diferente, modificar a estrutura formada. As sobras dos valores eu doei aos cristãos. Acolhi-me nos braços de Jesus, porque estava derrotada e venci as barreiras do mal.

Dissimulando, como para não demonstrar que abandonara Saturnina também, Veranda arguiu:

– Por que não me procuraste naqueles dias? Todos sabem que teu esposo fugiu como desertor e foi morto anos depois, no caminho para a casa da nova esposa. Ainda não posso aceitar o que irias fazer a ti mesma, mas, ao menos, compreendo-te agora, e peço aos deuses que as coisas se transformem para melhores em tua vida.

– Desertor? Nova esposa? O que te contaram sobre ele?

– Disseram-me que... bem, isso não deveria ser eu a te dizer, mas teu esposo não só abandonou a ti, mas ao império de Cesar, por uma bela e jovem mulher, indo residir com ela próximo da costa Siciliana.

E, notando que a reação de Saturnina não fora de extremo ódio nem desejo de vingança, Veranda continuou:

– E agora, o que me dizes? Se soubesses disso naqueles dias, irias odiá-lo e irias atrás dele como qualquer romana, ou preferirias ainda morrer por Jesus, satisfazendo teu coração na renúncia e na dor interna? Sim, porque muitos cristãos são chamados de ridículos e sem caráter, porque, se são procurados pelas perseguições, não são capazes de se defenderem. Jesus vos ensinou a serem pessoas sem distinção, humilhadas? Onde o orgulho de uma matrona romana?

Sorrindo angelicamente, Saturnina acariciou a face de Veranda, respondendo-lhe:

– Ouvindo sobre o Cristo, aprendemos a mudar. Só abraçando essa causa é que ficamos assim. O Cristianismo nos transforma em pessoas melhores. Ensinou-me tantas coisas que agora sou essa pessoa que estás conhecendo, pois a renúncia faz parte de todo o ser que quer segui-Lo.

– Como mudaste! Dize-me, como te sustentas?

– Eu e meus amigos vendemos frutas e verduras, de um sítio que ainda me restou.

– Verduras? Não pareces a mesma, Saturnina. Não consigo acreditar em tamanha mudança... Bem, eu vou ver se Petrullio já acordou e depois descerei para estar contigo.

## Capítulo 9

# MÃOS À OBRA NO AMOR CRISTÃO

> *Ninguém tem maior amor do que este: de dar a vida por seus amigos.* – **Jesus** (João, 15:13)

NAS CATACUMBAS, AINDA A REMOÇÃO DOS CORPOS imperava.

Ali na casa de Raimunda, Isaac chegou levando consigo alguns cristãos, conhecidos do Esquilino, que chegavam de dois em dois para não serem notados entre os outros. Via-se que o receio e o temor estavam em todas as faces. Ao colocarem-se diante de Simão Pedro, uns ajoelhavam-se, outros, chorando, beijavam-lhe as mãos, pedindo-lhe que os abençoasse. Era como se o céu estivesse desabando sobre suas cabeças e precisavam daquele representante de Jesus com eles, o discípulo a quem Jesus havia chamado de "a rocha". Simão, sem jeito, não deixando que se ajoelhassem, apanhava suas mãos e elevava-os, mostrando aparente felicidade, mas, confiante na posição que adquirira ali de "empresário do bem", beijava-lhes as faces.

— Acomodai-vos, que precisamos conversar — argumentou Simão aos presentes.

E, procurando Isaac, sigilosamente falou-lhe:

— Faremos o que está ao nosso alcance, para esses filhos da dor.

Depois, pediu a ele que fizesse a lista das pessoas que precisavam de auxílio familiar e lhe entregasse.

— Está certo, pai.

Isaac retirou do bolso um pedaço de pergaminho, uma cópia das anotações do Evangelho, que ele sabia de cor, e anotou ali mesmo alguns nomes.

— Mas... e se forem muitos, meu pai, como vamos atendê-los? — parou de escrever Isaac, indagando ao velho Simão, com voz muito baixa.

— Farei o que fiz nos tempos em que ainda não existias, meu filho. Pedirei, vou adiante. Alguém se apiedará de nós, que teremos a nosso cuidado esses infortunados, velhos e crianças. Temos que dar alimentos para muita gente, mas também cuidados. Bem, vamos ao assunto: o primeiro, por favor — e foi chamando um por um, aos que lá aguardavam.

Vendo aproximar-se um humilde rapaz, indagou-lhe:

— Nome?

— Chamo-me Eudócio e sei de um casal de velhos, pais de Deolinda, que era sustentado pelo genro, esposo dela. O casal padeceu com os cristãos e, com eles, seu filho de treze anos. Os velhos ficaram abandonados. Eu não tenho condições de fazer alguma coisa por eles. Moram nos fundos da casa de Deolinda e agora não temos como acomodar essa situação.

— Aí está um início da reestruturação dessa gente. Se os pais de Deolinda moram nos fundos, quem sabe poderemos alugar a parte da frente para fazermos o que estamos planejando, em auxílio a eles e a todos os infortunados? A casa é muito pequena, Eudócio?

— Bem... nem tanto, e poderá abrigar alguns necessitados; ainda pode-se construir um aumento daquela residência, pois o terreno é amplo.

— Ótimo. Quem é o segundo?

— Sou Anatole e atendia aos meus senhores, que, naquela noite angustiosa, foram ouvir os ensinamentos de Paulo nas catacumbas. Eles não voltaram mais para casa e eram pessoas sem filhos. Onde ficarei eu? O que será de mim?

— Trabalharás para essa obra, assim terás alimento e moradia. Qual o próximo?

— Mas posso levar alguns braços a mais até eles conseguirem novos senhores? – ainda averiguou Anatole.

— Sim, o momento é de trabalho.

— Chamo-me Miriam, mestre Simão. Fiquei desamparada, meu marido foi, naquele dia, com meu menino às catacumbas e não mais retornaram – a jovem mulher suspirou e desandou em choro doloroso.

— Ora, minha pequena filha — abraçou-a Simão, envolvido pela dor da jovem —, todos nós choramos, uns pelos outros, mas devemos chorar mais por aqueles que agem com brutalidade, que nos escarnecem, que nos machucam e apedrejam. Eles, sim, são dignos de que choremos por eles, pois não encontraram ainda esse caminho que nos faz tão bem e nos permite amar e sermos amados, sempre ao encontro com a verdadeira paz. Não pensemos somente em nós, colocando-nos no desequilíbrio que nos leva à mágoa e não permite que possamos dormir ou nos alimentar corretamente. A dor da saudade é punhal afiado em nosso coração, sabemos disso, mas pensemos na felicidade em que estão todos eles, revestidos, nesse momento, com a presença e o amparo de Jesus, em pleno reino de amor, iluminados pela bondade divina.

Depois, olhando-a nos olhos, indagou-lhe:

— Tens outros filhos?

— Tenho um casal de gêmeos com dois anos, eu havia ficado com eles em casa, naquela noite.

— Agradeceste a Deus por isso? Afinal, se tivesses ido, eles estariam agora na mais completa orfandade e solidão. Ergue as mãos aos Céus, minha filha. Vê o lado bom da vida.

Vendo a carinha de sofredora que a moça fazia, colocando leve sorriso nos lábios, ainda lhe perguntou:

– Poderás colaborar com a limpeza do local onde nos alojaremos?

– Sim.

– Então, estás colocada. Assim poderás receber para o sustento de teus filhos e o teu.

– O próximo?

E assim foi até altas horas. Simão Pedro estava satisfeito porque, reunindo os mais necessitados em um só lugar, muito mais fácil seria cuidar deles. Aquela casinha singela, que fora de Deolinda, seria como parte da casa do Caminho, onde, anos distantes, pôde auxiliar a tantas pessoas. E, despedindo-se de Raimunda e Domitila, saiu mais tranquilo com seu filho para conhecer o casal de idade que havia perdido a filha e o genro e pedir-lhes a autorização de ocupar a casa da frente, pagando algum aluguel. O casal de velhos, Zulmira e Metinus, chorou de alegria ao ver que alguém iria cuidar deles e cedeu a casa, não desejando valores.

Simão agradeceu ao Pai e a Jesus por tão rápida resolução da primeira parte de sua iniciativa, com a colocação dos que ficaram desamparados, pois a segunda parte também resolveria, pedindo auxílio em mantimentos aos que assistiam sua evangelização. E lembrou:

"Quando estamos dispostos a fazer o bem, a oportunidade sempre aparece e as soluções se criam por si só. É Deus quem rege esse Universo e está presente sempre, direcionando todas as nossas boas ações."

– Vamos, Isaac – pediu ele, quase mancando pela dor que sentia em suas pernas –, teu pai quer ir para casa e está cansado neste dia de calor.

Roma, semidestruída, como que inflamava de abafamento naquela tarde e cheirava mal, com estrumes dos cavalos espalhados pela via pública e o azedo dos alimentos estragados jogados ao chão. Simão Pedro caminhava passos, agora mais lentos, pela Via Nomentana, onde Paulo se hospedara pela primeira vez antes de viajar à Espanha, próximo à prisão pretoriana. Lembrava-se do amigo e seu coração como que pulsava mais forte, fazendo-o sentir taquicardia, com leves pontadas no peito. Sabia essa dor ser o efeito dos dolorosos momentos que todos ali haviam passado naquela semana. Mas precisava ser forte. Muito cansado, caminhando sempre, no andar que podia, Simão limpava seguidamente a face com o manto de sua túnica, sem nada dizer ao rapaz que caminhava com ele. Sua vontade era chegar ao lar e atirar-se ao leito com os pés ao alto para descansar, mas lembrava-se, cada vez que se aproximava de casa, das palavras do Messias ao final de mais um dia de trabalho.

"A barca navegava, oscilando entre as ondas leves, naquele findar de dia. O quente Sol, que aquecera os corpos dos pescadores durante a tarde, agora se punha. Entre eles, o silêncio se fazia, porque, cansados, todos os pensamentos eram dirigidos à chegada e ao descanso de que necessitavam. Simão Pedro sentia-se exausto.

Jesus ali adormecera, largado ao som da água batendo nos cascos da embarcação. Assim, quando a barca parou, André desceu para amarrá-la ao tronco e os demais saíram para puxar as redes. Simão, com seu zelo, procurou acordar o divino amigo, que continuava a viajar pelas sublimes esferas do Alto, em companhia daqueles que comungavam com ele no compromisso da Boa Nova.

– Senhor, senhor, nós chegamos – chamou-o Simão, sacudindo, suavemente, a túnica do Messias. O Mestre, abrindo os luminosos olhos e colocando-lhe o olhar cheio de amor, com leve sorriso nos lábios, certificou-se dos pensamentos do discípulo e comentou:

– O descanso é o laurel de todo trabalhador, mas, para aquele que ama, imprescindível será alimentar as almas dos familiares que os aguardam: com o sorriso da chegada, o carinho no olhar e, na boca, a palavra perfumada, que lhes erguerá os ânimos.

Simão entendeu que eram para si mesmo aquelas palavras. Estava imaginando que, chegando ao lar, retiraria as sandálias dos pés, comeria seu pão, tomaria seu vinho e iria se deitar para o repouso, sem pensar em mais nada.

Lições aprendidas toda vez que voltaria ao lar, dali em diante. Tanta coisa aprendera com o Mestre que, naquela época, não se dava conta. Assim, depois de abraçar a esposa, sorrindo, ele lembrou-se do paraplégico que, por medida de segurança, havia deixado lá. Sua esposa acudiu chorosa:

– Simão, meu marido, estou tomando conta do enfermo, mas não tenho como cuidar dele. Deve haver um homem para cuidar de homens. Onde ele dormirá?

– Mulher, por hoje, nós o deixaremos aqui, porém amanhã ele terá para onde ir. Falei com alguns cristãos e eles vão nos ajudar na nova casa que abrigará os mais necessitados.

– Mas não farás uma casa como o Caminho, não é? Estávamos aqui tão tranquilos...

Apanhando-a pelos ombros para olhar em seus olhos, Simão Pedro aludiu:

– Olha, mulher, eu sinto que partiremos logo, mas quero deixar esses infelizes acomodados. Nem poderia ser diferente, Jesus me pediu que assistisse aos necessitados.

– Sim, eu entendo. Oh, meu marido – falou ela, descansando a cabeça em seu ombro –, quando poderemos ficar em paz e ter nosso cantinho de felicidade como em Cafarnaum?

– Sim, lembras agora daqueles dias venturosos, e eu, ainda nessa tarde, lembrei-me também. Naquela época, tinhas tantas preocupações por não termos valores e porque precisavas plantar, enquanto que Joana de Cusa tinha suas servas; agora percebes como éramos felizes... Infelizmente, nunca damos o valor preciso ao momento do "agora". Tínhamos, como sempre tivemos, muito pouco, mas, somado a esse pouco, um reino de alegrias e longos dias de paz. Fomos tão felizes unidos... Depois, viemos para cá, seguindo a nosso irmão Paulo, trouxemos a família, sendo que nossos dois filhos aqui foram aprisionados... Tememos por eles, sim, e pelos que nos acompanham... Ah, como não fomos agradecidos ao Pai o suficiente naquela época, junto à família e aos nossos amigos. E, quando começamos a acompanhar o nosso Mestre, o quanto fomos iluminados com Sua sabedoria...

– Simão – indagou ela, desejando voltar ao assunto inicial de que estavam tratando –, como sustentarás aquela gente, se nós mesmos dependemos de outros?

– Disso tomo conta, não te preocupes. Agora vamos à refeição, que teu esposo precisa descansar.

Depois de comer o pão que Sarah havia feito, Pedro foi se deitar e os pensamentos tomavam conta de sua mente:

"Paulo partiu... oh, Deus! O quanto teremos ainda que suportar?", dizia a si mesmo.

Assim, pensamentos iam e vinham. Lembrou-se do que Paulo havia lhe contado sobre sua chegada a Roma. E, desta feita, Pedro perdeu o sono. Contara-lhe aquele Apóstolo, que, assim que chegou a Roma, com Timóteo, Aristarco e Lucas, encontrou-se com cristãos que, alegres, aguardavam-no. Paulo havia chegado com o coração em júbilo por mais aquela conquista, ainda que, como prisioneiro. Através das palavras daqueles amigos, ele soube que houve outras perseguições aos cristãos anteriormente, ali em Roma, e que, do ano 58 em diante, os cristãos eram aprisionados, sofrendo as maiores aflições. Eram eles acusados por quaisquer coisas. Contaram-lhe que muitos foram os mártires do Cristianismo; inúmeros os que foram amarrados em postes, desencarnando pelo fogo, nas cruzes, servindo de alimento aos animais selvagens ou apedrejados, e que abraçaram essa verdade, sempre confiantes na vitória final, provando à humanidade sua certeza na existência do Messias. O populacho extasiava-se ao vê-los morrerem daquela forma, pois tinham sede da crueldade sanguinolenta. Mas jamais haviam visto algum nobre romano nesses ferozes distúrbios.

"Todos nós sabemos, Simão – dizia-lhe Paulo –, que a reformulação das mentes humanas tem certa urgência para que o mundo se transforme para melhor, como Jesus assim deseja. A importância está na mudança individual. Então, logo que aqui chegamos, arregaçamos as mangas e fomos à luta. Formamos comunidades nos bairros desta grande cidade. Sabemos que, com a fé cristã, um dia derrubaremos as grades da violência, da maldade, das guerras, das conquistas e, sem dúvida nenhuma, da escravidão, como também dos diversos deuses, que, esculpidos em pedra, sempre serão mudos e surdos. Não permitiremos que o cansaço nos desanime. Aqui os murmúrios sobre a Boa Nova já percorriam os subúrbios desde muito. Naqueles dias, nesta Roma, comentava-se o que estava acontecendo em Jerusalém e também se falava sobre nosso esforço e as perseguições por nós sofridas, quanto ao ensinamento de uma vida de felicidade."

Ainda Simão, com certa amargura pela perda do amigo, voltava a se lembrar de que ele, Paulo, fora um dos algozes do Cristo, mas transformara-se e fora incansável na divulgação do Evangelho e formação de tantas igrejas, desde quando tivera a visão de Jesus no caminho de Damasco. Contara-lhe o antigo Saulo, que, depois de tantos ataques que mandara fazer aos cristãos na Judeia, prometeu dedicar-se inteiramente a Jesus, sem mais pensar em si mesmo.

Foi nessa época que, com o sofrimento, aprendeu a derrubar seu enraizado orgulho, tornando a humildade sua eterna companheira.

– "E como sabes, Simão, eu jamais parei de trabalhar" – complementara Paulo.

Simão virou-se no leito. E novamente o fez.

– Não estás bem, marido?

– Não te preocupes comigo, querida. Estou é um pouco cansado e com dores nas pernas.

– Farei um unguento com as folhas que temos aqui.

– Não precisa, minha querida. Não quero perturbar o teu sono. Dorme, dorme.

E Simão continuou a lembrar as palavras de Paulo, naquela época:

"E depois de eu ter passado anos abrilhantando as mentes e os corações com a luz do Evangelho fora da Judeia, como deves lembrar, fui perseguido, aprisionado e muitas vezes açoitado e apedrejado, mas meu ideal sempre foi pregar a "luz do amor" nesta cidade dos conquistadores; aqui, onde os homens e a maior parte da população atuam como verdadeiras feras humanas, sedentas de vítimas para ver-lhes o sangue jorrar. O amor ao próximo em Roma não impera, ao contrário, vê-se coisas terríveis acontecerem, mas sei de alguns romanos que são diferentes. A nobreza já se agita, ou porque isso os fere, ou o amar ao próximo e a um só Deus os toca. Mas há pessoas com sentimento, isso porque as pessoas se diferem em seu interior, o que não alcança a grande maioria sanguinária. Como todos sabem, cheguei aqui como prisioneiro, conforme pedi ao governador Festo para ser aqui julgado e posso dizer-te que, apesar das grandes lutas sofridas, agora me sinto como que realizado e assim estarei até que minha hora chegue."

Simão suspirou profundamente, o que fez sua esposa perguntar-lhe, novamente, se estava bem.

– Sim, estou bem, perdoa-me.

Aquele discípulo de Jesus desejava dormir pensando nos grandes compromissos que teria no dia seguinte, mas vieram, em sua mente, suas andanças por inúmeros lugares fora da Judeia, para divulgar os ensinamentos de Jesus;

lembrou-se das perseguições e da ânsia de chegar a Roma, para continuar a evangelização. Lembrou-se da recepção que Paulo lhe fizera, arrumando a casinha para ele e sua família, com todo o necessário, neste lugar onde agora estava, próximo ao Cemitério Israelita, nas proximidades da Via Ápia. Derramou mais algumas lágrimas.

"Como eu fiquei triste com a perda de Tiago, quando li tua missiva – confiara-lhe o amigo, agora desencarnado. – No final, tornamo-nos grandes amigos, lutando pelo mesmo ideal, por isso essa tarefa não pode parar. Nada devemos temer com o desaparecimento dos nossos, porque novos cristãos, tão laboriosos quanto nós, Simão, estão vindo dia a dia, e, depois deles, outros, e assim por diante, até que os horizontes se alastrem pela Terra. E tua presença aqui, para todos os cristãos, é importante, pois conviveste com o próprio Cristo naqueles anos e isso enriquecerá as conversações com todos."

O antigo pescador da Galileia recordou-se de que, ao chegar a Roma, seguiu Paulo pela cidade e ficou deslumbrado com as construções apoiadas sobre gigantescas colunas, suas estátuas, seu grande circo, suas imensas termas e anfiteatros e tanta riqueza na cidade esplendorosa em meio à penúria humana, dor e sofrimento. Ele soube, desde que Paulo ali estava, que muitos foram cativados para o Cristianismo, e entre os sofredores havia também alguns romanos. Nos seus últimos dias, depois de ter formado comunidades com vários instrutores, Paulo, sentindo uma Roma efervescente de ódio e vingança ao Cristianismo, no intuito de preservar as pessoas que os assistiam nos salões alugados onde ensinava a Boa Nova, começou a se reunir com todos depois da meia-noite, no silêncio das catacumbas, que eram sempre fora da cidade. Isso pela sede de Tigelino, pretor de Nero, em apanhar todo e qualquer cristão.

Sim – pensou Simão Pedro –, eu sei que, pela minha idade, Roma me verá desaparecer como aconteceu com o companheiro dileto.

Então, levantou-se do leito e foi apanhar um pouco d'água. Saiu à rua. A noite estava clara e as estrelas, aos milhões, eram como brilhantes no seu cintilar sereno. Ergueu o olhar para cima e orou:

"Senhor, aqui estamos para Te servir, contudo pedimos-Te forças para que nosso corpo, cansado, não nos detenha no movimento cristão e para que consigamos levar fé aos corações e, ainda adiante, a Tua palavra. Para isso, necessitamos coragem. Temos bom ânimo, mas nosso coração se aperta quando vemos mulheres, crianças e até famílias inteiras sendo dizimadas nessa cidade tão bela, mas tão cruel."

Depois da oração feita com todo o amor existente em seu coração, Simão deitou-se para acordar no dia seguinte, já com o corpo totalmente recuperado para iniciar nova labuta. A espiritualidade cuidava assim dos amados do Mestre. Fora como se os anjos do Senhor lhe tivessem retirado as dores da alma, que lhe justificavam toda a fadiga do corpo.

## Capítulo 10

# SALÚCIO E O ACERTO DE CONTAS

> *Ouvistes o que foi dito: Amareis o teu próximo e odiareis o teu inimigo! Eu, porém vos digo: Amai os vossos inimigos e orai por aqueles que vos perseguem!*
> – (Mateus, 5:43 e 44)

SALÚCIO PRIMUS VIVERA SEMPRE COMO HOMEM cumpridor de seus interesses políticos e pessoais. De família ilustre, amara Veranda desde que a conhecera, ainda quando ela era adolescente, até chegar o dia em que a pediu em casamento a seus pais. A jovem era bela, mas aceitara aquele comandante das tropas romanas somente para ser bajulada, recebendo presentes e mimos seguidamente, o que a encantava. A presença de Salúcio Primus, apesar de culto e inteligente, nada lhe dizia. Seu coração era fútil e absorto a tudo o que via na vida, até começar a balançar ao ver de longe um centurião desconhecido. Já era noiva de Salúcio naqueles dias. Em companhia de sua ama, acompanhou os passos do rapaz, na tarde em que este abraçara Salúcio, como se ele fosse um deus na Terra. Aproximando-se mais e não deixando que eles as vissem, quis ouvir a conversa entre eles:

– Ave, amigo! – ouvia o noivo dizer-lhe. – Quando voltaste das conquistas a Roma?

– Ave, Salúcio! Voltei hoje e estou aqui me apresentando para novas ordens. O que houve de original nesta Roma, depois dos anos em que passei fora?

– Em vista de teu interesse, guardarei a surpresa para depois, porque Roma continua como em seu início, a mesma ou pior do que na época em que "foram sequestradas as virgens Sabinas".[1] A sede dos conquistadores é coisa fenomenal, e quem sofre somos nós. Os césares não vão para as lutas, mas mandam os que podem morrer por eles. Roma nos mostra mortes, assassinatos, decepções e os adultérios... ah... e esses estão ficando com fama.

– Vejo que, de Roma, os ventos nos trazem sempre as mesmas notícias desprezíveis, mas... e a surpresa? Que surpresa é essa?

– Estou amando de fato.

– Diga-me quem é ela.

– Não te direi seu nome agora, mas posso dizer-te

---

[1] *O Rapto das Sabinas* – episódio lendário da história de Roma A primeira geração de homens romanos teria obtido esposas para si através do rapto das filhas das famílias vizinhas, as sabinas.

que ela tem estatura média, cabelos castanhos, olhos vivazes; é linda e sabe o que quer. Ah... quanto ainda terei que esperar para me casar?

– Por que não te casas logo, já que estás assim tão... tão... angustiado?

– Ainda preciso esperar para tê-la em meus braços. Aguardo o pai dela chegar para tratar desse assunto. Novamente me afastarei por meses sem conta e, quando voltar, espero que ele já tenha retornado.

– Que bom. Enfim te revelaste um homem, que não é frio como parece, mas que tem uma alma de...

– Apaixonado!

– Ora, Salúcio, tiraste de minha boca o que eu ia te dizer.

A jovem Veranda, que ali os espreitava com sua ama, entre a multidão, voltou para casa e, naquela noite, não pôde dormir. Virava-se e revirava-se de um lado a outro. Foi quando teve a ideia de fazer uma festa para o noivo e amigos de ambos, perspicaz como muitas patrícias romanas.

– Minha mãe, olha o que estou pensando. Acho interessante conhecer as amizades do meu noivo antes de me casar, assim como ele as minhas, o que achas?

– Interessante pensares nisso. Mas teu pai ainda não chegará nesta semana.

– E que importa? Seremos nós duas a receber os amigos, sem o papai.

– Não acho saudável esse raciocínio. Em Roma, não se usa esse desrespeito com o chefe da família, filha. Aguardemos teu pai.

E pensou Veranda: "Mamãe tem razão, pois se esse amigo é fiel a Salúcio, jamais me verá como alguém que já lhe tem amor. Esperemos o tempo resolver esse sentimento que me invade a alma".

Os dias passaram, e, em uma tarde, caminhando no Fórum Romano com sua mãe, Veranda pediu-lhe para ir às termas e viu, com amigos de seus pais, o jovem que lhe roubara o coração. Salúcio estava distante de Roma. Permaneceu sôfrega por instantes, com o peito arfando, angustiada. Logo que aqueles amigos as viram, convidaram-nas para serem apresentadas ao centurião. Foi na troca de olhares que o encanto aconteceu. Murilo Petrullio sorriu-lhe, e, como eram somente eles dois os jovens ali entre alguns senhores, uma firme amizade floresceu. Petrullio pediu licença para a mãe da jovem que ali conheceu, começando a visitá-la seguidamente, sem imaginar que ela era a noiva do amigo, que, até aqueles dias, não o havia apresentado à jovem com quem se havia comprometido.

– Minha filha, eu não vejo decência nisso... És noiva de Salúcio Primus... Não continues com esse rapaz...

— Quando papai chegar, eu digo a ele que quero desistir de meu noivo. Não me casarei com Salúcio. Desejo ser feliz com o homem que amo, e eu amo Murilo Petrullio, e ele retribui o amor que lhe tenho.

Salúcio, viajando seguidamente e sem nada perceber até aquele momento, voltou a visitá-la e reparou em seu desinteresse, então, em uma tarde, quando lá chegou, encontrou-a de mãos dadas com Petrullio, encostando a face em seu ombro e caminhando com ele entre os arbustos floridos do jardim. Atrás de uma árvore, para não ser visto, notou o olhar amoroso de sua noiva ao amigo e se certificou de que se amavam. Aí se deu conta de que a perdera. Retirou-se para pedir satisfação aos pais de Veranda, quando estes, desenrolando uma série de desculpas, avisaram-no que os jovens já estavam casados.

Um ódio mortal marcou a face de Salúcio, que prometeu vingança. Sendo Murilo seu subalterno agora, mandá-lo-ia sempre para longe de Roma. Mas não se dava conta de que Veranda jamais deixaria de amar o amigo e que as distâncias somente aumentariam o sentimento que eles alimentavam.

Mas a vingança, como se falava em Roma, era um prato que se comia frio, ele teria a oportunidade de tirar a vida do centurião, mais cedo ou mais tarde, que agora passara a ser tribuno. Assim, preparava diversas armadilhas, sem demonstrações, dirigidas a ele, até que, por acaso, Murilo ficou ciente dos acontecimentos. Soube que a esposa amada fora a noiva especial por quem Salúcio se apaixonara. Procurou-o e tentou conversar com ele, mas o comandante o renegava. Petrullio consternou-se, sem saber como agir, porque não abandonaria sua esposa. Era tarde demais. Com dois filhos, eles formavam uma família unida pelos laços do amor. O antigo amigo, no entanto, acreditava que teria sua chance, no momento certo.

Assim, depois de inúmeras e infrutíferas ocasiões, naquela tarde, à espreita, vira-o chegar à sua propriedade, quando teve a oportunidade de atacá-lo pelas costas, enviando-lhe uma lança que lhe poderia ter sido fatal, não fossem as preces de Porfírio e o auxílio dos Espíritos do Alto.

## Capítulo 11

## A CURA DE PETRULLIO

> Em tudo dai graças, porque essa é a vontade de Deus em Cristo Jesus, para convosco. – **Paulo**
> (I Tessalonicenses, 5:18)

ENQUANTO SIMÃO PEDRO ANDAVA ÀS VOLTAS COM seu filho adotivo, em auxílio às multidões sofredoras, Porfírio voltava à residência de Saturnina para continuar com o trabalho espiritual de passes curativos a Petrullio. No terceiro dia, o esposo de Veranda já começou a se movimentar na cama e, depois de duas semanas, andava um pouco, mas com a dor que sentia na cabeça, levava nela uma faixa que mantinha sempre apertada.

Sentadas em bancos de pedra, apreciando no jardim florido a grama verde a estender-se entre grandes ciprestes, que formavam um caminho para um portão no muro, Dulcinaea e Saturnina viram Lucas e o pequeno Marius saírem a correr atrás de borboletas. Ambas riram e a esposa de Marius comentou:

— Essa é uma visão dos jardins dos deuses do Olimpo, Saturnina.

— É verdade, minha amiga. Nosso jardim termina logo ali, naquele portão, porque cedi parte dele a...

— Não me digas que doaste parte desse jardim! — argumentou Veranda, que vinha chegando com o filho Marius e o esposo. — Bem que notei que não tinha sentido esse caminho terminando em um portão, no muro.

— Sim, meu jardim vai até aquele portão, pois, além, mora uma família muito pobre, com seus filhos — afirmou sorridente a nobre romana.

— Ridículo isso, Saturnina. Colocar teu filho a morar com esses miseráveis além do portão? Não mais a conheço, tamanha a diferença que agora existe em ti — reclamou Veranda, sentando-se próxima às duas senhoras.

— Sinto-me feliz assim. Não tenho família. Não tive irmãos e meus pais se foram ao túmulo muito cedo. Aprendi, com as lições de Jesus, não só a pensar em mim e em meu filho, mas abraçar a todos porque, como Ele nos ensinou, nós somos uma grande família. Foram estes a quem acolhi, miseráveis antes. Hoje, no entanto, são felizes com o pouco que eu pude lhes dar.

— Não fôsseis a amiga que sois... teríeis em mim um inimigo — protestou Petrullio, com ironia, enquanto se aproximava, sentando-se no banco em frente à patrícia. — Eu não sou a favor de cristãos. São ridículos e miseráveis também, além do mais, são contra as nossas leis e os nossos deuses romanos. Não diferenciar uma patrícia de uma serva? Todos serem iguais? Ora... Isso é uma afronta para uma mulher ainda bela e nobre como vós. Não devíeis aceitar esse tipo de coisas. Nós, os romanos ilustres, não toleramos a ideia de fraternidade.

Saturnina, sentida, em sua quietude, somente sorria.

— Mas foram eles que vos salvaram, meu pai. E, se me lembro bem, quando caístes, chamastes pelo Deus dos judeus — confirmou Marius, sentando-se ao lado de Petrullio. Depois, dirigindo-se à sua mãe, pediu: — Perdoai-me, mamãe, sei que nada queríeis contar ao nosso pai sobre esse fato, mas não pude me controlar, tive que alertá-lo sobre o que houve aqui em relação à sua cura.

— É, até eu pedi pelo Deus deles no momento de dor, mas isso não quer dizer que acredito nessas baboseiras. O Cristianismo coloca deuses e imperadores no chão, e ainda pisa sobre eles — comentou a esposa do tribuno.

— O Cristianismo vos salvou, meu pai.

— Ora — argumentou rindo o esposo de Veranda para Marius —, se isso não é uma questão de anedotário... Quando criaste essa falsa ideia, meu filho?

— Meu pai — continuou o jovem —, vós estivestes quase morto, não podíeis mexer as pernas... Não foi, Dulcinaea?

— Isso é verdade, meu sogro. Foi o instrutor Porfírio

e todas as orações, que unidos fizemos, o que vos salvou. Iríeis permanecer paraplégico.

— Não aceito crendices ou feitiçarias. Sim, sinto-me muito bem, mas isso deve ter sido uma dádiva de nossos deuses. E, se não retirares o que falaste sobre ser cristão, vais ter comigo, Marius.

E, olhando para a face triste de Marius, rematou:

— Bem, filho, não precisas assumir uma crença que não tens somente porque eu estou melhor. Pensas que foram eles, mas isso é uma ilusão de tua parte... Agora, um abraço de teu pai, que tanto ama a sua família.

Marius ia dizer alguma coisa, mas sua mãe fez um sinal, colocando o dedo sobre os lábios e franzindo a testa para que ele nada mais comentasse. Petrullio, desejando ser agradável para com a anfitriã, lembrou:

— Tenho lembranças de nossos encontros familiares, Saturnina. Teu esposo foi sempre um exemplo para mim; pena que aconteceu o pior com ele, enveredando-se para o lado contrário. Ah... essas mulheres... — suspirou — há de todas as espécies, mas as piores são as que apresentam na face a sedução, que destrói. Quando vemos mulheres muito belas a nos assediarem, o que não nos falta...

Virou-se para a esposa, que o olhou com desconfiança; então, desdobrando-lhe um sorriso, fez questão de assinalar:

— ... O que não nos falta, mas que, no entanto, nada nos soma. Tornamo-nos mais sábios com a idade. Nada como termos alguém cuja cumplicidade envolve e o real amor comanda, porque tudo, quase sempre, termina em linda e fortalecedora amizade. Amar não é fácil e está além do desejo e da sedução. É necessário cultivar essa planta delicada que, por vezes, quer apresentar fortes ramos, que querem nos sufocar e precisamos extrair.

– Sufocar, extrair? – Veranda que, até agora, ouvia calada, exaltou-se.

– Não me referi a todas as esposas; mas a nos livrarmos das más esposas, porque há aquelas amoráveis e perfeitas. – Sorriu para Veranda como se a estivesse namorando e continuou: – Pecado que o pobre do nosso amigo Crimércio, teu esposo, Saturnina, um verdadeiro Zácaro, resultante de nobre família romana, das mais prestigiadas desses nossos tempos, tenha se portado como um adolescente, mimando aquele tipo de mulher.

Saturnina, entristecida, baixou a cabeça e nada respondeu; no entanto, Veranda cutucou o esposo, que logo rematou:

– E ele saiu perdendo, porque bela e nobre como vós, Saturnina, só poucas mulheres conseguem ser. – E para agradá-la mais, visto estar acolhendo ali toda a sua família, como que declamou: – "Sois como as próprias vestais romanas, belas e inocentes, que guardam o fogo sagrado dos deuses, trazendo, na cabeça, coroas de lírios de pura brancura". Penso que o próprio Ovídio diria isso, com expressões de grandeza, não como eu, que não sou poeta.

Talvez ele tenha retratado as boas e dignas matronas, de nossa sociedade, dessa forma.

– Ora, meu amigo, não me analiseis com insuficiência de conhecimento. Não sou o que falais. Tornei-me, sim, uma pessoa simples, procurando ser um pouco melhor. Sou hoje alguém que deseja servir sempre. Nada faço de incomum e, se mantenho a aparência de viúva desalentada, isso é mero engano. O que meu esposo Crimércio fez, errado ou não, foi seguir seu coração. Ele não mais me amava, sentia-se infeliz comigo e, na união entre esposos, pelo menos há que haver respeito e amizade – falou como verdadeira cristã, que tem como exemplo o próprio Mestre.

– No entanto, jamais agirias assim como ele, Saturnina. Sempre foste respeitosa e recatada! – aderiu Veranda, desejando deixá-la melhor, depois das palavras do esposo.

– Mas o julgamento só cabe ao próprio julgado. Devemos, sim, olhar para dentro de nós e vermos o que em nós está errado, para podermos nos melhorar. Somos realmente, ainda, seres rudes e impolidos.

– Isso está ficando conversa de cristãos. Entre os cristãos, todos querem ser como o Cristo, mas a maior parte é formada por farsas humanas – comentou Petrullio, enfastiado –, mas nada do que estou falando se refere à amiga patrícia, não é, Veranda?

– Vós não conheceis os cristãos, meu pai, falai com Murilo; ele vos confirmará o que aqui assistimos. Minha mãe, vós ouvistes alguma coisa enquanto Porfírio falava? – indagou a ela Marius.

– Se ouvi? Como iria ouvir se estava ao lado de teu pai?

– Mamãe... eu estava lá quando agradecestes a senhora Saturnina pelo instrutor cristão...

– Bem... – comentou ela, virando-se para o esposo – eu ouvi alguma coisa, pouca coisa antes, porque, depois, eu dormi como a abençoada Ísis, mas não sou cristã, não é, meu esposo?

– Mas, se acreditaste que me salvei por orações, é porque...

– Ora, vejo a família toda reunida neste jardim primoroso! Flores, perfume no ar... que lindo dia! – interrompeu-os Murilo, o jovem, que chegava. – E o que estão discordando aí?

– Nada, meu filho – atendeu o pai, desejando acabar com aquela conversa –, dize-me, conseguiste falar com o centurião Romério?

– Ele não estava; foi buscar alguns escravos em Óstia, destinados a um grego romano, mas deixei esse endereço a um soldado que está indo para lá, ainda hoje. O homem para quem Romério levará aqueles escravos veio montar sua residência, que está sendo reconstruída aqui em Roma. Mas, o que vos diz respeito, meu pai, é que falamos com Salúcio Primus. Apesar de eu notar em sua face a surpresa, somada à indignação com a saúde que agora tendes, mandou dizer-vos que ficou feliz em estardes bem, porque podereis logo voltar ao trabalho.

— O quê? Contaste a ele o quê, afinal?

— Tive que lhe abrir a visão com notícias satisfatórias, porque soubemos que foi ele o causador de vossa queda. Como ele vos odeia, meu pai. Deveis ter maior cuidado com ele. Outra coisa eu vos peço: o contato que tivemos com o instrutor da matrona Saturnina, nesta casa, deve ser guardado em segredo. Prometei-me.

— Ora, eu nem sei o que aconteceu... Marius falou-me de coisas que até as "Águias Romanas" nos impedem de comentar. Olha para mim, meu filho. Tu que és meu primogênito... Não achas que um romano como eu, deva, sim, bater no peito com respeito às minhas tradições?

— Meu pai — explanou-se Murilo, vendo na face da mãe a preocupação e o receio pelas palavras que diria —, vamos deixar no esquecimento toda essa conversa, pois não temos argumentos para debater convosco e a própria Roma o que vimos aqui, porque isso foi obra de um Ser Maior, contudo, se alguém souber o porquê de aqui virmos e o quê vimos aqui, tanto Saturnina, seu filho Lucas, nós, vossos próprios filhos, estaremos comprometidos, como vós e mamãe também. Portanto, meu pai, nada vistes, só viestes fazer uma visita à amiga de nossa mãe. Não pensas assim também, Marius?

Não esperando a resposta do filho mais moço, Petrullio respondeu:

– Isso confirma que assimilaste a desgraça desse cristianismo de loucos! – indignado, afirmou o tribuno, fechando-se, tendo ao seu lado a esposa a acariciar-lhe a face. – Sabes o que isso representa para nós, os tribunos romanos?

– Pode ser, meu pai, mas, se abrirdes a boca, além de nós, também estareis sacrificando inúmeras pessoas simples que vieram aqui para orar por vossa recuperação. Foi lindo, meu pai. A visão de ver pessoas com mentes elevadas, dirigidas a um Ser que amam; fazer preces, pedindo pela melhora de um homem que não conhecem e, ainda, a um homem do governo romano, receando todos serem sacrificados por isso... Oh, meu pai, isso fez com que nosso coração se elevasse e, em comunhão, agradecêssemos. Sentimos, todos nós, o ambiente se embelezar com luzes e perfumes... Isso porque vos amamos!

– Bem... Se foi assim, mesmo a contragosto, pois estou sendo traidor de Roma neste momento, respondo-te que jamais sairá uma palavra sobre o Cristianismo de minha boca, meu filho. Podes ter certeza. Eu não iria te envolver, nem a ninguém daqui, para uma discórdia romana. Obrigado, Murilo. És meu filho mais velho e confio no que dizes. Sempre foste um rapaz sério e seguidor dos princípios de tua pátria. Se assim pensas, é porque isso é certo. Mas te proíbo abraçares essa causa.

– Está bem, não a abraçarei, no entanto agradeço a todos os que aqui estiveram orando por vós.

Todos ali, agradecendo internamente a melhora daquele bom chefe de família, sorriram.

Em outra das sete colinas de Roma, no Fórum Romano, passava em fila um grupo de escravos, comandados pelo centurião Romério Drusco, que se encaminhava para a residência de Demétrius Lipinos.

– Sabes para onde nos levam, Clarêncio? – inquiriu ao amigo o escravo judeu.

– Não sei. O que sei é que essas cordas estão cortando minhas carnes, Vitório. Mas olha para trás e vê como estão as mulheres de nossa Jerusalém, ali no grupo.

– Está quase escurecendo e essa pouca luz não me deixa vê-las, mas penso que devem estar muito cansadas.

– Agora falta pouco. Logo poderão se refazer do cansaço – ouvindo, respondeu-lhes o centurião.

Caminharam todos mais meia hora, até chegarem frente à majestosa Villa Romana, nos términos de sua reconstrução.

– Alto! Parados até segunda ordem! – gritou ele a seus soldados. – Chegamos. Esta é a residência dos romanos vindos de Chipre.

Romério dirigiu-se a um escravo que os aguardava na frente da residência:

– Marcio, tu que és servo do senhor Demétrius, podes avisá-lo de que seus escravos já chegaram.

— Sim, senhor!

A residência de Demétrius era de grande beleza. Sete colunas gregas frontais manifestavam todo o poder do antigo proprietário, por sua arquitetura e o seu empenho em embelezá-la.

— Clarêncio, vê! Que bela casa. Que Deus nos conceda pessoas, se não boas, ao menos compreensíveis aos nossos defeitos – sugeriu Vitório ao amigo, em um tipo de oração.

— Não te baixes tanto, Vitório, aprende a ter dignidade, afinal, não somos pessoas ignorantes e viemos de família abastada...

— Mas quem entende isso? Eu já aprendi a ser assim. Rastejo, se necessário, por um pedaço de pão. Tornei-me servo e escravo, e é isso que sou. Envaidecia-me pelo orgulho que todos abraçávamos na Judeia, mas agora... Agora não somos nada, nada! – relatou com olhos lacrimosos a Clarêncio.

Para retirá-lo daquela visão mental, o companheiro de desdita comentou:

— Ora, te infelicitas? E o que pensas de Raquel e Silvina? Duas mulheres inocentes e puras que só Deus sabe o que deverão passar nas mãos de seus senhores? Vê se colocas os olhos nelas antes, para depois te lastimares.

Uma das duas mulheres, Raquel, com seus trinta anos, esbelta, olhos e cabelos negros, canelas finas, nariz afilado, lábios corados e volumosos, andava junto a Silvina, uma moça delicada, de apenas dezesseis anos. As duas abraçavam-se, chorando ao chegarem, preocupadas com o que seria a vida para elas dali para a frente. Dos doze novos servos do grande senhor daquele casarão romano, as mulheres eram as que mais sofriam de cansaço e temor, por quem lhes seria o patrão.

Os soldados foram puxando as cordas do primeiro da fila, interligadas pelos que vinham atrás, ordenando:

– Andem, andem, não temos tempo a perder e já está anoitecendo! Tenho em mente que todos devem estar cansados e esfomeados como nós. Então, andem! Vamos, andem!

O centurião caminhava na frente daquele grupo de escravos, e Demétrius Darius, o filho do dono daquele palácio, sorria ao ver aquelas belas mulheres ali, que poderiam servi-lo, nos dias que viriam, com as carícias, que até agora não conhecia.

– Viste o olhar do homem para nós, Raquel? – inquiriu indignada a adolescente.

– Teremos que suportar tamanha humilhação? Ah... Se assim for, mato-me. Mas antes farei tudo para que nada aconteça contigo, minha querida jovem.

– Essa maneira dócil de falar comigo, Raquel, desperta em minha alma uma saudade imensa de minha pobre mãe, que ainda ficou na Judeia. Como e quando seremos livres?

Romério mandou todos adentrarem na ala do pátio interno, com o local especial da criadagem ainda em reconstrução. Exaustos, alguns homens que estavam na frente não abriram a boca, outros, entretanto, como Polinário e Felineu, ao chegar, ajoelharam-se, pedindo por água, levando ao chão outros que estavam presos a eles pelas amarras. Romério deu ordens aos soldados:

– Soltai-os, soldados! Não temos que temê-los agora! Esse povo judeu é miserável e adepto a se vingar, mas chegamos ao destino. Podemos retirar-lhes as cordas dos pés.

E, virando-se para o filho de Demétrius Lipinos que chegava, apresentou-lhe a lista com o nome dos referidos auxiliares da nova residência. Este chegou perto do centurião e apanhou a lista de suas mãos.

– Essa reserva de escravos que nos mandas parece ser muito boa.

Comentou fazendo a inspeção do pessoal, mas, ao achegar-se a Raquel, apanhou seu queixo:

– Mas esta deve ser de primeiríssima, não é, centurião? Gosto de seus lábios carnudos, bons para serem beijados.

Romério ensimesmou-se, porque, em toda a viagem, viera analisando Raquel e admirando-a.

– Deixa-me ver a outra. Esta tem as feições de... – parou de falar para pensar no adjetivo que lhe daria e concluiu – já sei, bicho do mato! Um tigre pronto para saltar em mim. Ah, ah, ah! – escarneceu, troçando.

Os escravos Vitório e Clarêncio entreolharam-se e fecharam o cenho.

Notando a cara de choro de Silvina, continuou:

– Mas como está calada e chorosa! Então, não vais sorrir para teu novo senhor?

– Senhor Demétrius Darius – adiantou-se Romério –, as senhoras estão cansadas. Melhor seria que descansassem.

– Hum... Por qual das duas te apaixonaste, centurião? – e, vendo Silvina sorrir do que ele dissera, analisou-a. – Olha, a mais jovem sorriu... Ah, se sorrir para mim, depois conversarei mais com ela.

Romério Drusco afastou-se das duas jovens, não desejando demonstrar sua preocupação por Raquel e foi ver os outros escravos.

– Por que sorriste para esse imbecil? – Raquel, indignada, perguntou à adolescente.

– Gosto de tipos romanos fortes e corajosos como esse homem. Já não o temo.

– Cala-te! Sorriste para mostrar a ele que não és bicho do mato, um tigre selvagem, isso sim, e que podes ser mais simpática. Se tua mãe te visse, por certo te espancaria! Lembra-te de que, aos gritos, ela me implorou para cuidar de ti? Desde aquele momento, eu fiquei responsável por tua pessoa.

– Ora, Raquel... um dia, terei que ser de alguém.

– Mas jamais deverás ser deste tipo de senhores por tua própria vontade.

– Mas sei que esse rapaz gostou de mim e, se ele me quiser... Bem, nada poderei fazer.

– Menina endiabrada! Sabes no que te tornarás? Queres ser lapidada?

– Ora, em Roma, não há esse hábito. Mas não faças essa cara raivosa para mim... estou somente brincando...

– Olha, Silvina. Essa não é uma época boa para brincadeiras, estamos sofrendo, e o sofrimento é dor e não alegria.

Nisto, chegando o senhor Demétrius, aproximou-se para passar vistoria nos escravos, que agora, sem as cordas, sentavam-se no chão.

Peito erguido de romano baixo e forte, trazendo na face certa firmeza, com seus olhos muito negros e vivos, assinalando uma rudeza maldosa, caminhava entre todos os escravos, que se levantaram em respeito, ao sinal do centurião. Demétrius olhou as duas mulheres e, com firmeza, perguntou a Romério, com os braços nas costas e o olhar firme, responsável pela tropa de soldados:

– Onde está a escrava negra que comprei?

– Falei-vos que ela já havia sido vendida antes. Lembrai-vos?

– Isso não podia ter acontecido. Ofereci por ela mais do que a todos. Quero-a. Vai e traze-a! Sai antes do alvorecer do novo dia – ordenou-lhe.

– Mas, senhor, não será possível. Ela, como já falei, foi vendida.

– Sabes para quem?

– Rindolfo Saltino, um jovem bem-apessoado.

– Dize a ele que ela já tinha sido vendida a outro e que o leiloeiro enganou-se. É uma questão primordial e, se isso não for feito, remeto de volta todos estes escravos ao local de onde vieram. Todavia, para que ele não se sinta logrado, mando o dobro do que deve ter pago pela escrava, assim não contestará.

– Está bem – confirmou Romério Drusco. – Mas, por hora, aguardamos que nos digais onde colocaremos esse grupo aqui. Estão exaustos e necessitam de alimentação.

– As mulheres podem adentrar em casa e fazer a refeição para todos, e os homens, estes dormem ao relento mesmo.

– Mas podem fugir...

– Deixa-os embaixo das árvores, ou seja, lá onde quiserem ficar. Eu, Demétrius, quando alguém daqui foge, apanho o chicote para colocá-lo nas mãos de quem é mais forte que eu. Ninguém fugirá, eu te garanto. Meus cães jamais os perderão.

Parecendo entendê-lo, um dos cães rosnou de dentro do canil onde ficavam sempre presos.

Romério deu ordem aos soldados e foi encaminhar Raquel e Silvina para fazerem o alimento da noite.

As duas jovens adentraram na casa, devagar, cansadas, olhando para todos os cantos, por estarem temerosas. Foram levadas pelo centurião, que já conhecia a moradia, e ali lhes foi explicado o necessário. Certamente, esse era o momento em que começaria o inferno para todos os que perderam sua liberdade.

Na Roma dos conquistadores, era raro os escravos encontrarem bons senhores. A maior parte deles eram pessoas duras, ríspidas e sem nenhum gesto de bondade, tratando os pobres servos como animais, na maior parte das vezes. Havia escravos para diversas coisas, escravos em demasia para servir a um só senhor e, se algum morresse, tanto fazia ao seu dono.

Raquel perguntou ao centurião, que os deixara ali, onde estavam os materiais para que a alimentação fosse feita.

Com certa animosidade ao patrão que teriam, Romério declinou às duas:

– Desejo dizer-vos que me penalizo de vós, senhoras.

– Por que tendes de vos preocupar se somos somente duas escravas? – Raquel inquiriu-o.

– Mas são despreparadas, desprovidas de conhecimento, não sabem como agir quando o mal lhes surja...

– Nós? – indagou a jovem judia, achando aquela conversa muito estranha.

– Bem, infelizmente, eu nada posso fazer a vosso favor – disse suspirando profundamente o homem que as deixou ali. E continuava: – Eu as conheci na vila de onde vieram e também vossos pais e também... – baixou a cabeça e olhou-as com imenso penar, sem completar o que queria dizer.

– Também o quê? – perguntou-lhe Raquel.

– Minha finada esposa. Um dia, vos contarei... por ora, desejo que saibais que, em todo o tempo de viagem, fostes pessoas que me fizeram perceber que a vida que levamos está errada. Nós, os romanos, podemos fazer muitas conquistas, mas penso que, tanto romanos quanto judeus são como uma só raiz, uma só família.

– Isso mesmo – comentou Silvina, que nada fazia, enquanto sua amiga Raquel preparava o pão e as frutas para distribuir aos esfomeados servos – O senhor é um dos nossos?

– Como?

— O senhor acredita no Deus dos judeus?

Romério nada respondeu, mas incluiu na conversação:

— Desculpai-me, senhoras. Se algo de muito ruim acontecer convosco, estarei próximo.

Fixou o olhar interessado em Raquel, enquanto saía. E ela, desde o início, já alimentava o coração, notando nele sua diferença entre tantos romanos.

— Lindo ele, não, Raquel? E é livre, porque enviuvou. Vi quando ele colocou os olhos cravados em ti. Penso que te ama.

— Ora, Silvina, mas que bobagem dizes. Apanha os pães aqui, vamos distribuir para os homens — respondeu-lhe com leve sorriso nos lábios.

— Antes quero o meu.

— Larga isso e deixa de ser criança! Não viemos aqui para passear, somos escravas, e sabes o que quer dizer isso? Prisioneiras que não têm querer.

— Não fales assim comigo!

— Isso é para que te alertes, minha menina. Nem tudo aqui serão alegrias e risos. Concentra-te no trabalho, porque foi para isso que te buscaram.

— Raquel, será que só esses dois homens moram aqui? Viste que o nosso senhorio mandou buscar uma "tal" mulher negra? Tomara que o centurião a encontre, senão teremos que voltar todo o trajeto novamente, cansadas como estamos ou, talvez, sejamos castigadas pelos dois senhores.

– Cala-te, Silvina! Isso é sério!

"Mas o que o centurião que as trouxe quis dizer com aquelas palavras, dirigidas a ela mesma?" – perguntou-se a bela Raquel.

Os homens dormiram ao relento aquela noite, depois de se alimentarem. Raquel e Silvina terminaram o trabalho, sendo que Demétrius Darius, a pedido do pai, que estava irritado pela mulher não ter chegado, atirou a elas alguns trapos para dormirem ali, dentro de casa, mas em uma área fechada onde guardavam os mantimentos.

– Lindas damas – frisou o filho de Demétrius, troçando –, amanhã irei revê-las, mais belas que hoje, com certeza.

– Esse rapaz parece-me doente da cabeça – anotou Silvina.

– Doente? Ele é, sim, muito safado. Que Deus nos guarde, Silvina.

Na madrugada, Romério Drusco voltou a Óstia, fazendo novamente o mesmo caminho, onde se dera o leilão. Procuraria o homem que havia comprado a mulher que Demétrius desejava.

– Senhor Rindoldo Saltino, Ave!

– O que vos traz aqui, centurião?

– Lamento informar-vos de que o senhor Demétrius Lipinos já havia pago ao leiloeiro grande fortuna pela escrava negra, que para cá ontem veio. Aqui está o documento. Não podia ter sido vendida novamente. Mas, tendo consciência desse erro, manda-vos esse valor, para ressarcir vossa perda.

– Mas o que tem de tão importante nessa escrava que não vi? Assim me interessarei por ela...

– Isso é um problema de família, porque bonita ela não é. Ela foi roubada do senhor Demétrius e ele a requer. Isso é um direito dele, não achais? A esposa do senhor Demétrius se apegou a ela e não queria perdê-la, quando lhe foi roubada e vendida por outro – falou, dissimulando –, e ele não quer ir ao Senado para fazer a queixa no intuito de não vos envolver.

– Bom, nesse caso, cedo-a com pesar. Podeis levá-la, dando-me o saco de moedas que tendes nas mãos – ponderou, apanhando-as e as retirando do saco, contando-as sem descanso.

A mulher, que a tudo ouvia, olhos baixos, enrolou-se no manto e, silenciosamente, acompanhou o centurião, que se sentiu aliviado. Como se aguçou nele grande curiosidade pelo valor entregue por ela, Romério iniciou a lhe prestar maior atenção. Vira nela a pele lisa e acetinada na cor jambo e seus cabelos puxados com inúmeras tranças; em suas orelhas, grandes argolas, e, nos seus braços, inúmeras pulseiras, completando o traje africano com desenhos de um colorido vivo.

Andando com ela até sua biga, o centurião perguntou-lhe:

– Conheces o senhor Demétrius Lipinos?

– O senhor Demétrius? Sim, conheço-o. Mas foi por sua causa que tanto sofri. Perdi meu irmão por causa dele – considerou ela, sempre com os olhos baixos.

– Como dizes? Ora, olha-me nos olhos para falar comigo. Não gosto que falem quando não posso lhes ver os olhos. Deixa-me ver-te – parou para olhá-la.

– Minha vida é triste, senhor – explanou-lhe Tília, mirando o centurião com indefinível ternura no olhar –, e, como escrava que atrai homens poderosos, desejaria antes morrer. São eles perversos e ciumentos – pronunciou ainda.

Romério Drusco como que permaneceu paralisado diante dos grandes e belíssimos olhos azuis claros, envoltos por cerrados cílios negros.

– Agora eu sei por que não me deixou ver teus olhos logo. Garanto que nem Rindolfo Saltino os viu.

– Sim, não gosto de olhar para as pessoas nos olhos. – E continuou ela: – O senhor Demétrius é romano criado por gregos. Suas maneiras são gregas. Eu fui serva de um nobre romano em Atenas. Demétrius conheceu-me na casa desse homem e mandou raptar-me, dando um saco de moedas a um dos servos do meu senhor. Só que ele não sabia que o raptor era meu próprio irmão, que me escondeu no templo de Diana, onde Demétrius não pôde me encontrar. Meu irmão foi morto pelos homens dele porque não quis contar onde eu estava, então jamais o senhor Demétrius soube de mim, até quando me viu no porto para ser leiloada. Implorei para o leiloeiro não me entregar a ele, mas como não se pode mudar o destino, estou indo, fatalmente, para sua moradia.

– Nada mais desejo saber de ti. Vem, minha biga está bem ali. Vou te entregar ao senhor que te comprou.

– Se me permitis dizer, senhor, nada tem significado em minha vida a não ser a morte. Penso que morrer é o caminho para a felicidade. Esse homem, só em vê-lo, me dá náuseas.

– As pessoas aprendem que é preciso amar a vida e eu amo a vida, contudo nós, os homens da lei, nunca olhamos, com piedade, o ser humano que sofre, mas como ser que deve ter resignação. Entretanto, jamais gostaríamos de estar no lugar do sofredor. Dizemos sempre: ele sofre? Contanto que não seja eu... Quase todos os romanos vêm seu escravo como um animal de estimação, ou nem isso. Eu não penso assim, mas como eu há poucos nessa Roma – depois, virando-se para ela, comentou:

– Seria uma perda grande para o senhor Demétrius se morresses. Parece-me que ele te quer muito.

Romério partiu satisfeito para a Villa Augustiana de

Demétrius por três motivos: não precisaria levar os escravos de volta ao leiloeiro, receberia adiantamento por ter conseguido a escrava e veria novamente Raquel.

Nesse momento, um profundo suspiro de Romério foi percebido pela escrava. Poderia amar Raquel, sendo ela de um patrão severo e injusto?

O dia continuava quente, quando chegou Romério risonho, olhando para todos os lados para ver se enxergava Raquel, a escrava que levara e admirava.

– Então, conseguiste! – exclamou Demétrius, vendo Tília com o centurião. – Serás bem recompensado por isso.

E, sem querer dar maior atenção a Romério, Demétrius designou-se a levar a escrava para dentro da residência. Via-se que jamais ele havia visto uma mulher tão bela ali em Roma e com tão belos olhos, pela maneira com que a admirava. E abraçou-a, dizendo-lhe:

– Finalmente... O quanto esperei por este dia. És minha agora e daqui jamais sairás.

Romério aproveitou para chegar até a cozinha e, vendo a jovem judia a fazer os pães, exclamou:

– Pelo jeito, eu também penso que não sairás mais daí, linda Raquel. E, para dizer a verdade, eu agora, depois de trazer Tília para cá, estou mais descontraído. Sabes por quê?

E como Raquel somente o olhava sem nada dizer, ele continuou:

– Por tua causa, Raquel. Durante todo o caminho, eu temia, imaginando-te naqueles braços, sendo maltratada por Demétrius, como todo o patrão faz com suas escravas. Desejo dizer-te que farei de tudo para te retirar daqui. Estes não são senhores que donzelas devem ter. Pagãos não acreditam em nada, nem em seus próprios deuses, muito menos em compaixão. E só trazem desgraças para todas as servas que são submetidas a isso.

Nesse momento, chegou Demétrius Darius, o filho de Demétrius, e comandou ao centurião:

– Vamos saindo, vamos saindo. Nada mais desejo de ti, Romério Drusco. Essas mulheres são minhas e jamais pertencerão a meu pai, que já está bem acompanhado.

– Tão jovem e tão perseverante no que deseja... Vinde cá, rapaz, eu preciso vos dizer algumas coisas – alertou-o o centurião.

Demétrius Darius encaminhou-se com ele para fora, e Romério, muito mais astuto por toda vivência que tivera, confidenciou-lhe:

– Primeiro, deveis conhecer outras mulheres, se desejais conquistar estas. Elas não admiram adolescentes, incipientes naquilo que nada entendem. Compreendeis-me? Deixai-as por dois ou três meses, até que possais chegar a elas mais sábio e comprometido com toda a natureza de um másculo homem. Deveis ser esperto. Sei que nunca tivestes mulheres, estou certo ou não? Tendes catorze ou quinze anos?

– Bem... vou fazer catorze, mas farei o que pedes se assim está certo.

– Pois eu fui casado e conheço tudo sobre elas, sabendo como tratá-las. Fazei isso, se desejais conquistá-las!

– Bem pensado. Obrigado por tua demonstração de amizade, Romério Drusco.

Na residência de Saturnina, a família de Petrullio aguardava o amigo Romério, o mais compreensivo de todos os centuriões. Enfim, ele surgiu, com novo sorriso nos lábios.

– Petrullio, Ave!

– Ave, Drusco! Por que razão, mesmo sorrindo, estás com essa cara de mártir sem absolvição, jovem? – indagou-lhe Petrullio, rindo.

– Ah... Penso que estou amando. E sofro por isso.

– Ora, deixa de bobagens, é só casar-se que logo essa paixão voará pelos ares como pomba fugidia.

– Não digas isso, amas tua esposa.

– Mas agora é diferente esse amor, Romério. É afeição profunda, é paz e descanso, é reflexão e pensamento dirigido aos deuses.

– Mas ainda é amor e isso basta. Contudo, Petrullio, meu amor é impossível!

– Quanto mais impossível mais lutaremos por ele, não é isso que dizemos? Vai em frente!

– Raptar uma escrava?
– Ora, ora, essa a tens de brinde. É só comprá-la. Vem, andemos no jardim onde as flores desabrocham, dando-nos alegria pelo perfume que exalam. Caminhemos.

– Não me demorarei muito, mas será interessante olharmos a natureza, que sempre nos indica significados profundos.

E, continuando com elucidações sobre seu coração, Romério relatou ao tribuno Petrullio:

– Não penso assim. Comprá-la não me fará um homem feliz. No meu íntimo, sei que não somos somente corpo. Há algo mais que me intriga.

– Hum... Essa conversa vai ser profunda... – exclamou Petrullio.

– Não pensas tu também o mesmo? Impossível sermos homens sem alma. Algo mais existe e os deuses romanos, que isso fique somente entre nós – afirmou –, eles não nos ouvem. Achas também isso, Petrullio? Já vimos tanto sofrimento que, por vezes, sinto imensa vontade de mudar de vida, mas o que faria? Isolar-me, quem sabe?

– Nunca havia pensado em oração aos deuses, somente sacrifícios a eles, mas não creio que alguma coisa mudará fazendo-lhes oferendas. O mundo é assim. Vejo a vida dessa forma, com alegrias mínimas, mas muito sofrimento, no entanto, não tenho essa intenção de modificar em mim o que já está deturpado.

– Além do mais – confirmou Romério, franzindo o cenho –, essa seita dos que adoram um homem simples que nós crucificamos, o homem da Galileia, a ponto de morrerem por ele, intriga-me. Que força é essa que está movendo Roma? Um homem sem estudo, sem riquezas, que andava por todos os locais, geralmente a pé, conquistando tantos indivíduos, homens, mulheres e até crianças, somente ensinando a amar?

Continuando a caminhar, Petrullio convidou o centurião a se sentar com ele em um banco de pedra, abaixo de bela trepadeira de rosas.

– Dá uma pausa e olha só a beleza dessa roseira. Sente seu perfume, por isso pedi que viesses até aqui – relatou-lhe o esposo de Veranda, inebriado de satisfação.

– Vejo-te, de certa forma, modificado, meu amigo. Muito mais perceptível às coisas da natureza. Realmente é bela e perfumada essa roseira, mas... que tipos de deuses a fizeram? Vê se não tenho razão. Os cristãos se modificam como pessoas. Não revidam as ofensas, calam-se. Primeiramente, achei que eram temerosos e covardes, mas não! Andam para a morte mais dolorosa, pelo fogo ou servem de alimento às feras e não se desesperam. Em vez disso, cantam! E tenho a impressão de que os acompanhantes do Cristianismo e a maioria dos escravos cristãos mudam sua maneira de ser para melhor. São mais prestativos, aceitam, resignados, o que lhes é imposto... Mas a escrava que amo, sei que não é cristã. É altiva e conscienciosa, é seria e...

— Está bem, não precisas declinar tudo o que enxergas nela... ah, o amor! Mas por que vens com essa conversa toda? Aonde queres chegar? O que posso fazer a teu favor?

— Não sei... Ela foi recém-comprada por um filho de romano nascido na Grécia, homem rebelde que deve ser astuto e mau. Temo por ela. Desde que perdi minha esposa em Jerusalém, anos atrás, nenhuma mulher havia me chamado a atenção como essa da Galileia. Herodes Agripa mandou perseguir muitos cristãos e minha noiva foi presa. Fiz o possível para tirá-la de lá, dizendo que ela era minha noiva, a noiva de um romano, e que não poderiam prendê-la. Enfim consegui e, exaltado de alegria, casamo-nos em seguida. No entanto, a sorte não acompanha os que... não podem ser fiéis...

— Que bobagem dizes, meu amigo. Sorte... A sorte nada tem a ver com os deuses. És agora um centurião, tens dinheiro, és notado pelas mulheres... Bem, poderias ter sido fiel, não é? Mas o que foi que aconteceu depois que a traíste?

— A traí? Não, isso não, eu a amava.

— Então, entendi mal o que falaste.

— Fiéis a seus deuses, eu quis dizer. Bem, Petrullio, ela chorava e me dizia que não poderia ser feliz renegando Jesus e logo adoeceu. Perdi minha esposa meses depois. Dois anos ainda fiquei por lá a chorar de tristeza. Fiquei tão desiludido, que pedi transferência para esta nossa Roma, desejando jamais rever a Judeia. E, há poucos dias, voltei, trazendo de lá escravos para serem vendidos aqui e, com essa leva, eu pude conhecer Raquel, bela e doce mulher, assim que agora... – fez uma pausa, suspirando – agora me apaixono novamente por uma judia, mas esta, pelo que sei, não é do Cristo e jamais o será.

– Eu nada entendo sobre essa seita e, como falavas, os cristãos se modificam, tornam-se pessoas melhores, vê Saturnina... também espero e confio que isto ficará somente entre nós... Saturnina, nossa amiga de anos, trouxe-me para cá paraplégico, e meus filhos juram que, por seus meios, ela me salvou da morte.

– Profetas ou curadores, novamente! Posso admirar algumas coisas do Cristianismo, mas, depois do que aconteceu com minha esposa Ivana, ninguém me fará ser cristão.

– Deixá-los em paz é o que faremos. Mas, Romério, voltando ao particular assunto que condiz com minha saúde, eu mandei te chamar para te dizer que ainda não estou com a saúde perfeita, mas, daqui a alguns dias, estarei pronto para voltar ao trabalho.

– No entanto, estive no Quartel dos Pretorianos, e o general quer que vás a Salerno[1], comandando a tropa.

– Ainda não poderei, mas tu não poderás ir em meu lugar?

---

[1] *Salerno* (Nápolis) cidade Italiana que passou aos romanos em 276 *a.C*.

– Bem, avisarei que mande outro em teu lugar, porque pedirei licença por alguns dias, por assuntos extremamente pessoais.

– Ah... nem precisas dizer-me do que se trata.

Na Villa Augustiana, de Demétrius, a escrava Tília recebeu liberdade para sair às compras domésticas, desde que levasse junto uma das duas escravas que faziam parte do lote dos doze recém-comprados. Então, aproximando-se cabisbaixa, próxima a Raquel e Silvina, Tília falou-lhes:

– Nem nos tínhamos falado antes, pois fui aprisionada naquele quarto por dois dias. Mas hoje tive a alegria de poder sair. É necessário irmos comprar frutas e legumes, além de trigo para fazer nosso pão.

Silvina improvisou um som:

– Hã?!

– Ora, Silvina, disso não precisas entender – explanou Raquel e, dirigindo se à preferida de Demétius, perquiriu: – Devo chamá-la senhora, Tília?

Tília baixou a fronte e respondeu chorosa:

– Quem sou eu para ser uma senhora? Não sou nada! Era de família nobre na Líbia, vaidosa e orgulhosa, e o que me restou disso tudo? A escravidão! Ninguém aqui sabe, mas eu já fui raptada em outra casa a mando desse senhor e fugi, mas ele conseguiu apanhar-me novamente. Quando cheguei aqui, ainda no porto de Óstia, contei a Romério Drusco o porquê de não querer vir para esse homem. Hoje sou sua prisioneira. Tudo pelos meus olhos. Desejaria não ter esses olhos que todos admiram.

— Soube que, não muito próximo a esta casa, reúnem-se cristãos — comentou Raquel —, mas isso é sigiloso. Por que não procuras curar tuas dores com eles? Dizem que fazem até milagres, mas, sobretudo, ajudam as pessoas a receberem o ultraje pelo qual passam, sem se revoltar. Coisa que não entendo. Vitório e Clarêncio saem à noite para ouvir o instrutor que lá se encontra. Antes, reuniam-se em peças grandes, alugadas, mas agora se escondem.

— Soube que Nero está matando todos os cristãos... — aludiu Tília, sob olhares temerosos de Silvina, que olhava para as duas, interessada na conversa —, mas seria melhor morrer com os leões do que estar neste lugar, com esse homem... — terminou ela.

— Psiu... as paredes têm ouvidos — aconselhou-a Raquel. — Tília, é melhor irmos às compras com um dos escravos. Ficará mais seguro para nós.

— Escolhe Vitório, Tília — pediu-lhe Raquel.

Mas logo gritou Silvina:

— Não! Clarêncio é mais amigo.

As duas senhoras mais velhas riram-se de Silvina.

Assim, Tília pôde distrair-se um pouco na feira, com

Raquel levando consigo Clarêncio, já que Silvina tanto insistira. Dessa forma, sentiu-se menos prisioneira.

Dias depois, Demétrius estava pronto para sair à noite e, quando viu a escrava Tília já deitada, fechou a cortina, sorrindo, e disse-lhe baixinho:

– Tenho um encontro no palácio de nosso governador. Dorme, bela, depois venho visitar-te.

No que ela ouviu o ruído dos cavalos que levavam o patrão ao templo de Júpiter para se encontrar com outros homens, ergueu-se rapidamente e, já vestida, saiu para se encontrar com Vitório e Clarêncio, a fim de acompanhá-los ao encontro cristão, mas Raquel também quis ir, e temendo deixar Silvina com Demétrius Darius, quis levá-la junto.

## Capítulo 12
## NA REUNIÃO CRISTÃ

> *Porque Deus não nos tem resignado para a ira, mas para a aquisição da salvação por Nosso Senhor Jesus Cristo.* – **Paulo** (I Tessalonicenses, 5:9)

NO CAMINHO, OS AMIGOS CONVERSAVAM:

– Ouvi dizer que Demétrius Darius voltaria tarde – expressou-se Vitório a Raquel.

– Então vamos, mas cuidemos para que os demais não nos vejam, porque seríamos lapidados por isso – redarguiu Silvina.

– Ora, lapidação não existe aqui, menina, tu mesmo disseste – alertou-a novamente Vitório. – Podemos ir.

– Eu sei, falei por falar, mas não sou mais uma menina, e sim já uma mulher.

– Pois bem, pois bem – disse-lhe Raquel.

A casinha dos cristãos orientadores, em grande terreno, era semiescondida por grandes ciprestes, o que facilitava que aqueles encontros fossem mais secretos.

Olípio, um senhor de certa idade, já os esperava na entrada, trazendo nas mãos um pequeno candeeiro com chama a óleo para iluminar o caminho. Depois de cumprimentar o grupo de escravos, ainda nervosos por estarem fazendo algo contra as regras da casa onde serviam, Olípio beijou-os no rosto, conforme a tradição Judaica.

Na peça pequena, havia já umas vinte pessoas. Todas em pé, apoiando-se contra a parede. Olípio, sorrindo, colocou o lume sobre a mesa tosca, apresentou-os a todos como "amigos cristãos", sem dizer os seus nomes, pelo extremo cuidado de resguardar cada um dos presentes para, se apanhados, não terem como delatá-los, se forçados ao "tratamento das unhas retiradas". Iniciou os ensinamentos da seguinte forma:

– Amigos, muito me faz feliz essa união fraternal de pessoas que conhecem ou desejam conhecer Jesus. Estávamos contando com a presença do apóstolo Simão Pedro, no entanto, está incapacitado de vir, mas pedimos as bênçãos de Jesus para ele, a fim de que consiga amparar a todos aqueles parentes dos sacrificados, como ele assim deseja. Todos sabem da importância de sua presença em Roma, este homem que esteve lado a lado com Jesus e que hoje é para nós o esteio e a segurança. Hoje, mesmo sentindo-se muito cansado, ele caminhou léguas, atrás de mantimentos para os desafortunados parentes, mas, se quiserem ouvi-lo no dia de amanhã, talvez seja possível, pois ele virá muito próximo a esta localidade. Devemos ter consciência de que, apesar do esgotamento pelo qual esse discípulo de Jesus passa e da sua idade avançada, nosso irmão Simão, assim ele deseja que o chamemos, procura estar sempre de bom humor na tarefa aos semelhantes, demonstrando o que aprendeu com Jesus. Precisamos aproveitar esse exemplo, mesmo em dias tão absurdamente repletos de violência contra todos nós, os cristãos. Sorriremos e manteremos o otimismo. Aprendamos com nosso irmão Simão, já que também nos instruímos com seu companheiro Paulo. – Olípio procurou desviar o assunto agora, porque as lágrimas lhe vinham aos olhos, e continuou: – Para começarmos, vamos ler, neste pergaminho, alguns trechos dos testemunhos sobre a Boa Nova, que consideramos preciosos, repletos de ensinamentos que sempre nos darão coragem para seguirmos adiante com otimismo.

O comunicador falou sobre o Sermão do Monte e, mais tarde, relatou, sempre com voz doce e sentida, porém cheia de amor, muitas coisas sobre Jesus, comentando fatos da vida do Mestre e dos seus discípulos. Dizia ele:

– O Evangelho é como um documento, de livre escolha, sobre o comportamento ideal de vida na Terra, porque nos fará trilhar um caminho de paz.

Depois disso, começou a perguntar aos novatos o que eles sabiam sobre Jesus.

– Nós já ouvimos falar, na Palestina, que Ele foi um mago, um homem bom e que foi morto injustamente – declinou Vitório.

– Isso é apenas a mínima parte, meu irmão.

– Pelo que soube, Ele ensinou maravilhas, nas histórias que contava para o povo. Eu soube que Ele foi muito bom, porque se importava com todos os que sofriam, não é? – elucidou Raquel.

– Isso é certo; contudo, Jesus foi muito mais do que isso, minha filha.

– Também sabemos que Ele fez curas e é por isso que aqui viemos, porque muito sofremos – explanou Tília.

– As dores que sentimos no corpo geralmente são do Espírito e passageiras, o pior é quando carregamos na alma a decepção, não pelos outros, mas por nós mesmos, no momento em que caímos, agindo contra a lei de amor. Se não largarmos o que está errado em nós, podemos nos perder na angústia e no desespero. Grande parte de nós não se corrige, é arredia à melhora, está sempre fugindo da própria transformação, mesmo sabendo que somos todos Espíritos imortais. Então, aparece a dor, que obrigará o homem a se erguer e procurar o Eterno, o Pai de todos nós. Isso porque trazemos, em nosso íntimo, a chama divina que ascenderá um dia para mundos mais abastados de sabedoria, salvos da dor. – E continuava: – Hoje, porém, precisamos preparar o terreno para colocarmos nele a semente e, se a terra estiver bem tratada, logo veremos os brotos e, depois, as árvores darem frutos. Esta semente estará sempre gravada ali, em nosso coração, e, quando conhecermos as leis divinas, ela se desenvolverá em tempo. O mestre Paulo nos dizia que, de tudo, o amor é o mais importante, pois quem não tem amor é como um corpo sem alma, um ser disperso de sentimentos. "Se eu não tiver amor, eu nada serei" – ele nos dizia.

Ante os ouvidos atentos e a voz silenciada, aquele grupo recém-chegado sentou-se no piso da velha casinhola, a convite de Olípio. Assim, ele passou a esclarecer aos neófitos sobre a lei do amor e a Era que viria em tempos futuros, quando o Cristianismo alcançaria o mundo todo.

– Então, como estão agora cientes, aquele que cumprir os ensinamentos de Jesus deixará seus antigos hábitos, os erros que até agora cometeu, para voltar-se para dentro de si mesmo, conhecendo-se interiormente e corrigindo o que não está de acordo com esses ensinamentos recebidos em sua consciência. Dessa forma, amará o seu próximo e desejará a ele o que deseja para si mesmo. Assim, vestirá uma roupagem única e...

– Perdoa-me a palavra, Olípio, mas, cá entre nós, não poderemos amar os escravos do nobre senhor D. (não quis lhe dizer o nome), pois eles são cruéis – afirmou Tília.

– Isso porque eles são rebeldes com a vida que têm e desconhecem Jesus. Também os que gozam saúde e riqueza, certamente, desejam ficar como já estão, porque não almejam auxiliar os necessitados nem repartir o que de bom possuem. Deveis agradecer a Deus por estardes aqui, ouvindo e aprendendo, porque obtereis, em vossa própria maneira de agir, o exemplo da humildade e da abnegação que o nosso Mestre pediu que tivéssemos. No entanto, nesta época em que o pobre homem do Império, perdido em seus desatinos, apanha a nós, os cristãos, para a alegria do povo no circo, através de nossas mortes, precisamos muito orar a ele, para que se lhe abram os olhos.

– Mas será que é assim que o Cristianismo terminará? – Clarêncio perguntou aflito.

– Não. O Cristianismo se elevará cada vez mais, pelo exemplo que daremos e a fé que obteremos. O número de cristãos tem crescido muito. As lições de Jesus nos consolam e nos abrem uma brecha no firmamento, apontando-nos o caminho que a Ele nos levará, dizendo-nos que jamais morreremos. Ele é este caminho. Falando sobre a fé, nós temos o exemplo dos primeiros cristãos que foram martirizados. Depois deles, muitas pessoas tornaram-se cristãs nesta Roma sofredora. O povo, principalmente o povo escravo, deseja um mundo menos cruel, onde todos tenham o direito de viver em paz. Desta forma, o "amai-vos uns aos outros como Jesus nos amou", tende certeza de que, em certa época, tornar-se-á a alavanca que sustentará a humanidade. Por isso, não choreis; sofrei resignados, pois somos o estandarte do mundo novo que está chegando. Nós somos os que estão lançando, como Jesus desejou, as sementes do amor e do perdão. Tenhamos confiança, porque Ele veio trazer essa chama para ser colocada em nosso coração. Ele morreu por amor a nós. Mas é imprescindível que, se formos apanhados, sejamos firmes no testemunho às leis divinas; e, se nos livrarmos do castigo que nos querem infligir, precisamos levar, sempre adiante, o Cristianismo puro e humilde como a própria vida do Cristo o foi. Somos a candeia luminosa que todos devem ver e conhecer. Ele nos passou isso.

Temos chorado imensamente a morte de Paulo, no entanto, suas lições prevalecem firmes em nossas consciências e suas cartas permanecerão para sempre entre nós; e, para que não as percamos, lembremo-nos de seus amigos, os homens que o seguiram logo no início. Lucas, Aristarco, Timóteo, Tito, Trófimo, e tantos outros que conviveram com ele aqui. Todavia, foi Lucas quem permaneceu aqui até o fim. Que bom que Simão também veio, e agora João Marcos, com a bênção dos Céus, pois procuram socorrer a todos nós – e, silenciando, elevou a cabeça ao alto, dizendo:

Agora, façamos uma oração, pois a hora já se foi. Oremos por Simão Pedro e os cristãos que o seguem, oremos ao Pai de sabedoria, que rege todos os nossos caminhos; assim acalentaremos nossas almas sofredoras, com fortaleza e coragem, paz e a alegria em servir.

"Pai nosso..."

Em regresso à casa de Demétrius, o grupo foi silencioso e firme, mas com os pensamentos em ebulição. Os homens estavam liberados para lá voltarem, mas Raquel, Silvina e Tília, para comparecerem à palestra na próxima vez, iriam pedir licença ao seu senhor.

Demétrius Darius, o filho, chegou bêbado à noite e gritou pela jovem Silvina. As duas escravas, que dormiam juntas, começaram a tremer, ouvindo seus gritos a chamar.

– Raquel, estou com medo, o que faremos?

– Silvina, não temas. Pensa somente que nada podes fazer, no momento.

– No momento? Estamos à mercê de nossos senhores, Raquel!

– No momento, porque, assim que orarmos com insistência a Jesus, certamente Demétrius Darius esquecerá de ti, quando chegar assim como hoje.

As duas baixaram a cabeça e começaram a orar.

Demétrius Darius, bêbado, chegando à porta das duas mulheres, depois de alguns instantes ouviu seu pai, que chegava chamando por ele:

– Onde estás, filho meu? Tenho novidades. Vem

logo, preciso te contar, não conseguirei deixar para amanhã!

Raquel e Silvina sorriram.

– Aqui estou, meu pai – chegou-se ao pai o filho cambaleante.

– Mas que desgraça! Estás completamente bêbado! Vai dormir. Deixemos a boa notícia para o despertar do dia.

Indo até a ala dos escravos, Demétrius perguntou a um deles:

– E Tília? Onde está?

– Eu a vi sair à noite com um grupo que não reconheci – respondeu-lhe Polinário, que estava próximo.

– O quê?

Como um furacão, Demétrius foi até o quarto da escrava, atravessando o grande salão de colunas e entrando com um relho, precipitando-se sobre ela.

– Pecadora!

– Nada fiz, eu juro! – relatou Tília, temerosa.

– Aonde foste?

Enciumado, batendo nela com os punhos, não a deixou falar.

Se Demétrius tivesse perguntado por ela a Clarêncio, ele por certo não mentiria. Diria a ele que a tinha convidado, mas Demétrius perguntara para o mais vil e revoltado escravo grego, que queria, intencionalmente, magoar seu patrão, por odiá-lo.

Romério, em comunicação com o amigo tribuno, na residência de Saturnina, voltou ao assunto sobre Raquel:

– Petrullio, sabes quais os direitos de um centurião em nossa Roma, de privar um cidadão de sua serviçal?

– Direitos ele não terá, é obvio, mas todo homem esperto terá de agir quando a oportunidade aparecer.

– Penso que ela não sai de casa. Depois, temos outra preocupação: a amiga Silvina. Vejo sua dedicação pela jovem adolescente.

– Bem, aí o rapto ficará quase impossível.

– Quase impossível, então serei eternamente infeliz?

– Seria interessante procurá-la nesses encontros cristãos. Olha, aqui mesmo nesta casa, que nada saia de tua boca o que teus ouvidos apagarão – alertou-o –, alguns homens e mulheres se reuniram para orar por mim – relatou Petrullio, sorridente – e, ainda, eram escravos cristãos, isto é, aqueles que estão contra as normas romanas... e nos temem.

– Mas eles o conheceram? Difícil saber de alguém que ore por outro que nem conhece e ainda faz parte da lei de Roma – argumentou o jovem apaixonado.

— Vê como esse mundo é, e como as coisas estão mudando. Não é lindo isso? Isso é um fato que diríamos ser... diferente, quase milagroso. Eu jamais faria isso a um estranho que poderia me tirar a vida. Ora, livrar um inimigo da morte certa, jamais! Toda hora eu penso nisso.

— É um caso de se pensar, mas me conta o que me sugeres? Sugeriste que eu deveria segui-la.

— Precisas vigiar aquela casa e, quando ela sair, poderás raptá-la, comunicando aos senhores da casa que ela foi aprisionada por ser cristã.

— Isso não daria resultado algum. Eles iriam procurá-la nas prisões. Ele é um homem de fortuna e a fortuna tudo compra.

— Há tanta confusão nesta cidade semidestruída, nesta Roma endoidecida por Nero, que penso que Demétrius se cansará de procurá-la. Ela não custou tão caro assim. Não é o caso de Tília, como contaste.

— Certamente, Tília não lhe fugiria.

— Mas por que esse homem tem obstinação doentia por aquela escrava?

— Se visses os olhos dela em contraste com a pele morena... Ela é sensacional. Atraente, fina, imponente como uma rainha. Ele a deseja e a prende por ciúmes. Às vezes, bate nela, mas logo a arrebata para seus braços, chorando em seu colo. E ela o odeia, como odeia sua vida. Fala que, se não tivesse aqueles olhos, não sofreria tanto, mas penso que, até sem aqueles olhos, ele a teria. O que faz um homem agir dessa forma com alguma pessoa?

– Não será algo do passado? – inquiriu-os Saturnina, que avançava para cumprimentar o amigo de Petrullio, Romério Drusco, com um sorriso nos lábios. – Ave, centurião!

Levantando-se para fazer o mesmo, mas, à moda romana, Romério sorriu para ela, pois, pela conversa do amigo, já a admirava, e a cumprimentou:

– Ave, senhora!

– Perdoai-me a interrupção, senhores, mas não pude deixar de vos ouvir – desculpou-se a doce mulher.

– O que diz a matrona a esse respeito? Coisa do passado? – indagou-lhe admirado o centurião.

– Se só o corpo morre, como nos ensinam os hindus e egípcios (não quis falar sobre Jesus), e, se voltamos à vida, não seria possível uma dívida anterior dessa moça com aquele senhor?

– Dívida? Por que dívida? Por favor, explicai-vos, Senhora.

Saturnina enfrentou-o com coragem. Ele era um homem da lei, e ela não poderia esconder o que o esposo de Veranda já devia ter contado ao visitante. Portanto, não abjuraria seu Mestre amado e, olhando-o com ternura, respondeu:

– Não conheci essa pobre escrava, mas me lembrei

das vidas que já devemos ter vivido em tantas reencarnações e do quanto erramos em todas elas. Já matamos, fomos cruéis, como até hoje somos, já fizemos mal a tanta gente através do tempo... Os apóstolos aprenderam com Jesus que tudo o que se faz aos outros assim também se recebe. Sabeis o que Jesus falou a Pedro antes de ser aprisionado, quando aquele discípulo cortou a orelha de um centurião? Falou dessa forma ou quase assim: "Embainha tua espada, pois quem mata pela espada também morre por ela".

E, desejando comentar um pouco mais sobre o Cristianismo, continuou:

– Se o amigo começar a se interessar pelos casos de pessoas sofredoras ligadas a nós verá que muitos estão recebendo de volta, exatamente, os mesmos atos que praticaram aos outros. No entanto, as pessoas não se dão conta disso. Só o que aprendemos hoje com Jesus nos fez ver essa parte de nossas vidas. Mas há coisas muito antigas que não podemos analisar... Assim, prezado patrício, se a vós assim posso referir-me, ainda que não conheçais o Cristianismo, vereis que todos os cristãos sofreram uma transformação interna para melhor.

– Bem, os cristãos que conheci em Jerusalém – comentou Romério, referindo-se à esposa – foram pessoas magníficas, no entanto, muitos os chamavam de vilões hereges e também de covardes. Visto sob esse prisma, seria perfeitamente essa dívida, esse "resgate", um fato aceitável, se é que assim podemos falar, mas eu, no entanto, sou cético neste ponto, por pertencer à lei romana e ser fiel aos princípios fundamentais dela.

– Que o imperador Augusto foi nosso apaziguador, disso temos testemunho. Naqueles dias, fomos felizes em não vermos nossos filhos perderem a vida em batalhas romanas. Se bem que sempre há algo para se lutar nessa imensidade de terras conquistadas por nós – confirmou Petrullio.

– Bem... peço-vos permissão para entrar, pois preciso tratar de meu pequeno Lucas. Bebei esse gostoso suco de frutas que eu trouxe para vos refrescar um pouco na tarde quente de hoje, e aproveitai para inspirar o perfume primaveril dessa roseira em flor – sorrindo, rematou Saturnina.

– Ave, senhora! – saudou-a o apaixonado de Raquel.

– Ave, centurião – respondeu ela, afastando-se.

– Então? O que achaste dela? – perguntou-lhe Murilo Petrullio.

– Bela ainda e doce como as uvas que apreciei hoje pela manhã. Sabes? Sobre o Cristianismo há de se pensar...

## Capítulo 13

## SIMÃO PEDRO

*A caridade é sofredora, é benigna, a caridade não é invejosa, não trata com leviandade, não se ensoberbece.* – **Paulo** (I Coríntios, 13:4)

O TRABALHO DE SIMÃO, EM RELAÇÃO AOS MORTOS no circo, fora imenso. Ele procurou Anacleto, designado como seu sucessor na Igreja, substituindo Lino, para com ele ir analisar, novamente, os nomes daqueles cristãos que foram colocados nas prateleiras das catacumbas; e lá estiveram inúmeras vezes, tudo porque queriam dar aos mártires o respeito que mereciam. E isso foi feito através de suas roupas, suas marcas ou mesmo sinais, para que lápides fossem marcadas e reconhecidas. Aqueles indivíduos haviam honrado o nome de Jesus, renunciado às suas más tendências e assumido a Boa Nova como mudança de vida e caminho à felicidade.

Mesmo assim, muitos nunca foram identificados e muito menos reclamados. Simão acabou achando que estes teriam sido aqueles escravos que chegaram de longe, cujos patrões sabiam de suas crenças.

Certo entardecer, enquanto voltava pela rua de sua pobre e velha residência, o discípulo de Jesus ouviu rumores sobre as loucuras e abusos do Império e que Nero estava prestes a cair do poder. Roma fervia em ansiedade e medo, mas, apesar de todo esse tumulto, a vida continuava e era necessário abraçar com fé e coragem a labuta do Evangelho, em prol dos novos cristãos que chegavam sequiosos por algo maior, algo que sustentasse seus infortúnios, no seguimento da exemplificação e ensinamentos perfeitos e esperançosos do Cristo.

Conforme os dias passavam, aquele discípulo de Jesus foi procurado, com Marcos, por antigos seguidores de Paulo e por inúmeros infelizes, na maioria escravos, que estavam contra a violência e os crimes dos conquistadores e haviam aderido à doutrina de amor do Mestre, singela e pura, que crescia dia a dia. Temendo por novas perseguições, agora o pescador Galileu desejava ser mais cauteloso. Reunir-se-iam em residências, mudando sempre de local, conforme a possibilidade, permitindo que o Cristianismo se espalhasse para os neófitos sofredores que o desconheciam, mas com sensatez e cuidado, afinal, se todos ali perecessem, como o Cristianismo ficaria?

Depois daqueles dias infernais, dando calor e assistência aos familiares em desespero, em um entardecer,

Simão saiu com Isaac para se reunir com os cristãos de todas as comunidades, formadas ainda por Paulo na cidade romana. Naquela reunião, ele continuou a evangelização, sempre com dois instrutores para cada comunidade, que se destinavam a reuniões nos lares. Ali, como chefe provisório da Igreja cristã, mantendo-se com disposição, serenamente, Simão procurou repassar logo o cargo para Anacleto. Sentia, por aqueles dias, a sua partida rumo ao Mestre querido, além de estar com idade avançada e seguir as caminhadas atuais a passos mais lentos.

Nesses momentos, quando disso se lembrava, recolocava-se em Cafarnaum, quando ouvira os discípulos mais moços comentarem sobre a idade de Simão, chamado de "o Zelote", dizendo-lhe que não poderia fazer muito pelo Cristianismo, comparando-o aos mais jovens. Então, suspirava, assumindo a posição: "Sim, eles tinham razão quanto ao cansaço, mas não quanto à boa vontade em servir". Aliás, agora entendia que, como antigo pescador, ali em Roma estaria, sim, sendo um verdadeiro pescador de almas para Jesus. Em sua mente, ciente do exemplo do companheiro Paulo, que nem havia estado com o Mestre como ele, e que tanto labutara pelo Cristo, achava que, até aquele momento, ele, Simão, não havia feito o quanto desejava fazer. Em Jerusalém, na Casa do Caminho, havia trabalhado o que pôde, foi incansável, mas, ali em Roma, sem Paulo, sentia-se mais responsável e, talvez, sem a firmeza necessária daquele amigo, mas jamais cederia ao cansaço. Por isso, Paulo, talvez, prevendo que logo partiria, havia pedido a presença de Marcos na cidade dos conquistadores.

Sim, Paulo fora o grande exemplo. Paulo, sim, havia levado o Cristianismo a todos os lugares. Depois que João, o mais jovem de todos eles, fora liberto da prisão romana por Paulo, em sua volta da Espanha, Pedro viu que talvez não conseguisse ter toda a habilidade do homem de Tarso. Sentindo-se assim, teria que agir com fé, por amor ao Messias. Todavia, ele sabia estar fazendo o que Jesus desejava que fosse feito. Isso porque todos se sentiam "como entre cobras do deserto, que se aprontavam para lhes dar o bote", ou seja, com as legiões sanguinárias de Roma, e junto àquele César, que tinha já assassinado tantos e tantos cristãos.

Depois daquela reunião, inspirado pela espiritualidade, quando foram divididos os instrutores por áreas na cidade, Simão ajoelhou-se, à noite, antes de dormir, agradecendo a Deus essa resolução e pedindo a Jesus que não o abandonasse e sempre o instruísse sobre Sua obra. Não fora até Roma para nada, mas, sim, para servir ao Mestre até o final de seus dias e achava que aí estava sua grande responsabilidade, antes que o apanhassem também. Sem o aconselhamento daquele terno e amoroso Mestre, jamais poderia agir corretamente.

Alguns dias de paz houve na cidade romana, entre construções ainda sendo edificadas, à maneira de uma cidade reerguida de acordo com o seu novo Imperador. Parecia que Deus, em Sua infinita bondade, estava dando uma trégua aos cristãos para se refazerem. Aliás, as forças angélicas labutavam muito para isso, já que jamais poderiam mudar o posicionamento e o livre-arbítrio daquelas almas arraigadas ao mal. E, nesses dias, Simão aproveitou para dar as instruções a Marcos, para que escrevesse o seu Evangelho.

A nova casa onde Pedro acolheu os filhos órfãos e incapacitados estava sendo atendida por Domitila e mais alguns auxiliares, que também cuidavam da horta.

Ao se encontrar com Anacleto, Simão confiou-lhe:

"Agora, sois vós o nosso bispo de Roma. Portanto, temendo logo partir, peço-vos que continueis com os Evangelhos que já possuímos e as novas anotações de João Marcos. Em Épheso, com João e Ignácio, com receio de que o Cristianismo, com o tempo, fosse deturpado, também nós formamos um rascunho de instruções que contêm, com breves palavras, os principais e mais importantes ensinamentos de Jesus, e o estamos usando seguidas vezes. Isaac tem esse pergaminho sempre com ele e, se eu faltar, mande-o copiar, porque as ferramentas importantes do Evangelho também lá se encontram.

O rapaz havia olhado para Simão sem nada dizer, molhando seus olhos, com sentimento, por tudo o que estava acontecendo. Então, baixou a cabeça, respondendo a Simão:

– Procurarei respeitar esse cajado que vos acompanha, seguindo vosso exemplo de dedicação e amor, tendo em meu sentimento a crença que vós, que sois a "rocha", não abandonareis vossos discípulos de onde estiver.

– Meu amigo – completou Simão –, não nos emocionemos quando esse dia chegar, porque jamais nos separaremos, e o amor, como nos disse Jesus, é um forte laço que nos prende a quem amamos, por toda a eternidade.

O clima voltara a ser tenso na cidade. Havia cristãos que recebiam pedradas nas ruas, aos gritos revoltosos de romanos: "Aprendam a respeitar Roma e seus deuses!".

– Perseguições há em toda parte – dizia Simão, o discípulo do Cristo aos cristãos. – Eles temem a si próprios. Não os acompanhemos no rancor, mas sejamos firmes na fé.

A Lua, deslizando no céu, despertava, nas mentes cristãs, ansiedade e receio. Simão andava rápido pela noite, junto à sua esposa e Isaac, ao encontro do companheiro Anacleto, para irem à casa de Zulmira e Matius, onde os outros instrutores os aguardavam. Marcos estava para receber alguns conhecidos de Jerusalém e foi recebê-los em Óstia. Simão estava feliz porque teria notícias da saudosa Galileia e da casa do Caminho. Pedira para Porfírio, do qual os soldados de Tigelino não desconfiavam, também ir com Marcos, levando os amigos até aquela casa tosca e simples onde o avô de Catina estava sendo atendido, porque sua própria moradia estava sendo vigiada.

Ao chegarem os visitantes, todos se reuniram no jardim da casa cedida aos necessitados, quando Simão, dirigindo-se a eles, falou:

— Meus irmãos, saudemos os dois amigos de Marcos, que chegaram ainda há pouco de Jerusalém.

Marcos os apresentou, e Simão perguntou a eles sobre as notícias que traziam:

— Que notícias nos trazeis sobre o Cristianismo em Jerusalém? Como está o Caminho?

— Ah, Simão, a casa que formastes está em decadência. Com as mortes criminosas constantes, ninguém aguenta ficar lá por muito tempo. É uma desgraça...

— Sim, todas as coisas materiais que um dia começam também terminam — aludiu, com profundo suspiro, o discípulo Galileu. — Temos como exemplo a Babilônia, tão grandiosa, digna de inveja de tantos poderosos.

O Caminho foi formidável, mas nada é eterno. Entre todas as coisas, o importante foi o tempo em que se alojaram tantos doentes na casa que formamos.

— Soubemos que Nero continua com os crimes e penso que nós seremos os próximos se permanecermos aqui — disseram a Marcos os amigos.

— Talvez, mas estamos usando outra estratégia nos

encontros cristãos. Estamos nos reunindo em casas de famílias.

Marcos ali ficou pensativo e, posicionando-se preocupado, relatou:

— Temo em ficar aqui depois do que houve com Paulo, mas a posição da nossa Judeia, como nos contam esses amigos, também não está fácil. Estamos em uma situação cada vez mais difícil, não só para nós cristãos, mas também para todo e qualquer judeu. Nosso povo se revolta de tal forma, que pensamos que Roma vai revidar. Imaginamos que virá uma guerra sangrenta para nós, os judeus, e tememos Roma e seus conquistadores.

— Sei que aqui a coisa também está ruim, mas pensamos que, se estivermos convosco, pelo menos nos sentiremos mais próximos a Jesus.

E um dos rapazes concluiu:

— Virão dias, Simão, em que muitos aportarão nessa e em outras cidades. Sairmos de lá foi importante. Ouvimos essa inspiração de uma das filhas de Felipe. Muitos irmãos nossos pensam em se colocarem em casa de amigos, na Capadócia, mas, lá em Jerusalém, não ficarão. Morreremos por Jesus, mas não queremos morrer pela incúria do nosso próprio povo.

Simão baixou a cabeça.

— Tens razão, mas não nos devemos perder nos percalços do caminho. Isso que me contas não me arrefece a ânsia na divulgação da doutrina do amor de Jesus. Precisamos ir adiante, sempre adiante. Como sabem, Paulo já se foi, quando aprisionado junto a Lino, sua esposa Cláudia e uma infinidade de boas almas, no entanto, nós sabemos que Roma não pode ficar desprotegida de homens dispostos à divulgação do Evangelho. Depois me contarás sobre nossa Galileia distante, porque o importante agora – falou, batendo-lhe no ombro – é arrumarmos alojamento para vós. Dois de vós podeis ficar aqui, porque Marcos, que aqui pernoita, poderá permanecer na minha casa, se bem que estou sendo muito visado.

– Não vos preocupeis. Ficarei por aqui mesmo – confirmou Marcos.

Pensando nos recém-chegados, Simão pediu para Domitila conseguir alojamento aos visitantes e para Porfírio e Olípio cuidarem dos que ficariam naquela casa. Antes de sair, Simão formou o grupo para orarem, pedindo a Deus coragem, alegria e sustentação dos direitos sagrados, nas novas metas de amor que atingiriam.

Simão deixou-os e, em sua casa, lembrou-se de que pedira ao Pai, depois que Paulo fora assassinado, a bênção e a boa vontade para agir mais entre os sofredores, evangelizando-os a seu exemplo e agora era o que estava fazendo, sentindo-se útil e cumprindo com o seu compromisso.

Em breves dias, ele também seria martirizado,

sabia disso. A "doutrina escabrosa", como falavam os nobres romanos, estava excedendo em número e, como o povo tinha sede de entusiastas diversões no circo, antes que perder seus escravos, eles desejavam que fossem sacrificados aqueles que estavam fazendo mal a Roma e que difundiam ideias de liberdade e igualdade, que os nobres romanos jamais aceitariam.

Quando Paulo fora aprisionado, Simão soube que os soldados andaram perseguindo os cristãos para ver onde se escondiam, até apanhá-los nas catacumbas, e teve receio de que a cena se repetisse. Ouvira falar que o grande circo era enorme em comprimento, tendo uma das suas extremidades arredondadas, por onde se sentava a nobreza e a outra extremidade de onde saíam os leões e os gladiadores, ou escravos sujeitos à morte. O circo era um exemplo de beleza, com suas estátuas e adereços, mas um lugar de horrores e carnificinas. Por esse motivo, a importância e urgência de trabalhar para Jesus, e orava para que suas forças não falissem. Só assim estaria em paz. Com esses pensamentos, elevou a face ao céu estrelado, onde parecia sentir-se mais próximo a Jesus, e orou a Deus, agradecido.

## Capítulo 14

## A PAIXÃO DE ROMÉRIO

> *Porque onde estiver vosso tesouro, aí estará vosso coração.* – **Jesus** (Lucas, 12:34)

DEPOIS QUE SATURNINA SE RETIROU, NA CONVERsação com Romério e Petrullio, o esposo de Veranda chegou-se mais próximo a Romério e lhe confessou:

– Estás vendo por que não podemos erguer a mão acusando essa bela senhora?

– Se bem que isso seria o correto, já que somos representantes da lei – concluiu Romério.

– Mas não acabamos de falar no rebuliço que esta cidade está? Nosso imperador é louco e depravado, além de assassino. Se realmente prestamos afeto às nossas mães e nossas mulheres, nós precisamos detê-lo. Além do mais, peço a ti sigilo. Somos todos romanos aqui.

– Tuas razões demonstram a nobreza de teu caráter, Petrullio. Ponderação é o método correto. E, por falar nisso, saio agora, já que começa a anoitecer, para seguir minha linda "prometida".

– Hum... a coisa está séria – riu o companheiro.

– Ciente de, no dia de amanhã, voltar ao trabalho? – perguntou-lhe Romério.

– Sei. Não poderei falhar. Existem olhos e ouvidos atentos em mim. Sabes de quem estou falando, não?

– Salúcio Primus, nosso general, sempre ele.

– Pois bem, o que fazer? Devo obedecê-lo. Estarei pronto para voltar ao Quartel dos Pretorianos, completamente restabelecido. Hoje, minha família voltará para a casa no sítio.

– Não irás reconstruir tua residência de Roma?

– Sabes as razões que não me permitiram reconstruí-la.

– Sei. A paz de tua esposa.

– Minha vida estava miserável com as insinuações de Salúcio e sua fixação por Veranda. O incêndio salvou-me. Estou vendendo a propriedade queimada.

Romério voltou-se para se despedir de Saturnina, que o cumprimentou com carinho:

– Voltai sempre, meu amigo – despediu-se ela –, e que continueis a cultivar, em vosso coração, a ternura e o discernimento que já existe em vosso interior.

Diante do olhar sincero da matrona, Romério sentiu

a presença de uma força maior, capaz de mudar o mundo. Sem poder entender como ela poderia amá-lo, sendo uma cristã, e ele o perseguidor que se guiaria, dali para a frente, como inimigo pessoal de todos os cristãos, sentiu-se envolto nas vibrações ternas do coração da mulher e nada falou.

Não se dera conta de que todos os verdadeiros acompanhantes da obra redentora, os cristãos, traziam em si mesmo a verdadeira passagem do Cristo, com exemplo do amor incondicional.

Com o pensamento e o coração leve, imaginando Raquel em seus braços, o centurião apanhou sua biga e dirigiu-se a espionar a casa de Demétrius.

A noite caíra cálida e perfumada pelos jasmins noturnos. No céu, as estrelas já começavam a aparecer e, na casa de Demétrius, Raquel e Silvina acendiam os lumes. Ainda temerosas, agora sabendo que estavam sendo vigiadas pelo atraente centurião, faziam o trabalho que lhes fora dado, sem as queixas dos dias anteriores, que de nada serviriam. Temiam por Tília, porque não a tinham visto mais sair do dormitório, ouvindo-a chorar e, por vezes, gritar: "Eu vos odeio com todas as forças de meu coração", mas faziam questão de alcançarem a ela algumas frutas ou um pouco de leite e mel pela alta janela.

Os escravos Polinário e Filomeno, unidos em testamento de vingança, continuavam a trabalhar, convictos de que um dia, Clarêncio e Vitório, que começaram a sair à noite para encontro cristão, seriam entregues ao patrão por eles, mas antes precisavam do testemunho de um terceiro escravo. Invejando-os pelos seus dotes respeitosos, já que tanto Demétrius como Demétrius Darius os tinham na estima, os invejosos escravos uniram-se a um rebelde egípcio de nome Ahmed.

Tília não mais fora ao encontro cristão, mas refugiava-se na prece aprendida, com a convicção de que um dia seria livre e mais feliz. Certa vez, antes do dia findar, Clarêncio e Vitório convidaram as jovens de sua Jerusalém para voltarem a visitar Olípio. Aguardaram a noite chegar e, depois de receberem o aval do grego Demétrius, saíram sob os olhos maldosos de Polinário e Filomeno, que avisaram rapidamente para que o egípcio os seguisse, já que eles não tinham licença para a saída.

– Viste o que eu vi? E ainda receberam licença de ir, por que eles podem e não nós? – Polinário perguntou a Filomeno.

– Ora, eles sempre têm mais que nós. Mas nos vingaremos desses malditos! Chegou a hora, amigo! – argumentou Polinário.

Ahmed conseguiu uma adaga e a colocou na cintura para eventuais sucessos, mas atendeu ao chamado dos dois malfeitores, ouvindo:

– Vimos a arma em tua cintura. Bom seria se pudesses acabar com aqueles dois; contudo, as duas personagens femininas vão com eles, o que nos tira essa oportunidade. Mas se, mesmo assim, não tivermos como denunciá-los, daremos queixas ao Centurião, que, vez em vez, passa por aqui.

– Não sei se é uma boa ideia, Polinário, afinal, penso que o que chama o centurião aqui é o coração da bela Tília.

– Ela? Penso que te enganas desta vez. Ele deve ser o espião de Demétrius contra todos nós, porque Tília está sendo aprisionada.

– E de que forma! – confirmou o outro.

Ahmed, ali envolvido pela escuridão, aguardava um tempo para que os perseguidos dobrassem a esquina.

– Filomeno, diga-me uma coisa, não estaria o centurião apaixonado por Raquel? – perguntou Polinário, vendo o egípcio sair rapidamente atrás dos escravos cristãos.

– Penso que os valores que ele recebe, espionando a bela Tília, são de maior importância do que um romance. O ouro... ah, o ouro... Bem, agora é esperar Ahmed e saber as novidades.

Pelas ruas escurecidas da velha Roma, Raquel e Silvina, com as cabeças cobertas com seus mantos, caminhavam silenciosamente até a casinha afastada de Olípio Lunae, acompanhadas por seus fiéis amigos.

– Não devemos entrar em ruas onde há movimento, senhoras. Andemos beirando o Tibre. Esse é o melhor lugar para não sermos visados pela guarda pretoriana, que pode nos seguir e assim chegar a Olípio. Todo cuidado é pouco – alertou-as Vitório.

A lua escondia-se na neblina, e um vento gelado os envolvia.

– Está frio! – queixou-se Silvina

– Bem falei que iria esfriar, Silvina! Não deverias ter vindo, agora te queixarás até voltarmos.

Clarêncio retirou o manto de suas costas e colocou-o nos ombros de Silvina, que sorriu acanhada para ele, agradecendo-o:

– Não terás frio, irmão?

Notando o jeito faceiro da adolescente, com olhares femininos que lhe diziam mais, ele respondeu muito sério:

– Olha, menina, poderias ser minha filha, e eu não gostaria de ver uma filha minha passando necessidade pelo ventinho fresco que está fazendo.

Silvina fechou a cara e continuou calada até chegarem em frente ao portão de Olípio.

Agora as nuvens escondiam totalmente a Lua; estava escuro demais para se enxergar um palmo à frente.

– Estou com medo... o que nos espera ali adiante?

– Para, Silvina. Quiseste vir, terás que ter coragem.

Sabemos o caminho, e, se uma cobra te saltar no pé, dá-lhe um chute! – brincou Raquel com ela, que gritou:

– Ai! Aqui tem cobras?

Por esse grito, Ahmed, que já estava voltando, pois os perdera de vista, conseguiu voltar a segui-los.

Olípio, ouvindo ruído de passos na folhagem, elevou o lume para dar-lhes sinal.

– Ave Cristo, jovens amigos! – falou, quase sussurrando.

– Shalon, caro Olípio, enfim chegamos. A noite não nos ajudou muito hoje – comentou Clarêncio.

– Deveis ter muito cuidado na volta. Ontem, quase fomos pegos, mas um de nossos irmãos conseguiu despistar a guarda pretoriana.

– Estaremos vigilantes – respondeu-lhe Vitório, abraçando o benfeitor.

Na pequena sala, já estavam aguardando vinte a trinta pessoas, com fisionomias serenas e confiantes.

– Bem, podemos começar, porque aqui estão aqueles que esperávamos – iniciou Olípio, falando aos que lá aguardavam. – Nosso número está maior porque as pessoas que vocês desconhecem são acompanhantes de Porfírio. Depois do término das lições, que Porfírio nos dará, faremos uma pausa para decidirmos onde nos reuniremos na próxima vez. Chega o momento em que deixaremos este abrigo.

– Que Jesus e sua paz nos acompanhem agora e sempre – principiou Porfírio. – Vemos nós o cerco se fechar cada vez mais. Agora somos procurados em todos os cantos da cidade, mas quem crê tudo receberá. Eles não conseguem nos apanhar porque Simão, nosso apóstolo, pediu-nos que nos reuníssemos em casas de família e, cada vez, em casas diferentes, e devemos continuar assim e sem medo. Somos ou não somos do Cristo? Queremos ou não ter a vida eterna? Não será para nós um deleite sabermos que nada terminará com nossa morte e que teremos as alegrias de estarmos próximos ao nosso Mestre, se muito amarmos? Procuraremos fugir, sempre fugir, pois assim espalharemos as lições recebidas, contudo, se não conseguirmos, nada deverá nos assolar.

Ahmed, de soslaio, chegou até a porta, mas não entrou. Ficou ali, tentando captar o sentido da conversa. E Porfírio continuava:

– Amigos, irmãos, só o amor nos poderá salvar e nos permitir conquistas e alegrias nesta vida. Sofremos perseguições indevidas, somente por amarmos, e nos perguntamos: por quê? Se estamos procurando seguir a Jesus em seu testamento de consolo na dor, por que estaremos pecando? Roma não nos entende, isso porque acredita nesses deuses de pedra, que jamais tiveram alma, e assim não podem auxiliar a ninguém. Se eles soubessem o valor da salvação e tudo o que o amor pode curar, deixariam as guerras, as conquistas e viveriam em um clima de eterna paz. Mas o orgulho, esse vilão, por hora jamais permitirá que se modifiquem. A não ser em certas pessoas mais sensíveis é que a mudança dará margem à vitória.

O cristão procura reparar seus erros passados, arrumar o que, em seu interior, está incorreto, permitindo-se perdoar aos que o magoaram, abrindo os olhos daqueles que vivem em cegueira pelo poder e pela astúcia, pelo ouro que não podem levar ao túmulo, pois somente encontrarão seu tesouro no momento em que valorizarem a família e aqueles que lhes estão mais próximos. Jesus nos falou:

"Onde está vosso tesouro aí estará o vosso coração."
– Portanto, irmãos, amai o vosso próximo, deixai a malícia e a astúcia, que sempre querem tirar vantagens dos que nos estão próximos. Respeitemos a todos, principalmente as mulheres viúvas. Auxiliemos aos que de nós necessitam. Lembremos de nossa correção, porque, se Jesus é nosso exemplo, é necessário melhorar as atitudes de antigos ateus, adoradores de imagens de pedra, amando e perdoando. É necessário aperfeiçoarmos o Espírito, abandonando a tirania e tornando-nos um novo homem.

Irmãos meus, se podeis ver, com a mente e o coração, a maior parte das almas romanas desta época, vereis que andam em círculo... Que desejam alcançar os cumes, sem jamais sair do lugar, porque não são com os valores materiais que conquistarão locais mais elevados, não é com a alma repleta de desejos carnais que receberão a felicidade que tanto desejam conquistar. O amor, desta forma, mais fome lhes dá e jamais os saciará. E o ser humano continua, insistentemente, a procurar a felicidade.

Graças damos a Jesus por nos ter aberto os olhos, pois éramos cegos pela paixão que nada nos deixava ver, quando nos entregávamos à vingança, sem sequer imaginar o que acontecia nos corações alheios...

Hoje, com Jesus, nós somos homens que nos consideramos lavados e limpos, vestindo uma túnica diversa, não mais manchada de sangue. Vibremos por esse fato, sem esmorecermos. Ergamos o estandarte do Cristo acima de nossas cabeças, para que todos assistam e vejam que nada escondemos daqueles que ainda não o conhecem e levam a vida em pecado. Jesus veio para nos salvar, abrindo nossos olhos para a verdadeira realidade.

Por esse motivo, sejamos fortes. Enfrentemos os leões; se for necessário, fogo; as tempestades diversas, com coragem e fidelidade, porque logo estaremos livres! Fortes e livres!

– Mas, se morrermos, quem continuará para levar a palavra? – perguntou um escravo muito magro, de certa idade.

– Não somente aqui há cristãos, Jerúnio. O Cristianismo, pelas mentes enfartadas de dor, cresce assustadoramente, tudo pela insatisfação e o mal que as assola. Mas, com essas palavras, eu não quero assinar nossa sentença de morte. Muitos e muitos levarão a palavra, pelo que Jesus nos disse, além de que, nem todos perecerão no circo, pois nossa sentença já está programada pelo Pai Maior. Tenhamos fé, tenhamos fidelidade.

Conversas de todos os tipos, perguntas e declarações de corações preocupados chegavam aos ouvidos do instrutor, e a tarefa noturna foi se estendendo por mais duas horas. No final, Olípio comentou:

– Bem, irmãos, de agora em diante, nos dispersaremos. Nestes dias em que aqui estiveram, receberam o conhecimento necessário para saberem o que Jesus nos quis ensinar. Procuremos, no entanto, outros locais para as reuniões. Depois desse encontro, nós iremos à casa de *domina* Saturnina para nossas preces, mas alguns querem voltar a se reunir nas catacumbas, além dos muros de Roma, contudo, Simão acha isso uma incoerência.

Depois, dirigindo-se a Clarêncio e Vitório, pois já os tinha visto, comentou:

– Atrás da alameda das trepadeiras, passando por um arvoredo cerrado, há uma residência de dois pisos que é da *domina* Saturnina. Ela poderá receber as duas jovens, caso precisem com urgência. Serão lá nossas próximas reuniões, nesta e na outra semana. Ave Cristo!

– Amém!

Ahmed, ouvindo essas palavras no lado de fora da casa, tremendo pelo frio do outono que apontava, começou a fazer uma introspecção e se colocou entre os maus e bárbaros, mas tinha que cumprir o que havia prometido. Ao ver que aqueles a quem seguira se movimentavam e se despediam de Olípio e Porfírio, saiu de mansinho, no entanto, ao chegar ao portão da entrada, encontrou centuriões que o interpelaram. Pelo barulho que fizera e pelos gritos de "Larguem-me, eu não sou cristão, os cristãos estão lá dentro!", alertou os que saíam da casa de Olípio, e todos voltaram para debandar pelos fundos do terreno, que desembocava em local movimentado do Esquilino, depois, passaram por um arvoredo cerrado para chegar a outra colina de Roma, onde Demétrius residia.

Ouvindo os gritos de Ahmed, Raquel, Silvina e os amigos correram o mais que puderam, até poderem voltar a caminhar normalmente, alcançando a rua dos bares e, mais tarde, das casas melhores daquele lugar. Os dois homens, assustados por serem responsáveis pelas moças, agradeciam a Jesus a felicidade de estarem livres. Porfírio vinha com os outros, mas se dispersaram para não causar desconfiança, enquanto Vitório e Clarêncio caminharam até a rua citada por Olípio para conhecerem a residência de Saturnina, caso a ela necessitassem recorrer.

Romério, passando por ali, viu o grupo e apressou o cavalo para apanhá-los, deixando seus soldados. "Que satisfação encontrá-los sãos e salvos!" – pensou.

Havia-os seguido, mas não os aguardara sair. Depois, viera a saber da guarda que recebera uma denúncia e se preocupou. Agora, vendo-os ali, respirou profundamente e, dirigindo-se a Vitório, com os olhos fixos em Raquel, falou dissimulado:

– Vitório, o que vos traz aqui, e ainda à noite? Cuidado, senhoras, não podeis sair desse jeito nestas horas.

– Bem... nós... isto é...

– O fato é que, seja lá onde estivestes, está sendo perigoso andar à noite, ainda mais escravos, como são.

As duas jovens baixaram a cabeça. Raquel, com o coração descompassado, não teve coragem de se acusar, dizendo a verdade. Mas Romério nada quis saber, e somente continuou:

– Vou acompanhar-vos até a residência de Demétrius. Peço que olheis aqui ao lado esquerdo. Esta é a residência da senhora Saturnina. Bela, mas simples. Ela é uma senhora muito boa – comentou, dando-lhes a entender, entre linhas, o que o grupo, exatamente, estava procurando.

No portão da casa de Demétrius, aguardavam escondidos Polinário e Filomeno. Estavam desconfiados, porque Ahmed não retornava. Logo, viram aparecer Clarêncio, primeiro, e após, Vitório e o grupo, e se esconderam enquanto eles se aproximavam, vendo que o centurião também estava junto.

Romério desceu do cavalo e vinha ao lado de

Silvina, que somente olhava para a amiga, piscando o olho e sorrindo.

— Então, Raquel, como tens passado? És bem tratada em casa de Demétrius? — indagou-lhe o centurião, colocando-se ao seu lado e apanhando-lhe a mão.

Baixando os olhos, Raquel respondeu:

— Somos escravas e não temos direito a reclamações.

— Todo ser humano, escravo ou não, tem direito de dizer se não está satisfeito.

— Se eu tivesse esse direito, vos diria que seríamos mais felizes se descansássemos um pouco mais. Não temos quase descanso e, quando a noite chega, o medo se nos toma conta.

— Medo? Ah... os patrões, à noite, estão em casa, e é esse vosso medo, não?

— Sim.

— Sei o tipo de escrava que és, Raquel — falou, vendo Vitório e Clarêncio adentrar com Silvina –, e o que dirias se soubesses de um centurião que escolheu uma escrava para se casar?

— Conheceis, então, senhor Romério, alguém que assim se interpõe às regras de conduta entre senhor e escravo?

Vendo toda a firmeza de caráter da escrava e sua grandeza de alma, concluiu:

– Pois eu conheço; conheço alguém que está apaixonado por uma escrava.

– E... quem é esse homem? – ainda indagou, com o coração aos pulos.

Romério apanhou sua mão, colocando-a nos lábios.

– Não façais uma coisa desta, senhor! Não temos esse direito – reclamou a bela Raquel.

– Direito de amar? Sim, perante os homens e nosso governo, tudo isso nos parece impossível, mas nada me faria deixar de vencer esse obstáculo. Te amo! E, prometo, serás minha abençoada esposa. Cristã ou não, patrícia ou não. Raças, religiões, credos, crenças, nada poderá abafar o que sinto em minha alma, desde que te conheci.

E, olhando-a nos olhos, perguntou:

– Quando voltareis a Olípio?

Gaguejando, ela respondeu:

– Como... sabeis, então? Sois, porventura, cristão?

– Não, mas há uma sina em minha vida que me empurra para mulheres cristãs.

– Mulheres?

– Minha esposa...

– Sois casado?

– Sou viúvo, mas não quero perder a mulher amada novamente. Deixa o Cristianismo, suplico-te. Bem... –

pensou, lembrando do perigo de tê-la consigo – seria melhor acompanhar-te de longe na próxima vez.

– Não nos entregareis?

– Confia em meu amor por ti. Boa noite – falou, beijando-lhe a mão.

– Boa noite. Mas não nos encontraremos na casa de Olípio novamente. Vamos decidir isso na Ponte Fabrício amanhã. Penso que nos reuniremos nas catacumbas para a reunião.

– Lá não, pequena. Teu instrutor Paulo foi apanhado lá e aprisionado. Tentou conversar com Nero, e nada conseguiu. Depois, aconteceu seu assassinato. Digo-te, em sigilo, as coisas não estão bem. Em breve, tudo virá à tona. Melhor seria não ir a esse encontro.

– Arranjaremos outro local.

## Capítulo 15

## DIAS DE TEMOR

> *E vós também, pondo nisto mesmo toda a diligência, acrescentai à vossa fé a virtude e, à virtude, ciência...* (II Pedro, 1:15)

SATURNINA DESPEDIRA-SE DOS AMIGOS COM PROfunda tristeza. Sabia dos perigos que todos eles correriam caso algum deles deixasse escapar algo sobre a reunião que curara Petrullio, pai e esposo. Até temia isso de Romério. Então, ela ficou de prontidão, caso necessitasse sair da cidade, em fuga.

O tribuno despediu-se de Saturnina, agradecendo-lhe a acolhida, e só isso.

Veranda, sempre incrédula de tudo, desta vez mostrara a Saturnina imensa gratidão pelo conforto e acolhida recebida e, no momento da despedida, desejando ser verdadeira em seu pensar, falou-lhe:

— Esteja certa, amiga, que jamais esqueceremos este acolhimento tão significativo para nossas vidas. Tenho certeza de que nenhum dos meus comentará o que houve nessa casa e também penso o mesmo de Romério Drusco. Contudo, se pretores a procurarem, deveis saber que um dos nossos foi pressionado a falar. Em meu esposo eu confio. Ele tem um caráter firme, mas não penso o mesmo de minha nora, ou de um de meus filhos, que teriam o receio do que sentiriam se fossem destituídos do posto que tanto amam.

Parou para olhar ao lado e continuou:

– Sabes, prezada amiga, que o carinho pelos nossos afeiçoados, por vezes, nos faz suportar muitas coisas, mas jamais pensaríamos em trair a cidade dos imperadores, que tanto orgulho já nos deu por suas grandes conquistas e tantas honras nos transferiu.

Saturnina sentiu como se recebesse um punhal no peito e expressou-se, com a testa franzida:

– Faço-te uma pergunta, Veranda. Depois de tudo o que viste aqui, depois da cura de teu esposo, das orações que fizemos a ele, do afeto e da gratidão de teus filhos a Jesus, ainda estás desacreditada destas obras?

– Ora, amiga, eu não desejaria te magoar, mas... os magos também agem assim e não creio que alguém morto, como esse que foi crucificado, volte para fazer curas. O tal homem que trouxeste aqui deve ser um mago, mas aquele que morreu morto está.

– Obrigada pela resposta. Se o bom exemplo não te

animou, nada mais posso dizer-te para que creias. Vai em paz e que os amigos de Jesus jamais te abandonem.

Saturnina sorriu para ela e a abraçou:

— Obrigada, Saturnina. Sei que te esmeraste pelo melhor e, se em algo eu não te agradei... bem... o que posso fazer... eu sou assim mesmo.

— Não há necessidade de agradecimentos, minha amiga. Grato fica todo aquele que pode fazer alguma coisa a seus amigos. Volta sempre.

Abandonando a residência, a simpática Dulcinaea abraçou a anfitriã:

— Senhora, que Jesus vos abençoe, e obrigada por nos mostrar o caminho que nos leva a Ele. Tanto Murilo quanto Marius prometeram defender os cristãos. A senhora jamais ficará abandonada, se a procurarem. Mas juro-vos que, se isso vos acontecer, não será por nosso intermédio.

Beijou as mãos da anfitriã, que sentiu os olhos encherem-se de lágrimas, agradecida, e, depois, o mesmo fizeram os dois filhos de Veranda, que já aguardava na rua com o esposo.

Os portões foram fechados quando a carroça e os cavalos deixaram a residência romana.

Dias de suposta calma se passaram, mas com alta apreensão de toda a comunidade cristã. Saturnina continuava com as reuniões em sua residência, todavia, o clima de Roma era pesado e tenso, mas nada se falava sobre novos sacrifícios. A ordem do imperador era apanhá-los de soslaio. Sabia Tigelino que muitos se escondiam como ratos no dia claro, espreitando a noite para agirem. Mas como não mais iam a locais alugados, nem onde foram apanhados meses antes, muito difícil era chegar-se a eles. As catacumbas, à noite, estavam desertas, assim Roma permaneceu em clima aparentemente tranquilo para que os cristãos começassem, novamente, a sair, como nos tempos de Paulo, levando inúmeros adeptos do Cristianismo consigo, a um só ambiente. Simão continuava com o acompanhamento de Marcos em todos os locais, sendo que, nas horas diurnas, quando o discípulo de Jesus não ia ao Esquilino, ele e Marcos comentavam sobre o Evangelho, fazendo, este último, novas anotações.

Meses se passaram...

– Nero Claudius Caesar Augustus Germânicus, deus romano! – chegou-se ao imperador o chefe dos pretores, Tigelino, batendo com o braço direito ao peito. – Tudo está tranquilo como vós pedistes, mas os malditos continuam escondidos em casas alheias e difícil será apanhá-los, apesar da cobertura dos soldados pretores. A escuridão noturna favorece-os. Quem sabe apanhamos o velhote em sua própria casa, o chefe de todos, para sacrificá-lo na cruz como exemplo aos outros? Isso faria com que essa crença fosse banida de vez.

Nero, erguendo-se do trono, começou a caminhar

para um e outro lado, pensando se essa seria uma boa ideia. Relutou um pouco, mas decidiu:

— Desta vez, tua ignorância foi superada com esse teu fio de capacidade. Sim, assim faremos. Vamos crucificá-lo! Com ele aprisionado, com certeza todos os demais se reunirão nas catacumbas, então também apanharemos os outros. Mas, até que isso ocorra, prende aqueles de quem desconfiar.

Nos locais onde se alojavam os cristãos, próximos ao Esquilino, tudo continuava como Simão previra. Ninguém fora aprisionado até aquele momento. Domitila comentava com Raimunda:

— Houve dias de calma, mas esse silêncio é prenúncio de trevas e dores, falou-nos mestre Simão. Soubemos que Tigelino mantém-se atento e os homens do povo estão sequiosos em ver o sangue correr; pedem mais uma das atuações que acham divertidas, onde se extasiam com a matança no circo. Ora, vê só, Raimunda! — suspirou ansiosa Domitila. — Até agora, estávamos como que nos escondendo, depois que muitos foram apanhados nas catacumbas, tendo nossos encontros com *domina* Saturnina, ou mesmo aqui. Contudo, aquela senhora teme, ela sente no ar muitas dores que se aproximam e até convidou Simão para partir com ela a Herculano, onde tem moradia, mas, pelo que sei, ninguém tira aquele homem daqui. Notamos que pretores nos espionavam em dias anteriores e começaram a marcar as casas de quem desconfiavam fossem cristãos, já que não fizemos mais as grandes reuniões. Penso que, de uma hora para outra, apanhar-nos-ão e nos levarão para o cárcere. Mas a mim não irão apanhar, porque tenho meu compromisso com nosso mestre Simão Pedro e com aqueles de quem cuidamos.

Raimunda baixou a cabeça e deixou cair algumas lágrimas, dizendo:

– Como está sendo difícil não renunciar ao Cristo neste momento. Muitas vezes pensei se não seria melhor desistir de tudo e simplesmente viver a vida, mas paz jamais nós teremos. Então, lembrei-me de nosso Paulo e toda a força que ele fez para que Jesus vencesse com seus ensinamentos divinos. Sim, Domitila, eu vejo teu exemplo, sempre de cá para lá, trazendo-me notícias dos cristãos e das organizações de amor do Alto. Tu, que és mulher de um cônsul, não desistes, como não seguir teu exemplo? Não tens medo da revolta do governo? E teu esposo sabe de teus passos?

– Bem, ele me ama e pediu-me que desistisse da obra, mas, como sua esposa, talvez, nada aconteça comigo. Contudo, se acontecer, morrerei por Jesus, em nome do amor.

– E o convenceste?

– Ele é um cônsul, minha irmã, difícil seria ele abraçar o Cristianismo. Mas, se eu for aprisionada, sei que ele me defenderá e, se isso for impossível, morrerá comigo.

– Ele realmente te ama.

Simão e Marcos, todo entardecer, reuniam-se para que o jovem fizesse algumas anotações para seu Evangelho. Mas, assistindo a rebeldia do povo dias depois, o discípulo de Jesus chegou-se a João Marcos, pedindo-lhe:

– Meu filho, tu és jovem e estou sentindo grandes apreensões e penso que, já que nos auxiliaste bastante aqui e já que estamos com as anotações que desejávamos, deverias voltar à Ásia. Temo por tua vida, pois, em sonhos, vi muitas dores e sofrimentos e tu és necessário nas igrejas que formamos.

Marcos aceitou voltar e começou a se preparar para a partida na semana que viria. Despediu-se de todos, muito sensível, porque também pressentia o que estava para acontecer.

Anacleto, Clemente, Porfírio, Olípio e Isaac, os mais preocupados com o chefe da Igreja, procuravam retirar Simão de seu ninho doméstico, mas aquele discípulo de Jesus não quis se desviar do caminho traçado e falou-lhes:

– Seria muito fácil fugirmos, sairmos de Roma para vivermos dias de suposta paz. Poderíamos ir a Herculano, pois tivemos convite da senhora Saturnina, no entanto Jesus não fugiu, Jesus entregou-se aos soldados e caminhou com eles deliberadamente. Como fugir se eu já neguei o Mestre naqueles dias? Como sair daqui, deixando todas as ovelhas do Mestre sujeitas ao crime romano? Sim, todos nós tememos as dores do corpo. Todos tememos os horrores das cruzes, dos açoites e as miseráveis angústias que precisamos sentir. Jesus me havia dito, um dia, que eu iria por onde não desejaria ir. Portanto, amados, não temos outra escolha. Os dias de paz que obteremos serão aqueles que nossa renúncia por amor a Jesus nos trará.

Hoje, estou pronto. Quando me apanharem, eu darei meu testemunho ao Mestre. Além do mais, eu acredito que nossos caminhos já estão traçados. Todos os cristãos daqui precisam de mim. Sei que meus dias estão findando, então, é necessário seguir com as soluções para quando isso se der. O que nos interessa é o Cristianismo continuar a ser divulgado. Continuarei com minha família, na mesma casa onde estou. Continuaremos com a manutenção da casinha do Esquilino, que abriga velhos, doentes e o paraplégico avô de Catina, a jovem que perdeu a vida no massacre do circo, por amor a nosso Mestre Jesus. Seguiremos pedindo mantimentos e ervas medicinais.

Simão Pedro, mesmo com seu corpo cansado e mais lento, andava entre os irmãos cristãos, sempre a pedir um pouco de alimento para aqueles necessitados. O amor ao próximo reclamava o auxílio alheio. Não fora isso que Jesus pedira a ele? Se Tigelino o viesse apanhar agora, que ele fosse levado cumprindo sua obrigação ao Mestre, a quem tanto amava. Sua idade não seria o empecilho para o trabalho de Jesus, com Jesus e para Jesus. Mas previa sua desencarnação e resolveu fazer sua última reunião.

Dirigiu-se aos instrutores das diversas comunidades para reuni-los na moradia de Saturnina, a mulher da nobreza romana que ele admirava. Já havia vencido sua desconfiança pelas mulheres separadas. E quando a noite fechou com seu leque a escuridão das ruas, esses cristãos começaram a chegar, vindos em grupos. Saturnina recebeu-os de braços abertos. Simão Pedro, emocionado por achar ser a última vez que veria ali a face daquelas pessoas, iniciou sua última reunião:

– Irmãos, Ave Cristo!

"Eu sou o caminho, a verdade e a vida", disse-nos o Mestre. Com isso, mostrou-nos que somente seguindo-O poderíamos ser felizes. "Ninguém vai ao Pai senão por mim", falou-nos um dia. Essas palavras marcaram em nós a realidade da vida. Éramos de Deus, mas muito errávamos. No labor diário, jamais firmávamos, em nossa introspecção, sobre nossos erros e ações, mantendo em nosso pensamento que, se nos fizessem o mal, deveríamos responder com o mal, como todos assim agiam.

Então, vimos que não fazíamos o que o Pai nos havia pedido quando transmitiu a Torá para Moisés. E Jesus pediu-nos para amarmos a Deus, mas também o nosso próximo e Ele nos pôde abrir os olhos. Dessa forma, ensinou-nos o perdão, até em sua derradeira hora. Portanto, Ele não veio para destruir a Lei, mas para dar-lhe sentido.

Se reconhecermos em Jesus aquele que nos levará

para caminhos melhores, que nos ensina a amar para termos uma vida mais feliz, precisamos não desistir do Cristianismo. Nesses tempos difíceis, necessitamos nos apegar mais às Suas lições; em dias de tristezas, lembrarmos que Jesus nos acompanha, pois com Ele estaremos quando daqui partirmos. Portanto, nós, os cristãos, deveremos manter a calma e a humildade, mesmo se ultrajados nas ruas. Chamar-nos-ão de covardes, mas o que isso importa? A demonstração de humildade não é um engodo. Um dia, as pessoas compreenderão isso. Se Jesus, nosso Messias, o filho de Deus, foi, até Seus últimos dias, humilde, lavando os pés de Seus discípulos, porque nós não o seremos?

Sinto como se o cerco se fechasse para nós, mas Deus, em Sua infinita bondade, jamais esquece os filhos Seus. O momento difícil se aproxima, contudo, lembremos que muitos cristãos já o atravessaram com fé, resignação e alegria. Jesus, que jamais nos abandonou, continua a nos mostrar os caminhos que serão necessários trilharmos para provarmos que o Cristianismo está em nós, e transforma-nos, pouco a pouco, em pessoas melhores e seres mais altruístas. Isso está gradativamente nos acontecendo para, quando chegar o momento de nossa provação, estarmos prontos, como se vestidos com as roupas nupciais, como nos pediu Ele ao nos contar a parábola do Festim de Núpcias. Seu amor é a fonte da Água Viva na qual aliviaremos nossa sede.

Jesus não nos esquece; enquanto estamos descansando, somos ungidos na testa com eflúvios salutares, por seus amigos angélicos, para que consigamos adormecer tranquilos. Ele não nos abandona jamais, ao contrário, ampara, mesmo nos mais dolorosos momentos, aquele que O ama, amando também o seu próximo. Portanto, não temamos pelos que aqui ficarem; aqueles que acalentamos com o manto que aquece ao coração jamais serão abandonados pelo Pai. Temamos, sim, pelos que fecharam os olhos e também os ouvidos para não ouvirem essas lições de amor e aos que, até agora, vibram com o sangue dos justos, que se derrama seguidamente nas arenas criminosas. Mas, mesmo a eles, o Pai dará novas oportunidades. Um dia, a chama de luz do amor, que agora ainda lhes está apagada, resplandecerá em seus corações, portanto, em vez de odiá-los, usemos o perdão. O mesmo perdão que um dia Jesus disse a mim que deveria ser usado, setenta vezes sete vezes, para cada ofensa. Isso porque nós, os cristãos, aprendemos que o amor ao próximo é lei divina e o lume que dará claridade aos caminhos que palmilharmos.

Lembrai-vos sempre de que os ensinamentos do Cristo Jesus precisam ser apreendidos. É o amor que vence e que ultrapassa os caminhos mais longos, que atravessa os oceanos e sobe, com sua luz vibrante e clara, transportando nossas almas às mais longínquas distâncias, direcionando-as ao Céu luminoso e belo, onde Jesus nos espera.

Então, Simão ergueu a cabeça aos Céus e orou a Jesus, agradecendo-O por todos os dias em que ali estivera, por todos aqueles a quem teve a alegria de ensinar o Evangelho, por todos os sofredores que abriram seus olhos antes de irem ao circo, por ter tido a oportunidade de vir a Roma, mesmo na velhice, terminando:

— Irmãos, tenhais sempre em mente: "Amai-vos uns aos outros como eu vos amei".

Nesse momento, a face séria de Simão Pedro se iluminou, firmando a fé nos companheiros cristãos que, nos dias anteriores, temerosos, lamentavam-se e, agora, formavam novo estandarte de coragem e tranquilidade flamante. E a oração teve seu término, deixando, nos corações temerosos, a certeza de uma vida melhor nos braços da espiritualidade.

Simão comunicou, depois, aos instrutores das várias comunidades, que todos deveriam ter o cuidado de se manterem afastados, o quanto pudessem, do Fórum Romano e se desviassem das aglomerações populares. Dessa forma, os ouvintes partiram com os pensamentos renovados e cheios de esperança. Simão os enchera de positivismo e confiança nos dias vindouros, porque a felicidade não estava ali, mas em um lugar de paz, sem ódio, sem lamentações, onde o amor sempre impera.

No dia seguinte, à tarde...

— Horácio! — chamou-o a senhora Saturnina. — Eu penso que devemos deixar tudo preparado para nossa partida a Herculano. Ouço que me mandam partir.

— Hoje, senhora?

– Seria bom se partíssemos logo.

– Sim, *domina*. Sei que há muita insegurança em todos os lugares aqui em Roma. Quando está tudo tão quieto é aí que devemos nos alertar. O próprio Mestre Simão nos confidenciou isso. Penso que o cerco está próximo a se fechar, contudo, lembrai-vos de que eu e Marconde teremos uma reunião com nosso instrutor Porfírio na ponte, próxima daqui, à tardinha. Ele precisará saber que estamos partindo e, como pedistes, vamos perguntar-lhe se gostaria de ir conosco a Herculano.

– Havia-me esquecido, é verdade. Mas vai só, porque eu preciso de ajuda. Marconde fica comigo. Aguardamos-te aqui enquanto vamos arrumando algumas provisões. Assim, quando chegar, estaremos prontos para a partida. Ester voltou e me auxiliará em minhas necessidades mais expressivas, inclusive as que se referem ao meu filho Lucas. Podes ir agora. Ave Cristo, Horácio.

– Ave Cristo, senhora! – respondeu a Saturnina o amorável servo Horácio. O cumprimento de maior valor, usado nesta época em Roma, pelos primeiros cristãos.

Tília sofria humilhada o aprisionamento doentio a que seu senhor a submetia. Dias depois, começou a se sentir doente e febril. Vendo-a dessa forma, Demétrius buscou um médico, mas esse nada encontrou que pudesse diagnosticar como doença conhecida e, na saída, falou a Demétrius:

– Vossa escrava está subnutrida e tem a doença da tristeza, e assim ela vai acabar morrendo. Tristeza pode matar. Vosso filho Demétrius Darius também a visita?

– Não. Só eu entro aqui. Deixo um eunuco em vigília; ela não sai. Por que a pergunta?

– Bem... porque ela está esperando um filho.

– Terei um filho?

– Bem... Desculpai-me a sinceridade, o senhor tem idade, e, por vossa idade madura, acho pouco provável que seja vosso.

Demétrius franziu o cenho e respondeu mal-humorado, louco como fera:

– O que estás querendo insinuar? – E disse para si mesmo: "Ela é uma pecadora".

No que o médico saiu, ele ergueu Tília da cama e, batendo nela, repeliu-a do dormitório.

Demétrius saiu esbaforido, porta afora, atrás dos escravos de confiança dele:

– Clarêncio! Vitório! Apanhai essa mulher e a colocai junto com os outros escravos.

Os dois cristãos, de olhos arregalados, olharam-se e sacudiram a cabeça afirmativamente. Mas, enquanto apanhavam a pobre mulher, pensaram o que iriam fazer com ela.

Demétrius saiu de casa para procurar por Demétrius

213

Darius, seu filho, a fim de castigá-lo, achando ser ele o pai da criança.

Clarêncio, olhando para os lados para ver se estavam sozinhos, pediu a Vitório:

– Procura por Raquel enquanto auxilio Tília, que desmaiou. Temos encontro com Olípio e lá saberemos o que fazer.

– Vitório, nós temos que levá-la daqui. Não podemos permitir que isso aconteça com a pobre Tília – implorou Raquel no momento em que ali chegava. – Aqui, sabes que nem todos pensam como nós. Eles gostariam de se vingarem dela, ainda mais porque a têm como usurpadora do espaço que podia caber a outras, neste belo palácio. Os homens que servem aqui comentam sobre a preferência que o senhor Demétrius tem por ela, não desejando mais nenhuma escrava aqui com ele, tratamento que acham lhe ser especial. Se soubessem o que ela já passou, jamais invejariam o lugar em que esteve até agora.

Polinário, que ouvia atrás de uma coluna, chamou outros escravos, contando-lhes o sucedido:

– Ele vai levar Tília para longe. Não podemos permitir isso, já que está destinada a ficar em nosso meio. Além do mais, está na hora de entregarmos esses salafrários a Demétrius, para que ele os castigue.

Filomeno ouviu o barulho e aproximou-se dos revoltosos:

– Querem Tília? Mas ela deve estar doente, caso

contrário o senhor Demétrius não a abandonaria. Ele tem adoração por aquela mulher, meu amigo. Vai ver que Vitório e Clarêncio foram imbuídos de colocá-la, quem sabe, no vale dos leprosos. Vi-a desmaiada e cheia de manchas, tal qual a esposa que perdi. Deixai-os, isso é melhor para nós.

Os escravos, que se armavam com paus e pedras para atacarem os dois fiéis auxiliares de Demétrius, pararam e, num átimo, colocaram as armas no chão. Mas Polinário empunhou um bastão e disse, autoritário:

– Eu vou; ninguém me segue?

– Ela pode estar com lepra. Eu não vou atrás deles – argumentou um.

– Eu também não – afirmou outro.

E, assim, nenhum deles quis seguir Polinário, que repensou e lembrou que ouvira as últimas palavras do senhor Demétrius quando chamou por Vitório: "Não quero mais ver essa mulher aqui". Então, decidiu:

– Certo. Mas vamos esperar o senhor chegar para nos vingarmos desses salafrários, já que Ahmed sumiu naquela noite e não tivemos ninguém mais que os espionasse.

Na realidade, Ahmed tinha sido aprisionado como cristão no portão da casa de Olípio, onde fora visto, e pessoas confirmavam ser o lugar de encontro dos adeptos do Cristianismo. Agora, estava metido na prisão, aguardando a morte. Não adiantara gritar, implorar dizendo ser o contrário ou coisa singular. Para os romanos, Ahmed mentia e mentia pesado, só para escapulir do sacrifício. No princípio, ele rebelou-se, chorou, debateu-se, mas depois, no espaço reduto onde eram aprisionados os que amavam o Cristo, o homem começou a prestar atenção aos ensinamentos do Evangelho, mesmo afastado de quantos ali se reuniam em oração, e simpatizou com aquele homem que somente viera para ensinar o amor a Deus e também ao próximo, Jesus. Assim, tornou-se, no momento extremo, um penitente e amigo do Mestre. Aceitou o abraço dos irmãos que tentavam, desde o princípio, acalmá-lo e ali fez muitas amizades. Aprendeu a perdoar, coisa que até aquele momento não admitia, pois era do credo "olho por olho, dente por dente".

Demétrius encontrou-se com o filho e pediu-lhe que o seguisse sem demora, puxando-o pelo braço.

– Vem, Demétrius Darius, precisamos falar, seu bastardo!

Embebido em álcool, quase caindo, andando até a moradia, o pobre rapaz ouvia-o sem quase prestar-lhe atenção.

– Então, admites? – inquiriu o pai.

– Eu... admitir o quê?

– Admites ter estado com Tília e ter feito nela um filho?

– Eu? Ora, mas que bobagem, meu pai... Estais brincando comigo?

– Vamos, diga, quero que jures pela alma de tua finada mãe!

– Mas como eu entraria lá se ela está sempre com o vigia eunuco, a pobre mulher?

Demétrius bateu-lhe na face e, irritado, falou:

– Quem quer entrar sempre dá um jeito. Entraste lá, crápula?

– Antes pudesse. Ela é tão linda, quanto boa e pura... Mas vós, meu pai, vós – disse, sorrindo, sarcástico –, estais sendo o veneno que se lhe coloca na boca.

– Como podes falar assim de teu pai?

– Não enxergais nada, não é? Só vosso ciúme comanda vossa mente e não vedes o mal que fazeis a essa pobre mulher. Como ela poderá vos amar? Sois o seu verdadeiro carrasco, porque quem ama não faz o que praticais.

O velho sentou-se em uma pedra, baixando a cabeça, e ouviu o filho continuar:

– O filho que ela espera é vosso. Jamais alguém adentrou naquele cárcere em que a colocastes.

– Mas... Com a minha idade eu poderia, meu filho?

– E por que não, meu pai? Casos, não raros, já se ouviu sobre crianças de pais "endurecidos nos ossos e na carne", velhos, em outra expressão.

– Cala-te! Se é assim, a estas horas ela... Oh, o que fiz eu? Tília, Tília! – saiu preocupado em retorno ao lar.

Polinário e os outros escravos viram o pai de Demétrius Darius entrar nervoso e irritado, até encontrar Filomeno na porta de entrada e implorar-lhe:

— Chama Tília! Onde está Vitório?

— Vitório e outros, penso eu, levaram-na ao leprosário — confirmou temeroso.

— Como? Leprosa?

Nisso, aproximou-se Polinário, imaginando exaltar o ânimo do patrão contra o grupo que odiava, mas, vendo a sua preocupação com Tília, achou melhor dizer-lhe:

— Bem, patrão, os únicos que tiveram coragem de levar a leprosa foram Vitório e Clarêncio. Penalizadas, Raquel e Silvina foram para ajudá-la, mas penso que o senhor não deveria aceitá-los mais quando aqui voltarem. Poderão infestar a todos.

— Como descobriram a lepra nela?

— As marcas rochas, patrão. As marcas da morte. Filomeno as viu de perto.

Demétrius, naquele momento, não se deu conta de que batera em Tília e baixou a cabeça. Pensou que talvez por isso o médico havia-lhe dito que ela acabaria morrendo.

Perder tantos escravos de uma vez só? Sim, não voltaria a seguir a mulher que tanto amava, e também tanto ódio lhe causava.

## Capítulo 16

## A HORA DO TESTEMUNHO

*E vos acontecerá isso para testemunho.* – Jesus
(Lucas, 21:13)

TÍLIA E DEMÉTRIUS TRAZIAM VASTA CARGA DE DEsacertos, entre os espaços contidos na eternidade. Foram necessários trezentos anos para que esse encontro, sempre temeroso e protelado por ela, fosse concluído agora; tudo por uma existência anterior, quando ela fora a soberana e ele um escravo que se sentira amaldiçoado, passando pelas maiores humilhações e os maiores sofrimentos em suas mãos.

Até aquele momento, não era amor o que ele sentia por ela, mas a atração pelo reajuste, o olho por olho, vindo a procurá-la como a procurou e maltratando-a daquela forma. Era a angústia para concluir o acerto de contas, mas também a ocasião para o amor ao próximo. Isso porque, em suas vidas sucessivas, ela, arrependida, fora admirável no que diz respeito à caridade.

Demétrius entrou na residência batendo nas paredes e machucando sua mão até sangrar.

Seu filho, Demétrius Darius, um pouco mais refeito do vinho que tomara, penalizou-se do pai a quem tanto amava e, chegando-se a ele horas depois, comentou:

– E, então, meu pai, ireis buscá-la?

– Temo fazer isso, meu filho. Viram nela as marcas da lepra que, na alcova, em penumbra, eu não consegui visualizar.

– Mesmo assim, meu pai, por que não a procurais e tratais sua doença, ao menos para acalmar vosso coração ferido? – insistiu Demétrius Darius. – Ainda há tempo de refazerdes o que foi mal feito.

Naquele momento, penalizado que estava pelo sofrimento do pai, Demétrius Darius fora intuído por seu guia espiritual, guardando na memória essas palavras.

O velho coçou a barba e, irrequieto, caminhou de um lado a outro, sob os olhares dos escravos, que se sentavam no chão, em descanso, pelo dia de trabalho. Então, ponderou:

– Sim, talvez essa seja a melhor maneira de eu refazer as coisas, mas, meu filho, se a quero tanto, por que, às vezes, odeio-a e, ao mesmo tempo, temo por ela?! Oh, deuses romanos, o que fazer nessa hora de tremenda aflição?

– Conhecendo-vos, penso que não tereis descanso se não alimentardes em vosso coração o reajuste, trazendo-a de volta, mas, desta vez, como vossa verdadeira esposa, meu pai.

– Esposar uma escrava? Enlouqueceste?

– Mas já não vos vingastes dela o necessário, meu pai? Se ela guarda, em seu ventre, um filho vosso, não desejareis amá-lo como amas a mim?

Naquele momento, continuava Demétrius Darius a falar por inspiração, através de seu protetor, ao pai aflito, que, pouco a pouco, refazia-se da dor que ainda desconhecia.

Quem conheceu os primeiros escravos, que se tornariam cristãos mais tarde, sabia que aqueles indivíduos eram, primeiramente, como poços de lamentações à procura de lenitivos que os sustentassem, chorando, odiando, rejeitando e clamando por vingança. Depois, com o Cristianismo, começaram a mudar sua maneira de ser, mantendo nova postura diante da vida que levavam. Esse era o resultado que obtinham através dos ensinamentos cristãos, que se baseavam na compreensão e aceitação dos males sofridos. Tornavam-se, os cristãos, compreensíveis serviçais, amorosos e afáveis... Paulo de Tarso havia escrito uma carta dirigida a Tito, comentando como deveriam agir os escravos. Dizia ele: "Tito, deves ensinar os escravos a serem submissos aos seus senhores em tudo, se mostrarem agradáveis, não os contradizendo nem prejudicando, mas, pelo contrário, dando provas de uma perfeita fidelidade, para honrarem, em tudo, a doutrina do Salvador".

Seriam estes os verdadeiros criminosos do incêndio de Roma? É lógico que não. E certos nobres romanos começaram a raciocinar sobre todas essas coisas até chegarem a algumas conclusões:

"Não, esse povo sofredor não incendiara Roma. Não a teriam destruído somente por acreditarem nas promessas de um rude e simples Galileu. Eles são diferentes, poder-se-ia chamá-los de corretos e dignos."

E diziam alguns romanos mais esclarecidos, quando se dirigiam aos escravos:

"Até que aquele carpinteiro fez um bem a todos os nobres de Roma... Os escravos que não abraçam essa causa são rebeldes e perigosos, enquanto que os que assumiram aquelas lições, por acreditarem no futuro com um mundo melhor, tornaram-se compreensíveis e servis. Não estão nossos escravos mais tranquilos agora? Como poderiam ser acusados de tamanho genocídio e destruição pelo incêndio? É de se pensar se nós mesmos, os próprios patrícios, não deveríamos assumir essa posição diante da vida... Afinal, a paz é o desejo de todos e, com ela, a corrupção romana talvez termine."

E falavam outros nobres da grande Roma sobre os escravos:

"Para que matá-los, já que ficaríamos sem os fiéis servos que agora sustentam nossa tranquilidade? Além do mais, a capacidade de loucura do insensível imperador está desgastando os cofres de Roma, o nosso cofre. Dessa forma, arruinar-nos-emos rapidamente se não tomarmos alguma providência com urgência."

Lógico que a revolta dos que percebiam o que estava acontecendo no império de Nero não seria pelos pobres cristãos assassinados no Circo Máximo. A maior parte do povo se excitava ao ver o sangue e as mortes no circo, mas os sacrifícios de fiéis escravos foram motivo de desprezo de certos nobres senhores, que os amavam.

Enquanto essas atrocidades aconteciam, caminhavam, pela Roma dos plebeus, Clarêncio, Silvina e Raquel, com Vitório, que apoiava Tília nos braços. Eram visados pela população ali por esse fato, mas continuavam o trajeto até encontrarem a Ponte Fabrício, onde se reuniriam na passarela, abaixo dela, semiocultos pelo entardecer do outono romano. Iriam aguardar escurecer para o encontro com seus instrutores. Ali, em três grupos, os seguidores de Jesus aguardavam Porfírio, que chegava com Olípio a passos largos, vindos do outro lado do Tibre.

Tília fora colocada no chão sobre um manto e, acordada, procurava reclinar-se de modo a apoiar as costas no muro lateral da ponte. Amigos dos instrutores colocaram sobre ela, que tremia de frio, algumas túnicas que levavam para eventual fuga.

— O que houve com ela? – perguntou Olípio a Vitório.

— Foi praticamente expulsa de onde estava. Sofre muito desde o momento em que foi escravizada – respondeu-lhe Vitório –, e, para auxiliá-la e não tendo para onde levá-la, fugimos.

Então, Horácio chegou.

— Horácio, onde está Marconde, ele não virá? – perguntou-lhe o instrutor.

— Marconde ficou com *domina* Saturnina. Ela está precisando dele. Partiremos para Herculano logo após esse nosso encontro. Desejaríeis ir conosco?

O velho instrutor, penalizado pela escrava Tília, franziu a testa sem responder, imaginando onde conseguiria um lugar para ela ficar mais bem instalada e logo se dirigiu aos escravos de Demétrius, alertando-os:

— Irmãos, não permaneçais aqui. Levai nossa irmã Tília a *domina* Saturnina, em meu nome.

— Poderemos ir agora – respondeu-lhe Clarêncio –, mas onde nos reencontraremos?

— Na casa da nobre romana, mas, se por desgraça, nosso querido discípulo de Jesus, Simão Pedro, for apanhado, as comunidades se reunirão nas catacumbas.

— Mas o venerável Simão Pedro nos orientou para não irmos ainda a reuniões naquele lugar, porque foi lá que apanharam os cristãos que foram sacrificados e lá estão colocados para seu descanso final. É isso que eles querem; que nos reunamos para apanharem muitos de uma vez só – lembrou Silvina.

– Sabemos disso, mas temos de correr o risco. Novos atentados virão e deveremos estar preparados. Ninguém nos encontrará lá se ninguém abrir a boca.

– Está bem. Então, vamos levar Tília agora. Até breve – falou Clarêncio.

Raquel ponderou:

– Clarêncio, nós te aguardaremos aqui.

– Melhor seria se fossem todos juntos, também para saberem sobre a situação de Tília. Lembrai-vos de que a *domina* está preparada para partir – concluiu Olípio. – Nos encontraremos daqui a dois dias, aqui mesmo. Ave Cristo!

Os servos de Demétrius se foram e, ao atravessarem a ponte, viram soldados que andavam rapidamente para onde estavam os amigos cristãos.

A guarda de Nero, atraída pelo testemunho dos revoltados Filomeno e Apolônio, escravos de Demétrius, desceu rapidamente as escadas laterais da ponte e cercou os cristãos.

Saindo Romério Drusco da residência de Saturnina, pois fora avisá-la das próximas buscas aos cristãos, já que ela tão gentilmente abrigara ao amigo Petrullio nos meses anteriores, avistou Raquel e os servos amoráveis

225

de Demétrius com Tília nos braços. Sem nada comentar com eles, fez com que entrassem na casa da matrona, e, ao virar-se, viu a guarda pretoriana vir da ponte com os cristãos que foram apanhados. Horácio seguia à frente. Reconhecendo-o como servo de Saturnina, apiedou-se dele:

– Ave César! – cumprimentou Romério à guarda pretoriana, batendo no peito com o braço direito e pedindo que parassem.

– Ave César, centurião.

– Aonde levai esses prisioneiros?

– Ao cárcere, são todos cristãos.

– Mas, pelo que eu sei, esse – discorreu, apontando para Horácio – não deve ser cristão.

– Mas ele estava lá. És cristão ou não? – perguntou-lhe o soldado.

– Sim, eu o sou, podeis me levar.

Assistindo o olhar de paz, como em exaltação por afirmar que ele era, sim, um cristão, Romério fez sinal afirmativo com a cabeça para que o tribuno o levasse.

Horácio lançara-lhe um olhar de júbilo, apontando com a cabeça para a casa de Saturnina, como a pedir ao centurião que a avisasse, porque agora faria seu testemunho de amor ao Cristo.

Romério aguardou a tropa passar e, quando estavam distantes, adentrou na residência de Saturnina. Assustadas e chorosas, Raquel, abraçada a Silvina, olhava para o centurião, e, no seu olhar, havia toda sua gratidão. O centurião levou-os para dentro da residência, enquanto Clarêncio colocava Tília entre os lençóis macios da patrícia, conforme o desejo da mesma. A dona da casa, sorridente, mas com graves marcas de preocupação na face, recebeu a todos com carinho. E, admirada pela atitude do centurião romano, perguntou a ele:

– Romério Drusco, se sois um soldado, por que agis assim, meu irmão?

– Pelo próprio coração, senhora, pelo próprio coração. – E continuou: – Apanharam, há pouco, alguns cristãos, senhora.

Ela ergueu-se e, testa franzida, perguntou-lhe:

– Horácio estava com eles?

– Sim. Perdoai-me, senhora, não sabeis o quanto sinto – baixando a cabeça, respondeu-lhe.

Saturnina olhou-o, entre assustada e triste, e rematou:

– Bem... infelizmente não podemos partir sem saber de Horácio; amanhã mesmo, tomarei algumas providências.

Ela estava com as carroças prontas para partirem, mas pediu, para os que a iriam acompanhar, que descessem das carroças e entrassem na residência.

Todos estavam preocupados. Ester chorava. Foi, então, que Vitório lembrou-os de orar. Em círculo, ajoelhados no piso de mosaico do átrio, todos oraram, pedindo a Deus o auxílio, e que Jesus estivesse com aqueles cristãos que foram apanhados, sem terem notícias ainda de Simão Pedro.

No dia seguinte, bem cedo, a bela matrona pediu para Romério acompanhá-la ao Senado, já que ele fora tão amigo. Sabia que Petrullio ou Alexus, o pai de Dulcinaea, poderiam ajudá-la, se estivessem ali por perto. Imaginava que, não só ela, mas alguns nobres romanos, também estariam pedindo por seus mais fiéis escravos.

Saturnina, não encontrando nenhum dos dois conhecidos, foi acompanhada pelo próprio centurião ao cárcere e, com Ester, que pedira à senhora publicamente que a deixasse ir, por amor a tudo que lhe era importante, a senhora da casa notou que algo mais brotara no coração da reservada serva, que jamais dera demonstrações de amar aquele escravo.

Chegados ao cárcere do Esquilino, como estavam acompanhados pelo centurião, entraram no local úmido e fétido, procurando, entre os colhidos pela guarda romana, os amigos do coração. Quando chegaram à cela em que estava Horácio, viram com ele Porfírio e Olípio, os dois instrutores, que tanta falta fariam ao Cristianismo, além de outros homens e mulheres. Enquanto que algumas mulheres apegavam-se às grades, implorando para sair da prisão e voltar para casa, para estarem com seus filhinhos necessitados, os homens sentavam-se, contraídos e resignados da desgraça que lhes ocorrera. Sabiam que Nero jamais voltaria atrás. Com toda aquela vibração de dor, Saturnina sentiu seus olhos encherem-se de lágrimas. Chamou Horácio primeiro, dizendo a ele que faria o possível para retirá-lo da prisão; que iria fazer um pedido ao Senado através de um conhecido, amigo de seu finado esposo, e talvez fosse atendida.

– Não vos preocupeis, senhora. Estávamos todos sabendo dos sérios cuidados que deveríamos ter. Perguntamos ao soldado pretoriano de Nero como nos descobriram e ficamos cientes de que foram avisados por alguns escravos do grego Demétrius.

– Oh, por que o amor entre as pessoas é tão difícil? Por que a inveja e o orgulho fazem tanto mal assim?

– Foram aqueles escravos, que tanto odeiam Vitório e Clarêncio, que nos acusaram. E que bom que o instrutor amigo recebeu a luz do Alto e livrou-os desse infortúnio – disse, referindo-se a Marconde.

– Bem, meu caro amigo... Vamos orar e pedir a Jesus a Sua proteção. Agora, fala com Ester, que aguarda ansiosa.

Porfírio, vendo Horácio afastar-se, sabia que essa seria sua vez de conversar com a amiga de ideal cristão. Na sua face marcada pelas intempéries do tempo, dos invernos muito frios e verões ensolarados, havia a imagem da paz. Seus olhos, serenos e cheios de luz, olhavam a gentil senhora, demonstrando a ela todo seu apreço.

– Porfírio... Sinto muito que seja a tua vez de testemunhares o Cristo. É admirável essa paz que sinto em ti, mas estou angustiada e preciso saber de Simão Pedro.

— Não temos notícias dele e também estamos preocupados, e muito. Tivemos a felicidade de ter conosco esse irmão, que conviveu com o próprio Jesus e que nos transmitiu a certeza da vida após a morte, ensinando-nos o que está aguardado a todo aquele que aprendeu verdadeiramente a amar. Simão nos imprimiu na alma essa certeza.

— Sabes como me sinto, não sabes? — ela inquiriu-o com os olhos brilhantes pelas lágrimas que teimavam em cair.

— Sei, senhora. Mas estamos bem. Ide em paz.

— Porfírio, obrigada por todo bem que nos fizeste. Jesus já está contigo.

— Ele está conosco em nosso coração e estará sempre convosco também, senhora. Acompanhará vossos passos, e ao pequeno Lucas, aonde fordes.

Saturnina baixou a cabeça e, ao reerguê-la, não sustentou as próprias lágrimas.

— Precisamos orar. Vou procurar ter notícias de nosso benfeitor, mas volto para me despedir de vós. Vou ver se consigo fazer alguma coisa em favor de todos.

— Ah, senhora... teremos otimismo e confiança, porque sabemos que o Mestre jamais nos abandonará. E que seja feita a vontade do Pai.

Enquanto Saturnina despedia-se do amigo, Ester, distante dela, segurava chorosa as mãos de Horácio.

– Por que tanto choras, minha amiga? Soubeste, por ventura, de meu sentimento por ti todos esses anos em que estamos juntos?

– Eu vos amo, Horácio. Queria dizer-vos isso antes de....

– Nossos corações se conheceram muito cedo, mas, só agora, tiveram a coragem de se revelar.

– Como vou viver sem vossa presença? Sem ver vossa face sorrindo com toda a ternura para mim? Eu, que nunca tive nada, só a vós amei... Oh, por quê? – dizia-lhe Ester.

– Tu também foste o meu único amor, Ester. Mas deves aprender a viver sem mim. Se eu me for antes, esperar-te-ei ao lado de Jesus.

– Ester – alertou-a Romério –, nós temos de ir; não se admitem visitas muito longas aqui. O guarda Cássio está com a cara fechada, espreita nossas conversas, e a senhora Saturnina já está te aguardando.

– Parece faltarem-me as forças. Não conseguirei ir sem Horácio...

– Não, meu amor, tu conseguirás, porque, mesmo desaparecendo meu corpo, estarei sempre contigo. É uma promessa que te faço – firmou o servo com voz imperiosa.
– Vai em paz!

Assim, apoiada pelo centurião Romério, Ester, muito chorosa, deixava a prisão com sua senhora, permanecendo, naqueles corações, um profundo pesar.

No mesmo dia, à tardinha, a nobre romana foi procurar por Petrullio, mas este estava em missão militar e demoraria meses para voltar. Então, lembrou-se do pai de Dulcinaea. Ele fora seu amigo e admirador na juventude e, mais tarde, amigo de seu esposo. Romério não pôde acompanhá-la, mas ela foi com Marconde e Ester até a bela residência recém-reconstruída, depois do grande incêndio de Roma. Quando chegou frente à porta daquele palácio, viu o ilustre senhor, que vinha chegando em sua biga com dois servos. Ele desceu sorridente, dizendo:

– Não podeis imaginar a alegria que me invade o coração com vossa presença aqui, em minha humilde residência, *domina*.

Tanto Marconde como Ester elevaram os olhos para admirar melhor aquele verdadeiro palácio, com estátuas de seus deuses na frente, entre as colunas, e entreolharam-se.

– Entrai, senhora, imploro. – E continuou o homem do governo: – Como vedes, estou chegando neste momento, mas chamarei Luzia para vos conhecer.

– Marconde e Ester, aguardai aqui fora, porque não me demorarei – pediu-lhes Saturnina.

E entrou com ele, subindo as escadarias até o átrio, continuando a conversar com o anfitrião:

— Senhor, não haveria necessidade para tal, porque precisarei somente de alguns momentos para vos falar.

— Aqui será melhor conversarmos. Luzia, minha infeliz esposa, é ciumenta demais, desde que soube o que houve entre nós no passado.

— Nobre Alexus, não voltemos àquilo que já passou. O passado jamais voltará.

— Mas jamais perdoarei Crimércio por ter-vos roubado de mim — continuou, retirando o capacete dourado que trazia consigo e secando seu rosto com a toalha que a serva trazia nas mãos.

— Deixemo-lo. Ele, pobre homem, já teve a colheita que jamais quis ter. Não falemos nele.

Então, olhando-a de frente, podendo fitá-la com os archotes a óleo fixados nas paredes do átrio, confessou-lhe, apanhando uma de suas mãos:

— Sempre bela como uma deusa... Casei-me logo após, depois que me abandonastes, mas perdi minha primeira esposa, como deveis ter ciência.

— Soube sim, e senti.

— ... E logo tive que buscar uma companheira para dar uma mãe à minha filha, contudo jamais fui feliz como em minha juventude... Eu vos amava — proferiu, segredando-lhe.

— Por favor, não falemos sobre um passado tão puro e inocente — Saturnina baixou a cabeça, e seu coração bateu rapidamente, pois jamais esquecera aquele primeiro amor, que seus pais não permitiram que se concretizasse.

Nesse momento, Luzia adentrou no recinto, colocou os olhos em Saturnina de cima a baixo e gritou alterada:

– Mas o que essa viúva faz aqui a sós, e em vossa companhia, meu esposo?

Saturnina corou e olhou para Luzia, cumprimentando-a adequadamente:

– Senhora Luzia, mil perdões. Necessito de um favor de vosso esposo, se assim permitirdes – implorou.

– Se for só isso, está bem, mas não me moverei daqui.

Voltando-se novamente para o político, a patrícia implorou-lhe:

– Necessito vossa colaboração para a soltura de cidadãos aprisionados.

– Farei o que estiver ao meu alcance. O que eles fizeram?

– Foram aprisionados por Tigelinus, o chefe dos pretores do imperador.

– Qual o delito?

– Não cometeram nenhum delito, somente amaram. Amaram e ensinaram a amar a um só Deus.

– Já sei...

– Eles são cristãos, Alexus.

– Perdoai-me, mas foi bom que isso aconteceu – afirmou Luzia. – Salvar do martírio alguns cristãos que desonram nossa Roma conquistadora e a mais gloriosa de todas na Terra? Isso seria demais! Que queimem e alimentem aos leões! Eles pouco nos importam, senhora.

Alexus olhou para a esposa com olhos de amargura e nada respondeu, mas voltou-se para Saturnina, perguntando:

– Quais seus nomes, senhora?

– Alexus, esquecei isso! – alertou-o Luzia. – Nada podereis fazer por eles! Quereis receber de nosso imperador uma advertência? Isso foi demais, vou me retirar!

Alexus suspirou profundamente e sorriu para Saturnina, pedindo a ela que Luzia fosse perdoada.

– Nada há de errado, nobre Alexus, não precisamos perdoar aqueles a quem compreendemos.

– Sois uma patrícia formidável – afirmou o homem, pegando-lhe agora as duas mãos e elevando-as aos lábios, mas logo soltando-as, pelo olhar recriminativo de Saturnina.

– Por favor, Alexus... Não.

– Dai-me seus nomes – pediu-lhe o romano com fria voz, desviando seu olhar do dela e afastando-se.

– Horácio é um de meus mais fiéis servos libertos; além dele, é importante que mais dois vivam, Olípio e Porfírio.

235

— Se eles são cristãos, penso que nada poderei fazer, patrícia. Sabeis que Nero, logo depois do incêndio, prometeu ao povo que faria uma cidade muito mais bonita, reconstruiria suas casas e que lhes manteria com alimentos; também lhes prometeu apanhar os causadores do incêndio que causou tantas mortes, mas quem exigiu "cristão às feras" e deu-lhe essa ideia foi a própria turba enlouquecida. Assim, como sabeis, os ataques e sacrifícios iniciaram em agosto, um mês depois, e, como o circo precisava de restauração, isso foi feito em um grande jardim. E agora, pelo que soube, os cárceres começam novamente a se encher de cristãos, isso para alegrar o povo enlouquecido. Nero não quer voltar atrás. Quer criar uma imagem de homem correto, cumpridor de sua palavra.

E, sob o olhar angustiado de Saturnina, ele continuou caminhando pelo átrio:

— Cá entre nós, tudo nele é teatro. Acha-se um grande artista. Estamos nos envolvendo...

Parou de falar o que iria dizer, porque olhou para Saturnina e viu-a cabisbaixa. Então, aproximou-se dela novamente e, com sua mão, elevou o rosto da mulher que tanto amara, confirmando:

— Farei por vós o possível, senhora.

— Obrigada, senhor. Perdoai-me este pedido abusivo.

— Jamais me peçais perdão, *domina*. Agora, se podeis me ouvir, dou-vos um conselho – ponderou, aproximando-se mais dela para lhe sussurrar: – Ide com os vossos a Herculano. Fugi daqui, eterna amada. Sei que sois também cristã e, se ficardes, outros vão perecer, os que dependem de vós, porque imagino que Nero não está apanhando ainda os nobres romanos.

– Obrigada, nobre amigo. Assim o farei. Ave, Alexus.

Alexus sorriu-lhe, ainda comentando:

– Tendes aqui um amigo que procurará fazer o possível por vós e vosso filho.

Tigelino, sempre à caça de cristãos para as festividades, aguardou o momento para cumprir seu plano, prendendo Simão Pedro, e isso aconteceu na própria casa do apóstolo, em uma madrugada. Simão, mesmo sentindo ali o choque terrível da vibração contrária ao amor no coração sensível, entregou-se, colocando as mãos à frente para ser amarrado, erguendo o pensamento a Jesus e, com júbilo na alma, relembrando Suas palavras: "Crês levar-te-ei onde não queiras ir". Sabia que agora daria o seu testemunho de amor a Ele. Desta vez, não O negaria; queria ser reconhecido pelo amado Mestre, demonstrando-Lhe não ser mais aquele pescador frágil, mas o discípulo de sempre, que adquirira a fortaleza, com a maturidade do verdadeiro apóstolo, que agora sabia amar.

Enquanto os estavam amarrando às cordas, ele se reportou mentalmente à Galileia distante, relembrando, naquele mundo de paz, o convite que o Mestre lhe fizera para segui-Lo. Os encontros ao pôr do sol, em sua casa, quando Sua doce voz os ensinava sobre a Boa Nova; os passeios e conversações na barca, a palavra doce de Jesus naquele colóquio diante do lago Tiberíades, quando lhe perguntara, por três vezes, se ele O amava. E ali, agora, Simão mentalmente respondia-Lhe: "Sim, Mestre, eu te amei por todo esse tempo; em cada face triste, lembrava-me de Ti, em cada irmão enfermo, lembrava-me do desabrochar de Teus lábios em radiante sorriso, quando os via serem atendidos por nós... Agi como desejavas, não abandonando nossos irmãos necessitados; procurei acolher a todos no meu regaço, por todos esses longos anos; sim, Mestre, eu Te amei por todos esses longos dias. Nos momentos de preocupação, nos de dor, mas também nos momentos alegres, Tua imagem serena sempre estava comigo. Sim, Mestre, eu Te amei".

Sarah também foi aprisionada e Simão se condoeu. Sabia que ela amava o Mestre, mas também de sua fragilidade e do sentimento de temor que a abalava seguidamente. Então, falou-lhe:

– Força, minha esposa! Demonstraremos agora o amor que trazemos em nós pelo Cristo! Chegou o momento de afirmarmos esse amor ao nosso Mestre.

Tremendo muito, Sarah, frágil, também entregou seus pulsos aos soldados de Tigelino.

Isaac não estava com eles no momento em que os pretores estiveram lá para apanhá-los. Mas ela não estaria com o esposo na prisão. Enquanto ele foi atirado ao cárcere solitário, ela foi colocada com outros prisioneiros no Esquilino e sentiu certa alegria quando pôde encontrar lá os seus dois filhos, aprisionados alguns meses antes, cuja saudade como que se lhe havia estraçalhado aos poucos o coração.

No silêncio da noite, naquele pequeno espaço pequeno e frio, Simão sentiu estar sendo acompanhado por Espíritos amigos que já haviam partido. Assim, orando, ele entrou em êxtase. Era como se lhe abrissem o teto, e as paredes grossas não mais existissem. Lembrou o tempo em que estivera na prisão em Jerusalém e fora liberto por anjos, entretanto sabia que esse seria seu derradeiro momento. Em desdobramento, foi transportado para o Jardim das Oliveiras. Olhou o céu, recoberto das luminosas estrelas. Lembrou-se da oração do Pai Nosso, ali, quando os discípulos pediram a ele que os ensinasse a orar. Sentiu o peito apertar-se. Sentia uma imensa saudade daquele Mestre amado. Depois, lembrou-se do momento em que Jesus fora ali apanhado pelos soldados, e ele, em vez de vigiar como o Mestre lhe pedira, adormecera. Por anos, ele manteve no peito essa tristeza. Agora, ali estava ele e imaginou Jesus partindo com os soldados; Ele não mais voltaria para eles na carne. Então, chorou. Lavou seu enrugado rosto com as lágrimas amargas, dizendo:

— Oh, Mestre amado, como lhe fui infiel naquela hora!

Em um átimo, notou uma pequena luz descendo das alturas. A luz ampliou-se no espaço, quando pôde ver, ao seu lado, André e Tiago a lhe sorrirem. Lembrou-se que fora ele, seu irmão André, quem lhe falara que ouvira sobre Jesus de João Batista e, agora, ele mesmo vinha trazer-lhe as notícias tão desejadas. Ali o querido irmão disse-lhe:

— Simão, não temas por Sarah. Ela está amparada pelos amigos espirituais e aceitando seu destino; encontrou, na prisão, muitos amigos encarnados e seus próprios filhos, aos quais poderá ser útil, transmitindo-lhes coragem e otimismo com as lições de Jesus e confortando-lhes os ânimos.

— Isaac começou a abraçar tua causa — prosseguiu Tiago, filho de Alfeu —, continuando com tua tarefa de amor aos desamparados aqui em Roma, sentindo-se muito grato a ti e a tua esposa por terem-no acolhido.

Simão sorriu satisfeito.

— Não fiz nada mais do que o que o Mestre ensinou. Mas... tantos de nós estaremos partindo... O que será do Cristianismo? — preocupado, arguiu Simão Pedro.

— Simão, não temas pelo andamento dos ensinamentos cristãos e pelo desaparecimento de tantos que serão apanhados nas catacumbas, porque a Boa Nova se disseminará e alcançará o mundo. Fica em paz! — disse-lhe André.

O discípulo de Jesus novamente chorou, mas, desta vez, foi de imenso agradecimento a Deus. Agradeceu a Ele por ouvir de André o que tanto temia. Agora estaria tranquilo.

Os dois Espíritos iluminados subiram novamente, e Simão voltou ao corpo alquebrado, muito cansado. Então, ajoelhou-se, agradecido ao Pai. Lembrou-se de seus últimos instantes no lar, da compreensão da esposa, e transportou-se em pensamento aos afetos distantes. Enviava-lhes todo seu amor.

"O que é a vida, afinal, se não a companhia do amor, a nos revelar que Deus é presença diária em todos os nossos momentos?" – refletia. – Sabia que alguns familiares não entenderam sua abnegação e toda a dedicação que demonstrou aos irmãos necessitados, mas os compreendeu; tinha ciência de que o crescimento humano era questão de muitos dias e até longos anos e que isso aconteceria somente quando a entrega ao Divino Mestre fosse mais completa.

Começou a orar pelos cristãos que seriam sacrificados, pois acreditava que, com sua prisão, Tigelino os apanharia na reunião que fariam nas catacumbas. Assim, orando sempre, aguardou o dia amanhecer.

Em dois dias, nada pôde conseguir Alexus para Saturnina, porque os pretores estavam irredutíveis e não poderiam desrespeitar as ordens do imperador.

Saturnina, sem ter notícias de Simão Pedro, agora temia, não mais pelos amigos, pelos quais nada pudera fazer, mas pelo próprio apóstolo, sua esposa e Isaac, o rapaz que tanto os auxiliara na velhice e que o casal apanhara depois que seus pais cristãos pereceram em Jerusalém. Sabia das andanças do venerável acompanhante de Jesus à casinha do Esquilino, onde mantinha aqueles desafortunados. Então, resolveu ir até lá com Marconde, onde reviu Domitila e, pela primeira vez, viu a assistência grandiosa daquele discípulo do Cristo, que tanto já tinha feito em Roma e tanto amor havia demonstrado a todos os seus irmãos de humanidade. O Cristo fora, por todos aqueles longos anos, o seu verdadeiro exemplo. Lá, com Domitila, Saturnina soube que tanto Simão como Sarah, sua esposa, haviam sido apanhados. Saiu de lá consternada, pois sua intuição lhe dizia que eles seriam sacrificados dentro de alguns dias, quando haveria festejos grandiosos na cidade, aos deuses Júpiter Optimus Máximus, Juno e Minerva. Foi aí que, com Marconde, ela voltou ao cárcere, mas não conseguiu rever Simão Pedro. Despediu-se daqueles cristãos, amigos do coração, com imenso sofrimento.

Logo, Isaac avisou a todos os cristãos que pôde, e, assim que eles souberam sobre a crucificação do grande discípulo, uniram-se para concluírem como agiriam dali por diante.

Por sorte, Anacleto não estava em Roma.

Da casa próxima ao Tibre, partiam quase todos, com

exceção da família de Antoninus, que, por sua persistência, quis permanecer em Roma.

Preparados, abrira-se o grande portão da residência, que não estava tão próxima do Aventino e do Palatino, enquanto as primeiras estrelas começavam a luzir no céu romano e a paz da cidade, para alguns, ensaiava-se. A carroça, tendo à frente a dos servos libertos e escravos de Demétrius, era seguida pela da senhora, que partia tristemente com Lucas e Ester, ladeadas pelo centurião Romério em seu cavalo. Saturnina, abraçada ao filho Lucas, pediu que Romério desse a ordem para a carroça da frente seguir mais rápido, em direção a Herculano, cidade praiana, vizinha de Pompeia.

Em vez da alegria por estarem em busca da liberdade, havia tristeza e lágrimas em Ester, Marconde e naqueles que foram salvos do cárcere por Romério, com a lembrança dos que ficaram para trás.

A cruz de Jesus se lhes estampava diante dos olhos, imaginando que o exemplo do Mestre, que havia perdoado aos seus vilões, deveria servir para todos eles. Em suas mentes, sabiam que, um dia, todos os homens e mulheres reconheceriam que somente o amor é capaz de criar um mundo feliz e cheio de paz.

Romério seguia pensativo. Ele havia passado pela mesma situação, tendo sido esposo de uma cristã na Palestina. Mesmo sem seguir o Cristo, ele atendia ao coração, que o fazia lembrar todo o sofrimento do passado.

Saturnina procurava dispersar seus pensamentos e, para isso, observando o caminho, imaginou como teria sido feliz com Alexus se não tivesse sido obediente aos pais. Naquela época, ele era um jovem simples, filho de lavradores, e Crimércio já era um centurião. Mas esse centurião jamais a amara. Casou-se com ela almejando o dote de seus pais.

Aí Saturnina sorriu, lembrando aquela juventude feliz, quando corria pelos campos, seguida por Alexus, e todo o carinho que ele lhe guardava. Então, comentou consigo mesma:

"É, não é necessário apagar a chama do amor de minha alma, porque o amor verdadeiro jamais se apagará. Mas, agora, senhora – dizia a si mesma –, alegra-te pela oportunidade de poder ter sido útil a essa gente que está em tuas mãos e por salvar-lhes a vida."

Saturnina confiava; em suma, sabia estar sendo protegida pelos amigos do Mestre Jesus.

Nas primeiras horas da manhã, com a brisa fria e o Sol apontando no horizonte, chegava Saturnina, seus auxiliares e o pequeno Lucas a Herculano, levando aqueles servos de Demétrius à propriedade da gentil senhora, constrangidos, mas muito agradecidos, acompanhados pelo generoso soldado romano, que estava ali somente pelos belos olhos de Raquel. Fidelis e Pavlos, antigos servos que tomavam cuidado da casa, aguardavam-na.

A residência de Saturnina, frente ao mar, herança de

seus finados pais, estava entre uma das mais elegantes daquele lugar. As grandes colunas, os mármores, os mosaicos decorados mostravam como ali seus pais viveram um dia, entre beleza e suntuosidade. Nesta residência, a nobre romana abrigaria os cristãos que foram com ela e, mais tarde, encaminhá-los-ia para trabalhos honestos naquele lugar, para que ninguém da localidade desconfiasse como obtivera tantos auxiliares em tão pouco tempo, já que estava quase na miséria. Tanto ali, como na cidade vizinha, Pompeia, onde romanos veraneavam, ainda não havia a perseguição aos cristãos. Parecia que Nero se enquadrava, momentaneamente, somente na grande cidade, para agradar a turba odiosa e vingativa, que perdera casas e familiares no grande incêndio romano.

Mais tranquila, mas com o coração dolorido, temendo por Simão Pedro e a prisão de Porfírio, Olípio e Horácio, Saturnina, depois das apresentações daqueles fiéis servos de Herculano, também cristãos, quis primeiro colocar Tília em uma cama, encaminhando Lucas a Ester, porque o menino lhe puxava a túnica, pedindo que fosse com ele ao jardim para brincar.

– Podes ir com ela, meu filho, mas não te aproximes do mar.

Tília foi colocada, ainda muito fraca, por Vitório e Clarêncio, em um leito macio com alvos lençóis, e a ela deram água fresca e algumas frutas. A escrava adormeceu sorrindo, e, ao seu lado, permaneceu Silvina, que trocava, de quando em quando, o pano úmido da testa aquecida.

Marconde começou a tocar, na pequena harpa que levara, a música escrita por cristãos, com a finalidade de dar mais ânimo e coragem a todos. Saturnina, com lágrimas estancadas nos olhos tristes, sentiu, na face daqueles indivíduos que foram salvos do sacrifício, a preocupação por terem falhado com Demétrius, que tanto confiara neles. Depois de tudo ficar mais ou menos organizado, antes da ceia, quis reuni-los para uma conversação séria, a fim de resolverem alguns assuntos.

No interior do belo átrio, tendo em suas paredes afrescos envelhecidos que evidenciavam a figura de Poseidon, deus grego do mar, vendo que todos a agradeciam, ela adiantou-se, falando-lhes:

– Amigos, não há necessidade de agradecimentos à minha pessoa, já que devemos muito ao centurião, aqui presente, por estarmos aqui. Temos, sim, um imperativo. Louvemos, agradecidos, primeiramente a Deus e ao Cristo. Agindo conforme Ele nos ensinou, não guardemos rancor por aqueles que, sem saber a verdade, desejam culpar os cristãos e martirizá-los. Um dia, eles cairão em si. Em vez disso, oremos por eles. Mas é imprescindível também, esquecermos as dores e pensarmos em nosso momento atual e na vida que teremos daqui para a frente, enquanto aqui permanecermos. Precisamos aqui aguardar, até que toda essa onda de ódio pelos cristãos se vá. – E, vestindo-se como que com uma armadura mental, continuou: – Precisamos nos alimentar e, para isso, necessitamos de soluções.

Clarêncio, tu que és o mais velho, por favor, fala pelo grupo. Romério vos trouxe para essa fuga, no entanto, vejo-os retraídos e chorosos.

– Senhora, nós somos e seremos eternamente gratos por essa acolhida, mas nos sentimos duas vezes culpados. Primeiro, por não termos enfrentado com o grupo cristão, nossos irmãos, a prisão a que seríamos destinados, mas, como tínhamos mulheres que precisávamos defender, aceitamos o pedido do instrutor para sermos acolhidos à vossa residência. Segundo, estamos melancólicos e infelizes por termos traído o senhor que confiava em nós, porque achamos necessário apanhar Tília, grávida como está, salvando-a de mãos brutalizadas dos outros escravos. Por esse motivo, durante a viagem para cá e de comum acordo, com exceção de Tília, resolvemos todos voltar a Roma. Pedimos, no entanto, a permanência de Tília entre vós. Ela, com certeza, precisará mesmo tratar de sua saúde.

– Sem dúvida, ela ficará aqui, todavia, sabeis o que vos aguarda em Roma, se os prenderem? – continuou cabisbaixa, agora sensibilizada. – Vós podereis ter a chance de ficardes livre do sacrifício se abjurarem aos ensinamentos de Jesus. Assim os pretores fazem com os humílimos. No entanto, conhecendo-vos, penso que não o farão.

– Não, não o faremos, *domina* – responderam todos em uníssono.

Romério, que tudo ouvia, adiantou-se, dizendo:

– Senhora, antes disso, aqui nessa vossa residência,

frente ao mar, eu, o centurião Romério Drusco, desejo pedir a mão de Raquel em casamento.

Raquel corou, ficando com o coração aos pulos e não tendo condições de dizer nada, diante do largo sorriso da adolescente Silvina e de todos os acompanhantes, que pensaram: "Enfim, uma boa notícia". E Romério continuou:

— Voltarei a Roma, porque, para casar-se comigo, ela necessita dos papéis da liberdade, que só poderei conseguir com o senhor Demétrius. Como não desejo cometer nenhum desrespeito ao nobre grego, que se tem portado, até agora, muito bem diante destas duas jovens, eu estou disposto a comprar minha noiva. Se fosse possível, daria também a liberdade a esses dois escravos, mas não tenho o soldo necessário.

— Ótima solução, vinda de tão grande coração, meu amigo. Não és um cristão, mas ages como tal. E tu, Raquel, aceitas essa união? — indagou Saturnina ao procurá-la com os olhos, entre todos. E viu Raquel enxugando algumas lágrimas.

— Sim. Eu aceito com alegria — respondeu sensibilizada a escrava. Voltar a ver sua família e ter liberdade nos braços do homem que estava amando, ser-lhe-ia muito gratificante.

Silvina, vendo-a chorar, falou-lhe ao ouvido:

— Viste, minha amiga? Viste como Jesus nos encaminhou até aqui e de que forma solucionou nossas vidas?

A dona da casa, dirigindo-se ao centurião, inquiriu-o:

– Centurião Romério, o que usareis como desculpa para o sequestro que fizestes?

– Direi a verdade. Que os salvei de serem mortos no circo, quando iam ser aprisionados pela guarda pretoriana, mas, como estavam com a mulher cheia de manchas, achei melhor entregá-la a uma amiga de Herculano, que já tomou providências para curá-la.

– Por certo, nosso amo Demétrius se arrependerá de ter feito o que pretendia com Tília. Agiu precipitadamente, por ciúme; mas, conforme meu coração diz, sei que ele virá atrás dela, por esses dias – comentou Vitório.

– E quanto ao casamento, estamos todos muito satisfeitos – firmou Saturnina.

– Agradeço-vos, mas, primeiro, precisamos nos entregar ao senhor Demétrius – confirmou Clarêncio. – E, mais tarde, se tivermos liberdade, voltaremos a Herculano. Procuraremos trabalho, cada qual com sua especialidade. Soubemos que, aqui, amigos do Cristo se reúnem em residência um pouco afastada e poderemos continuar aprendendo as lições que Jesus nos deixou.

– E quais dons tens para o labor? – inquiriu-o Romério.

– Eu trabalhava em esculturas de mármore na Picídia – confidenciou Clarêncio.

— Eu posso trabalhar como ourives, consertando objetos em metal — adiantou-se Vitório. — Era isso o que eu fazia em minha Terra.

— Muito útil nos dias de hoje. Sei onde poderás te apresentar — ponderou o centurião.

— Eu sei trabalhar com o tear, senhora. No entanto, não desejo falhar com o senhor Demétrius, que nos tem respeitado. Voltarei com Clarêncio e Vitório — confirmou Raquel, com a fisionomia iluminada pela ideia da felicidade com Romério.

— E tu, Silvina? — perguntou-lhe Saturnina.

— Bem, eu poderei preparar todas as refeições da casa. É só isso o que sei fazer. Não queria deixar-vos, senhora, tenho muito medo de ser crucificada, mas, se Raquel for a Roma, eu também vou.

— Vejo aqui fiéis cristãos. Permanecendo, vós tereis que trabalhar para que nos mantenhamos com o necessário. Meus auxiliares também farão o mesmo. Não mais me servirão — e, como que pressentindo seu desaparecimento, relatou —, e, se um dia eu vier a faltar, sabeis que essa residência vos poderá abrigar até o final de vossos dias. Assim, aqui poderão usar de vosso aprimoramento para o sustento dos dias de velhice.

Silvina baixou a cabeça e desandou em pranto.

— O que aconteceu? Por que choras? — indagou-lhe Saturnina.

– Não desejo ficar sem Raquel, se ela casar.

– Bem, isso se arrumará, não é, Romério? – a senhora dirigiu-se a ele.

– Veremos mais tarde o que fazer com essa travessa menina – redarguiu Romério.

E Saturnina continuou:

– Fidelis e Pavlos, esses antigos servos de Herculano, trabalharão com os cavalos de muitos senhores, coisas que sabem fazer e fazem e, à noite, aconchegar-nos-emos neste lar abençoado, herança de meus pais. Ester continuará recebendo um valor para cuidar de Lucas, meu filho. Ele ainda dorme. Está muito cansado da viagem, pobrezinho. Quanto a seu futuro, eu sei que, logo que começar a abrir os olhos para a vida, na adolescência, também seguirá a Jesus. Tenho ainda alguns bens. Veremos até quando nos sustentaremos com eles.

Agora, será bom que vos acomodeis, porque vamos preparar a ceia. Quanto a vós, Pavlos, meu amigo, eu vos peço que, pela manhã, vades a Roma para procurar saber sobre Simão Pedro, em primeiro lugar, depois, visitai o cárcere para ver como estão Horácio, Olípio, Porfírio, e os cristãos que estavam com eles. Trazei-me notícias acerca das perseguições, assim que puderes.

– Pois não, senhora. Infiltrar-me-ei no populacho e em breve vos trarei notícias.

Os dias seguintes, Saturnina passou muito ansiosa. Não sabia o que estava acontecendo em Roma. Assim, quando ela recebeu Pavlos no átrio de sua residência, suspirou, elevando os braços, como a dizer "finalmente".

– Ave Cristo, sede bem-vindo, meu irmão – cumprimentou-o quase sem voz e com o coração aos pulos para saber sobre as perseguições cristãs. – Entrai e sentai-vos.

Colocou-se frente a ele toda ouvidos e, ansiosa, aguardou-o falar. Ester entregou a ele um copo de refresco, mas ele não quis beber e deslizou o verbo fluentemente:

– Senhora, uma desgraça, senhora... Tanto Horácio quanto Olípio e seu instrutor pessoal Porfírio foram sacrificados, entre tantos outros... Infelizmente, a esposa de Simão também o foi, e ele próprio, de uma maneira absurda e odiosa.

Saturnina sentou-se no banco, consternada. Em seus belos olhos verdes, brotaram as lágrimas que não puderam ser contidas. Era como se um punhal lhe tivesse atravessado as carnes. Baixou a cabeça para orar, mas não conseguia estancar as lágrimas que lhe deslizavam pela face. Sentia o peso da amargura. Por que seguir o amor seria tão prejudicial diante das mentes romanas? Por que o orgulho humano ainda mantinha raízes tão profundas?

– Oh! Por quanto tempo teremos que suportar essa dor? Nero pensa que pode nos calar? – respirou fundo e continuou: – Sabeis se Lucas retornou? E Aristarco, e os outros acompanhantes de Paulo?

– Deles nada soubemos.

– Deus os livrará desse martírio. Não sei como contar isso aos amigos que aqui se encontram.

– Senhora, seremos nós, desta forma, todos sacrificados por amor a Jesus? Eu temo, senhora. Tenho filhos pequenos que muito amo. Temo em deixá-los sem pai, sem mãe. O que fazer? Até quando seremos cobrados, somente por amarmos Jesus e por desejarmos um mundo melhor?

Em silêncio por alguns instantes, Saturnina respondeu ao amigo:

– Meu amigo, sabemos que a dor visita hoje muitos lares, no entanto, nós todos teremos de partir algum dia, mas seremos sacrificados também? Nem todos, Pavlos, sofrerão a dor de deixar seus filhos em desamparo. Se todos morrermos, quem levará o Cristianismo avante? Cada vez mais, vemos pessoas se unirem ao Cristianismo. Jesus, sendo o Messias, implantaria na Terra esse ensinamento se nenhum cristão sobrevivesse? Portanto, tenhamos confiança e coragem! Levaremos adiante essas leis que afirmam nossa felicidade futura, ou ficaremos errando nesta vida pela incerteza?

Só com os ensinamentos de amor de Jesus, que nos adverte a modificarmos, dia a dia, a nossa maneira de ser, e, amando o nosso próximo, divisaremos a paz que um dia chegará. Precisamos ser Seus fiéis seguidores, não nos abandonemos a temores. Sigamo-Lo! Ele nos deu o exemplo, morrendo na cruz por todos nós.

Se desejais para vossos filhos um mundo melhor, como falastes, esse é o único caminho; só assim nosso sacrifício não será em vão. Não desejais vê-los felizes, sem inimigos ou perseguições? Um dia, afirmou-nos Jesus, teremos esse mundo almejado. O que está acontecendo agora é criado por mentes doentias, que não sabem amar, que se revoltam pelo orgulho ferido. Não aceitam a igualdade com os mais simples, por isso matam, Pavlos. Então, não achais que é tempo de mudanças? Não acreditais que o amor transformará a humanidade?

Pavlos baixou a cabeça e, depois de instantes, explanou:

– Senhora, eu vos agradeço e peço-vos perdão pela minha fraqueza. Sim, só através do amor transformaremos o mundo. – E, suspirando profundamente, indagou-lhe: – Onde faremos a reunião de hoje?

Sorrindo, mas imensamente triste pelos amigos que partiram no circo, ela respondeu:

– Juntai os cristãos que conseguirdes; depois nos encontraremos na colina, onde Eurides nos aguarda em sua pequena casa. Assim que o Sol começar a se pôr, iniciaremos o encontro com os que fazem, na terra, o sinal do peixe e trazem, em seu coração, o sinal da cruz.

Saturnina recolheu-se por momentos, para aguardar o entardecer. Procurou pelo filho, a criança que recebeu o nome do acompanhante de Paulo e que, naquele momento, brincava no jardim. Chegando-se até ele, ainda com olhos lacrimosos e uma tristeza infinita, imaginando que poderia separar-se dele um dia, abaixou-se, abraçando-o pela cintura. E, nesse momento, pediu a Deus que o envolvesse com a bravura e a fortaleza, a fim de que entendesse aquele mundo sangrento e o que viesse a acontecer. Depois, deixando Lucas dormir aos cuidados de Silvina, acompanhou Pavlos, Marconde, Fidelis e Ester à palestra noturna.

Embuçados pelo manto, aqueles servidores do Cristo adentraram, silenciosamente, no espaço reduzido da casa, onde portas se abriam para dar lugar à belíssima paisagem da localidade à beira-mar. A Lua, a traçar na água um caminho de luz, estava como que a assinalar o laurel que obteriam todos aqueles que eram e seriam sempre os verdadeiros seguidores das lições do Mestre.

Eurides, o novo orador de Herculano, junto ao seu instrutor Citúrio, cristão daquele lugar, dizia:

– Irmãos, irmãs, ave Cristo! Não vamos hoje imaginar a dor, o sofrimento, mas exultemos, sabendo dos dias venturosos que o Cristianismo trará para o mundo, como Jesus afirmou. Jesus nos transforma e, pouco a pouco, vemos quantos estão se firmando em Suas lições. Vivamos continuamente o dia presente, seguindo sempre as lições aprendidas do "Amai-vos uns aos outros como eu vos amei". A vitória será nossa, portanto vamos semear; alastremos os ramos iluminados de Jesus o quanto pudermos. Eles formarão raízes e se espalharão pelo mundo, modificando os seres, reformulando as almas. Não percamos a esperança no porvir! Ele nos confirmou que venceríamos! Confiemos em nosso Salvador; o mundo será de paz e fraternidade se O seguirmos. Pensemos em nossos filhos, e nas gerações que se seguirão! Sejamos mártires, se necessário, os mártires do amor e do perdão!

Depois de uma pausa, comentou:

– Ouvimos um sussurro entre o povo de que talvez possamos ter dias de paz. Parte da nobreza e do senado se revolta contra Nero; alguns, entre estes, já foram apanhados e mortos pelo imperador, mas, com a maioria descontente, minha intuição é positiva para nós.

Todos começaram a falar e a suspirar profundamente como forma de alívio.

– Aproveitemos esse tempo para lançarmos a semente de que falei e está já enraizada em nosso interior. – Continuou ele: – Façamos o que Jesus nos ensinou através de Seus admiráveis colaboradores, aqui e em Roma. Caridade nós precisamos ter para com os mais infelizes, alimentando as crianças que têm fome, orientando as que ficaram órfãs. Simão Pedro foi o grande benfeitor e isso nós todos aprendemos com ele. Tenhamos, em nosso íntimo, o exemplo de doçura e ingenuidade, restituindo em nós a criança pura, neófita de maldades, que ama as aves, os animais e as borboletas, para que, um dia, possamos ser aceitos por Ele em Seu reino. Assim, modifiquemos nossos maus hábitos como a maledicência, as acusações infames, a astúcia, os ardis, que muitas vezes devemos ter usado para conseguir o que desejávamos; abandonemos a dissimulação, a discórdia, a inveja e o ciúme, que modifica a expressão dos homens e aguça o animal que ainda mora em nós, e, por vezes, quer nos comandar. Cuidemos para que o vinho em demasia não acentue o algoz interior que procura nos destruir. Deixemos de pensar tanto em nós, para lembrarmos mais de nosso próximo e repudiemos, totalmente, esse orgulho ainda enraizado em nossas fibras. Magoamo-nos por pequenas coisas, por quê? Porque ainda somos muito orgulhosos, mesmo quase nada tendo. Se formos servos, aceitemos nossos senhores como são, sem mágoa em nosso coração; aqueles que ainda se sentem poderosos assim o são porque não conhecem Jesus e o reino prometido aos que O seguem. Muito choramos pelos benfeitores que, nessa perseguição, foram-se, mas lembremos também de seus sacrifícios e como se mantiveram até o final, corajosos em nome de Jesus, com esse amor que abraça tanto ao bom quanto ao mau, que esclarece e ensina, que não revida nem fere, esse amor cuja luz penetra pouco a pouco nos corações de quem se doa. Tantos exemplos os mártires nos deram... Batalharam entre chicotes e pedradas, doando-se à Boa Nova e ao companheiro da estrada; se assim eles fizeram, por que nós não o faremos? Sei que as perseguições dividiram famílias, deixando seus filhos ao relento, afastando algumas almas do Cristianismo, por receio de padecerem, mas sabemos que seus corações ainda são do Mestre dos Mestres. Soubemos do sacrifício de Simão Pedro, aquele que acompanhou Jesus em todos os momentos. No entanto, se nós, que aqui estamos, não levarmos adiante o Cristianismo, de que adiantarão todas essas perdas?

Através dos instrutores, ouvimos as palavras do Mestre, que dizia que, um dia, haveria a divisão do joio e do trigo, dos bons e dos maus, quando o trigo seria recolhido e o joio seria destruído. Estaremos entre os bons ou continuaremos os mesmos de hoje? O que estamos esperando? Por que pensarmos na dificuldade, no que teremos para comer, ou beber, ou vestir, se o Pai jamais deixou algum dos Seus, desamparados? Lembremos dos lírios do campo, falou-nos Jesus, eles não tecem nem fiam, no entanto, ninguém se veste como eles, brancos e belos.

Procuremos olhar para dentro de nós mesmos, para avaliarmos o que temos sido até hoje, e sigamo-Lo, pois Ele é o Caminho, a Verdade e a Vida. Amemos sem esmorecermos. Atentemos ao bem! Não aguardemos que chegue o dia de amanhã, iniciemos nossa mudança hoje. E que o bem nos envolva, mantendo, em nossa mente, as palavras de Jesus, protegendo nossos passos e colocando em nossas mãos o ensino da verdade.

Ave Cristo!

Meus irmãos e minhas irmãs, levai, para vossos lares, essas reflexões. Vamos com cuidado e em paz. Que saiais aos poucos, um grupo, depois outro, assim, até todos terem partido, chegando a vossos lares em paz. E que Jesus nos abençoe.

Em Roma, Demétrius, alterado, agora procurava pelos escravos e, mais precisamente, por Tília, pois não os encontrara em sua própria casa.

— Márcio, tu, que és o meu servo mais antigo e em quem confio, dize-me, para onde foram os escravos que procuro?

— Não gosto de entregar ninguém, mas vejo, em vossa face, a amargura. Eles saíram para assistir os cristãos e levaram, em seu braços, Tília, muito doente, como morta, senhor. Disseram-me que vos pediam o perdão.

— Então, ela não esteve com os nossos escravos?

— Não. Estava com as marcas da peste.

Demétrius sentou-se e colocou as mãos sobre a cabeça. Por que os mais fiéis escravos haviam feito isso com ele, e ainda levaram Tília?

— Tanto confiei nesses escravos. Eram diferentes e havia uma forma também diferente de nos tratarem. E toda a confiança que lhes dei sempre, de nada adiantou?

— Não fiqueis assim, senhor, por certo eles voltarão.

— Sempre coloquei a certeza e não a dúvida naqueles homens. E ainda sumiram com Raquel e Silvina... Isso está mal. Vou mandar procurá-los e prendê-los. Chama por Romério Drusco.

– Soube que ele foi prender alguns escravos por ordem de Nero. Pelo menos, foi isso que ouvi alguns centuriões comentarem.

– Avisa a guarda que, logo que ele chegar, quero vê-lo aqui no átrio.

– Certo, senhor.

Sem ter conhecimento de estar sendo procurado, depois de três dias, bateu à porta Romério Drusco, com a finalidade de expor, ao senhor da Villa Augustiana, o acontecido.

– Foi isso o que aconteceu com eles, Romério? – perguntou-lhe Demétrius, agora menos alterado.

– Sem sombra de dúvida.

– E Tília? Levaram-na ao leprosário?

– Não está leprosa, mas não está saudável. A senhora Saturnina, que viajou a Herculano, teve piedade dela e a levou consigo para tratá-la.

– Mas os outros, eles não estavam entre os cristãos?

– Vós os estimáveis? – indagou-lhe Romério.

– Muito. Eles me foram, até agora, fiéis, dóceis e felizes. Muito diferentes dos outros, que se revoltam sempre, brigam muito e se machucam nas brigas. Os outros não têm a paz que aqueles quatro têm. Não desejaria perdê-los, contudo, se apanharam a peste de Tília... melhor seria que não voltassem.

Com receio de perder Raquel, Romério comentou:

– Raquel talvez esteja com a peste.

– Que fique lá, então.

– Precisaria de um documento vosso antes de colocá-la a tratamento. Liberai-a, senhor! E Silvina também.

– Dar liberdade a elas? Para quê, se estão com a peste?

– Então, vendei-as para mim.

– E queres duas pesteadas contigo? Bem... Assim não perderei nada.

– Compro-as para que não fiqueis em prejuízo.

– Está bem. Dou-te já a liberação de ambas; e agradeço-te por ter salvo do cárcere os meus servos.

## Capítulo 17

## DEMÉTRIUS E TÍLIA

> *Finalmente sede todos de igual sentimento, compassivos, amando os irmãos, entranhavelmente misericordiosos e afáveis.* (I Pedro, 3:8)

DEMÉTRIUS NÃO ERA UMA MÁ PESSOA. SUA PRImeira esposa, filha de um filisteu, era submissa e de fisionomia bruta, mas lhe foi imposta pelo pai. Com ela teve seu filho Demétrius Darius, mas a mulher teve a febre que apanhava parturientes e desencarnou. Apesar de não estar apaixonado por ela, amava-a como amiga e a respeitava como esposa obediente e resignada. Demétrius Darius fora criado pela avó paterna, tendo, como educação espiritual, seus diversos deuses gregos, e, na mente, a posição idêntica a do pai: conhecimento e sabedoria. Naqueles dias, Demétrius sentiu-se totalmente perdido com a morte da esposa e, logo que os seus pais também desencarnaram, resolveu mudar de lugar para esquecer, enfim, a família amada, que já não existia.

Quando aportou em Óstia com seu filho adolescente e o escravo Márcio, respirou fundo, sentindo-se animado e feliz, pois jamais havia saído de sua cidade natal. Roma, para ele, seria como um céu encantado, onde a felicidade estaria. Pôde perceber que a riqueza estava ali, desde Óstia; no movimento dos navios que entravam e saíam, na andança dos mercadores, nos mantos e nas túnicas, nos apetrechos dourados dos soldados.

A arquitetura da cidade portuária também o deixara extasiado, com suas ruas pavimentadas, ladeadas por colunas e estátuas, assim como as outras construções daquele porto.

– Já pudemos apreciar tudo isso aqui, o que será que nos aguarda em Roma? Não te arrependerás de termos saído da nossa ilha, meu filho? – indagou ao rapaz ao seu lado.

– Bem, ainda não pude ver nada. Vejo muitos rapazes, mas não as jovens. Onde elas estão? – inquiriu-o Demétrius Darius.

– Ora, meu filho, elas estão com suas mães e seus pais, não vadiando nessas ruas. Aqui, deve ser perigoso andarem sozinhas. Vê bem, há todos os tipos de homens aqui, de todos os lugares e costumes. Como poderiam andar mocinhas de bom caráter por aqui? Tem uma que me segue com os olhos. Mas não deve ser de boa família.

– Tende cuidado, meu pai, aquela deve sentir o cheiro de vosso dinheiro.

– Demétrius Darius, eu penso que, pela minha idade, tens razão; já estou com cinquenta anos e, nesta idade, muitos estão bem de vida... Mas vê os mercadores; devem vender muito. Vejo aqui todos os materiais necessários para o excelente comércio. O óleo, os grãos, o mel, as olivas, as ânforas de vinho, as sedas. Olha ali também, naquelas tendas: sandálias, cosméticos e lamparinas.

– Se minha mãe estivesse viva, talvez ficasse muito animada entre tantas coisas lindas neste porto. Vede, ali vendem as essências de Cartago, e aquelas sedas, meu pai, devem ser da Índia.

– Enganas-te, são da Síria. A Índia tem algo mais precioso, seus grãos, seu chá. Sim, tua mãe iria gostar muito de ver toda essa riqueza de materiais.

– Realmente, sente-se que aqui poderemos enriquecer com o nosso trabalho.

– Vê, lá adiante está Romério Drusco, que conheci ao chegar; está descendo com alguns escravos. Avisou-me disso, mas não serão vendidos hoje, e tenho compromisso em Roma; vou pedir a ele que escolha doze, entre os melhores, sendo que duas ou três mulheres para fazerem o serviço da casa, em nosso novo lar.

Reparava nos escravos que desciam, e colocou o olhar na negra esbelta e delicada. Tinha porte altivo e imponente como uma rainha, mas jamais levantava o rosto. Fiscalizou-a com olhar cruciante, achando-a extremamente atraente. Aproximou-se dela e sentiu um choque ao vê-la de perto. Sim, era a escrava fugitiva. Sentia os laços fortes existentes entre eles.

— Romério, aquela tem que ir para mim, a qualquer preço — impôs-lhe Demétrius.

— A escrava já está prometida, senhor.

— Pago o dobro que o infeliz que a quer comprar. Não te esqueças disso e leva meus escravos assim que os comprares e mais esta negra. Sabes aonde vou morar, não? Nossa Villa é grande e necessita de muitos braços. Como aquela mulher se chama?

— Chama-se Tília — respondeu-lhe Romério.

— A que veste túnica lilás?

— Sim, e é muito bela. Só não vi seus olhos.

— Eu a conheço muito bem, Romério Drusco, meu amigo. Lembra-te de que serás muito bem recompensado.

Demétrius deixou Demétrius Darius ali com Romério e caminhou até onde estavam reunidos os escravos. Tília procurava não erguer a cabeça para ele não lhe ver os olhos, mas Demétrius aproximou-se dela, colocou a mão em seu queixo, erguendo sua face.

Tremia ao fazer isso, sem se dar conta da força poderosa que os colocava frente a frente.

— Abre os olhos, negra — ordenou-lhe.

Tília ergueu seus claros olhos azuis, muito tristes, e, ao vê-lo, retrocedeu, afastando-se. Mas ele agarrou-a pelo braço, à força:

— És mesmo a bela fugitiva. Que bela és, mulher! Fugir não bastará.

Tília sentiu um temor muito grande e sua vontade era cuspir-lhe na face, no entanto, baixou levemente a cabeça.

Demétrius sorriu sarcástico, dizendo:

— Desta vez, não fugirás de mim. Nem que eu tenha que percorrer todos os locais a tua procura. Coloca na tua cabeça que, desde agora, já me pertences.

Aproximando-se para apanhar o filho, tirou um saco de moedas para que Romério executasse seu plano, comprando os escravos de que ele precisava.

— Confiais tanto assim nesse homem, meu pai?

— Ele é um centurião, fácil de ser achado, se de meu dinheiro tirar proveito próprio. Vamos; a biga já está a nossa espera. Digamos adeus a este porto, que tão cedo não veremos.

Foi dessa forma que aconteceu o encontro de Demétrius com Tília. Lembremo-nos de que Tília já havia sido comprada por Rindolfo Saltino e que Romério foi negociá-la novamente, quando fora obrigada à reclusão, desde os primeiros dias. Com o ciúme altamente doentio e perverso de Demétrius, ela fora mantida prisioneira a seus favores, sem ao menos saber o porquê disso, já que não tivera conhecimento da reencarnação, muito menos de seu pretérito com ele. Por isso, rejeitava qualquer divindade, odiava a todos, até chegar a conhecer o Cristianismo.

Agora, Demétrius estava em desespero, sabendo que o filho de Tília era seu e que fora perverso com a mulher que não soubera amar. E ela estava doente. Não poderia perdê-la, no entanto, sabia que ela jamais o perdoaria... E, dirigindo-se àquele que fora comprar seus escravos, implorou-lhe:

— Romério Drusco! Leva-me até ela! Leva-me a Tília. Preciso me redimir antes que ela morra. Afinal, ela tem um filho meu em seu ventre. Será que ela me perdoará? E se salvar-se, aceitar-me-á novamente?

— Isso depende de vós, meu amigo. Mas penso que, ainda esta semana, vossos fiéis trabalhadores virão bater a esta porta. Quanto a Tília, vós deveis refletir!

Os quatro fugitivos, fiéis servidores de Demétrius, não descansariam enquanto não se entregassem ao seu senhor. Não poderiam, como cristãos, agir diferentemente só para salvar a própria pele. Não teriam a paz que encontraram nos ensinamentos de Jesus e, no momento em que Romério voltava a Roma, eles também se preparavam para partir.

— Raquel, voltas conosco? — perguntou-lhe Clarêncio. — Estaremos partindo. Avisaremos a matrona, agradecendo-lhe tudo o que fez por nós.

— Sim, meu amigo. Ouvi comentardes que voltaríeis, e analisamos a situação, concluindo que esse é o caminho correto. Silvina – não gostou no princípio, mas, por fim, viu que estamos com a razão – Raquel, sorrindo, concluiu.

— Então, despede-te da senhora Saturnina, e vamos, porque já está na hora de partirmos.

Saturnina, sentada no jardim, apreciando o mar azul junto ao filhinho, sorriu, vendo-os se aproximarem.

— Com vossa licença, senhora; desejamos nos despedir, mas o que faremos com Tília? Ela não poderá voltar ainda – exprimiu-se Raquel.

— Desejo que ela permaneça conosco – respondeu Saturnina.

— Temos ciência de que ela será aqui bem tratada por vós. O dia de amanhã só Deus o sabe, contudo, sentimos imensa necessidade de nos entregarmos ao senhor que sempre confiou em nós – ponderou Clarêncio.

— Todo cristão age desta forma e convosco não poderia ser diferente. Sinto-me feliz em saber disso, apesar de que apreciaria se permanecessem conosco. Confiai em Jesus, e Ele não vos abandonará.

— Senhora – ajoelhou-se Raquel, beijando-lhe as mãos –, agradeço-vos, juntamente com Silvina, tudo o que fizestes por nós.

— Levanta-te! Nada fiz, minha filha. Tens certeza

de que abandonarás uma união tão preciosa com o nosso amigo centurião?

— Em primeiro lugar, precisamos ter a consciência em paz, não é?

Silvina, que vinha se aproximando, concluiu:

— Bem... eu preferiria ficar aqui, mas não desejo te abandonar, Raquel.

— Não vás embora, Raquel — pediu-lhe o pequeno Lucas.

— Precisamos cumprir nossas obrigações, meu amiguinho... talvez, algum dia, possamos nos encontrar novamente.

— Giácomo, meu antigo servo aqui de Herculano, levar-vos-á até Roma, pois irá apanhar algumas coisas na minha casa — alertou-os Saturnina.

— Agradecemos mais esse vosso auxílio — confidenciou Clarêncio.

— Ave Cristo. Que Jesus vos proteja!

— Ave, senhora — despediu-se Raquel.

— Senhora — interveio Vitório —, jamais esqueceremos o que fizestes por nós.

— Certamente faríeis o mesmo se eu precisasse; portanto, meu amigo, não há necessidade de agradecimentos. Vai em paz.

— Ave Cristo.

Ao chegarem em Roma, os escravos bateram à porta do palácio do grego. Romério estava saindo de lá, despedindo-se de Demétrius, e ficou indignado quando viu as duas mulheres ali, com os escravos. Pensou que agora estaria tudo acabado. Demétrius viu quando os seus auxiliares mais fiéis adentraram e sorriu, mas pediu para as mulheres aguardarem na rua.

Silvina e Raquel viraram-se para Romério com interrogação no olhar, mas nada comentaram. O centurião sentiu imensa alegria interior, enquanto voltava para acompanhar os viajantes.

– Então, o que me dizem os desertores? – perguntou-lhes Demétrius, sorridente.

– Viemos servir-vos, senhor, e podeis nos corrigir como desejardes se vos for necessário. Somente Tília não virá. Está muito adoentada.

– Romério me levará até lá – confidenciou-lhe o grego romano.

– Por que Raquel e Silvina não entram? – perguntou Clarêncio a Romério.

– Receberão a liberdade – respondeu-lhes o centurião, sorridente. – Mas não se perturbem. Elas ficarão bem.

Os dois escravos agradeceram com olhar brilhante. Clarêncio fez o sinal do peixe na terra, agradecendo, também a Deus, aquela vitória.

– Que Ele vos abençoe – concluiu Vitório a Romério, apagando com os pés a marca no solo.

## Capítulo 18

# O CAMINHO SEGURO DE JESUS

*Então, disse a seus discípulos: A seara é realmente grande, mas poucos são os ceifeiros.*
(Mateus, 9:37)

RAQUEL E SILVINA VOLTARAM, NAQUELE MESMO dia, a Herculano.

Demétrius chegou lá uma semana depois, com Romério, e logo foi recebido por Saturnina e apresentado ao grupo de hóspedes que se sentava no jardim para apanhar o pouco sol do dia. Muito ansioso, pediu para falar com a patrícia a sós:

– Ave, senhora. Peço-vos a gentileza de nos afastarmos para colóquio mais íntimo. Perdoai-me, mas é um assunto de meu maior interesse.

Saturnina pediu a Ester que preparasse um suco de frutas e convidou o grego para que a acompanhasse. Demétrius chegou ao átrio, admirando toda a ostentação daquele palácio. Frente à pequena piscina, onde flores aquáticas boiavam, ele admirava as colunas que sustentavam o espaço, os mosaicos do piso e os belos afrescos nas paredes, as folhagens e flores tropicais. Saturnina pediu-lhe que se sentasse e aguardou suas palavras.

– Obrigado, senhora, pela hospitalidade. Venho aqui angustiado. É sobre Tília que desejo falar-vos. Quase enlouqueci quando soube que ela estava esperando um filho meu – disse, ao mesmo tempo em que secava, com as costas de sua pesada mão direita, os olhos molhados, e continuou:

– Amo essa mulher, senhora, mas também a odiei dias atrás – comentou em desabafo.

– Mas ódio, por quê? Não é ela dócil e carinhosa como se nos mostra aqui? Não é humilde e prestimosa?

– Ela está doente e vai morrer, por isso desejo dar a ela tudo, antes que se vá.

– Não, ela não vai morrer. Estava doente pela maneira de ser tratada. Mas aqui, sem opressão e sentindo-se querida, sua indisposição se foi. Começou a se alimentar melhor, apanhou um pouco de sol, que antes não apanhava, e adquiriu, com isso, uma saúde admirável, auxiliando alguns sofredores; ela é uma grande alma, senhor. Por que não só amá-la em vez de odiá-la? Que mal ela vos fez?

– Tendes razão... ela não me fez mal nenhum e errei tratando-a como a tratei. Mas agora repararei o mal que lhe fiz. Desejo levá-la.

– Nobre senhor, mesmo sabendo que a escrava é

sua, digo-vos que ela está sob a minha proteção e somente a deixarei ir se ela mesma assim o desejar.

– Não tenho a intenção de causar discussões convosco, minha senhora, mas a mulher ainda é minha escrava. Vou levá-la ainda hoje!

Romério adentrou no ambiente e o olhou com uma expressão, como que o repreendendo pela maneira de falar. Então, ele mudou o assunto.

– Senhora Saturnina, Raquel e Silvina voltaram para cá?

– As duas estão tentando melhorar a saúde, depois que vós não as quisestes mais – dissimulou, para que Romério não fosse entregue pela mentira que usara.

– Mas com a peste... Bem, deixa para lá, afinal, Romério as comprou e nada perdi de valor, mas desejo ver e falar com Tília. Prezaria se me levásseis até ela, por favor.

– Seu desejo em vê-la não será somente carnal? – insistiu a *domina*, olhando-o de soslaio.

Demétrius ficou com os nervos à flor da pele, baixou a cabeça e cogitou contrafeito:

– Bem... senhora, isso não vos diz respeito.

– Diz, sim. Isso porque ela está nesta casa sob minha responsabilidade, como hóspede – firmemente, a patrícia conjeturou.

– Mas ela, aqui, não vos está servindo? Tratai-a como hóspede?

– Trato-a pelo que ela merece ser tratada. Foi princesa em sua tribo e uma princesa deve receber o tratamento específico, que vós, com certeza, não destes a ela antes; aliás, ela chegou aqui coberta de manchas, e, por pouco, não perdeu a criança. Mesmo assim – observou –, vamos fazer um trato, que deve ser respeitado. Podeis aceitá-lo?

– Não vejo outra alternativa – consentiu Demétrius.

– Vou chamá-la para que ela se apresente, todavia, somente voltará a Roma convosco se também assim o desejar.

– Concordo com tudo, mas preciso vê-la logo.

Saturnina bateu palmas e chegou Ester, levando-lhe os sucos.

– Ester, minha amiga, pede para Tília que aqui se apresente. O senhor Demétrius deseja vê-la. No entanto, é importante avisá-la de que nada será feito contra sua vontade – relatou Saturnina.

– É assim que tratais vossas servas, *domina*? Não temeis uma revanche? Afinal, sois só e sem esposo para comandar esta casa – indagou o grego, surpreso com o tratamento que ela deu à antiga escrava.

– Meus servos são meus amigos, senhor Demétrius. E, quando são bem tratados, devolvem-me da mesma forma. Nunca tentastes tratar assim os vossos servos?

– Bem... – disse ele constrito – eu jamais pensei nisso.

– Aprendi, na idade madura, que todos somos iguais e que receberemos de acordo com o que oferecemos ao nosso semelhante. Do amor gera-se o amor, como dos maus tratos gera-se o ódio. Olhai, senhor, aí chega Tília.

Tília, enrolada em uma singela túnica branca, com seu porte altivo, caminhava segura de si, trazendo grandes argolas nas orelhas. Seus cabelos crespos e negros caíam sobre um dos ombros, do mesmo lado em que a pulseira de escrava evidenciava-se. Seus pés estavam descalços. Nada mudara nela, somente o ventre avantajado mostrava que a criança se desenvolvia muito bem. Demétrius a olhou embevecido quando ela lhe fixou o olhar, cumprimentando-o. Já não baixava a cabeça para esconder seus olhos azuis, porque estava senhora da posição de pessoa que deveria ser respeitada. Não que estivesse vaidosa ou orgulhosa de seu antigo posto tribal, mas agora, ali, nada temia. Deixava nas mãos de Jesus sua vida, viesse o que viesse pela frente.

Enquanto Raquel e Silvina oravam nas proximidades da residência, Demétrius, deglutindo todos os comentários daquelas lições de Saturnina sobre o respeito ao ser humano, vendo Tília, levantou-se e, aproximando-se dela, beijou-lhe as mãos.

Tília sorriu-lhe nervosamente e lhe pediu que continuasse sentado. Mas ele não se moveu.

– Tília, Tília, eu mudei; sei que errei contigo, mas já não sou mais o mesmo, porque te amo e desejo pedir-te que te unas a mim, para que essa criança tenha um lar.

– Casar-me? – indagou, pasma, agora não sem temor.

– Sim. Desejo casar-me contigo. Trouxe aqui tua liberdade.

Tília olhou para o documento, parecendo não estar acreditando naquela verdade. Uma estranha sensação lhe invadira a alma. Sentira que o ar adentrava melhor em suas narinas, como que se lhe alimentasse a alma. Livre! Jamais poderia analisar a vida em liberdade. E ele continuou:

– Sendo livre, poderás voltar comigo, ou não. Um homem como eu não deve deixar seu orgulho, contudo alguma coisa aconteceu comigo. Desejo, muitíssimo, que voltes para nossa casa, não mais como escrava, mas como a esposa que administrará seus servos, se assim o desejares.

Saturnina estranhou aquelas palavras dóceis; sabia que isso fora dito, não porque ele tornara-se cristão, mas porque estava agindo como tal. Então, lembrou-se das palavras de Porfírio, quando ele anotara o que tinha ouvido de Paulo, comentado em uma de suas cartas aos Colossences:

"Senhores, tratai com justiça e equidade vossos escravos, sabendo que vós também tendes um senhor no céu."

– Então, o que respondes a este senhor, Tília? – indagou-lhe Saturnina, assinalando a postura da escrava, que nada respondia.

— Senhora, eu não sei. Ainda tenho as marcas da dor em minha face.

Demétrius, perturbado, demandou constrito:

— Façamos uma experiência. Se não for possível tua vida comigo, terás a tua liberdade com este documento e poderás retornar a esta casa.

Fez-se ainda silêncio, ao que ele, inseguro e angustiado, adiantou-se:

— Então, o que resolves?

Tília não quis dar uma resposta sem pensar. Ser livre seria maravilhoso, mas livre e só não seria bom. Como se sustentaria se não como escrava? E aquele homem estava arrependido e oferecendo-lhe tudo, além do mais, seu filho não ficaria sem um pai.

— Digo-vos que esta criança em meu ventre vos dará, ainda, grandes alegrias, senhor Demétrius.

Saturnina sorriu e deixou-os a sós para que conversassem. Ele abraçou a antiga escrava, sabendo que aquela resposta era um sim.

— Não te arrependerás, meu amor. Terás tudo o que uma princesa tem. Belas roupas, joias, tudo, mas precisarás respeitar-me. Ser somente minha.

— Não há necessidade de ciúmes. Sereis o único em minha vida.

Demétrius abraçou-a e foi preparar-lhes o retorno à velha Roma.

## Capítulo 19

## AS LIÇÕES RECEBIDAS

> *Mas quando fores convidado, vai (...).* – **Jesus**
> (Lucas, 14:10)

E O TEMPO PASSAVA...

Veranda, acompanhada com Marius no sítio, aguardava nascer outro filhinho de Dulcinaea, enquanto Petrullio e seu filho Murilo serviam a legião romana.

– Mãe, tivestes notícias de Saturnina? – perguntou-lhe Marius numa certa tarde.

– Não, meu filho. Nunca mais tive notícias dela.

– Sonhei outra noite que ela estava sendo perseguida por Tigelino e outros pretores de Nero. Acordei assustado, minha mãe.

– Isso não seria difícil de sonhar, afinal ela se meteu nisso...

– Mas não sentiríeis nenhuma dor se isso tivesse acontecido?

— Para falar a verdade, Severus, o vizinho ao lado de nossa vinha, certo dia, ouviu-a falar tão bem de nossa família, inclusive de teu pai, dizendo que era um homem correto e bom, que penso que o afastamento dela foi uma das coisas mais importantes para a paz familiar. Em Roma, morávamos perto, mas aqui, a distância é minha aliada.

— Ora, o que quereis dizer com isso?

— Uma mulher ainda jovem e bela, admirada por meu esposo e muito próxima de nós, eu não gostaria de ter. Estivemos em sua casa pela saúde de Petrullio, e tudo faria novamente por ele. Gosto dela, mas não tão próxima ao meu esposo. Todas as amigas casadas se afastaram de Saturnina.

— Eu não posso acreditar que sentis ciúme dela, minha mãe — comentou Marius, indignado.

— Além de bela, ela é uma pessoa formidável! — evidenciou a nora, que vinha chegando, já com o ventre avantajado. — Estávamos comentando em nossa alcova que, se for uma menina, daremos à criança o mesmo nome dessa nossa inesquecível amiga.

— Sim, sim! Tenho-lhe ciúmes — afirmou Veranda a eles. — Olhai para mim. Estou sempre amarga porque não me vejo bela e meu esposo sempre está longe... Enquanto ela é de uma alegria interior que muito invejo.

— Sois ainda uma matrona interessante, minha mãe, mas um pouco sombria. Falta em vós uma coisa que

Saturnina tem demais. E, depois, papai vos ama, sempre vos amou.

— Saturnina tem demais? E o que ela tem demais? — inquiriu a mãe, amofinada.

— Bem, mãe querida, ela tem otimismo. Tem amor por todo ser humano e a felicidade lhe vem das fibras da alma, resplandecendo em sua face. Para vós, faltam a paz e a serenidade. Falta-vos também alegria. Vós estais sempre com medo que nosso pai não retorne... e, perdoai-me por vos dizer... com quase nada vos alegrais.

Veranda começou a chorar, dizendo:

— Sabes de uma coisa? Eu a odeio!

— Senhora querida — explanou-se Dulcinaea —, em vez de odiá-la, devíeis conseguir com ela a receita da felicidade. Eu e Marius achamos que ela se sente feliz em poder auxiliar as pessoas necessitadas. Penso que é por esse motivo que tem aquele brilho no olhar, aquele sorriso nos lábios, sempre. Nunca a vimos raivosa ou queixando-se de algo. Essa parece ser a verdadeira felicidade, minha sogra.

Depois, abraçando-a, falou carinhosamente:

— Voltaremos a Roma ainda esta semana, para casa de meus pais, e lá permaneceremos por alguns dias. Vamos só nós, Marius com o nosso pequeno, Matilde e eu. Rufinus fica para determinar os que cuidam da vinha. Ainda não é tempo de colheita, portanto podemos viajar um pouco. Meus pais ficarão felizes em nos receber. Como levarei Matilde comigo, uma serva somente nos

bastará para nosso pequeno Marius. Não desejais ir também, minha sogra?
— Isto seria muito bom, esposa. Vamos, mãe! — implorou-lhe Marius.
— E ficar próxima à Saturnina? — aludiu a *domina*, intempestivamente.
— Podereis aprender com ela a serdes caridosa. Visitemos Saturnina, mãe, peço-vos!
— Estás me insultando, Marius. Só vou se não a visitarmos.
— Esquecestes tudo o que ela fez por nós?
— Por nós ou por teu pai?
— Bem, vejo que não iremos, Dulcinaea.
Vendo a nora baixar a cabeça e ir saindo da peça, Veranda disse rapidamente:
— Quem disse que não iremos? Eu vou, sim, mas Rufinus também irá.

Dias depois, estavam todos partindo para Roma. Marius, o filho, já maiorzinho e falante, perguntou ao pai:
— Papai, se vamos a Roma, não podemos ver as corridas de bigas?
— És muito pequeno, meu filho querido. Aguardemos um pouco antes de enfrentar tamanho movimento.
— E ao circo? Podemos ir ao circo?

– O que queres ver no circo? A luta dos gladiadores?

– Não. Quero saber se os cristãos vão ser sacrificados ou se é mentira de Rufino.

Matilde, ali ao lado da criança, abriu os grandes olhos espetacularmente e virou-se para Marius, o infante, como pedindo para ele se calar.

– Não me olhes desse jeito, Matilde – reclamou a criança. – Eu ouvi, sim, Rufino te falar isso.

– Pelos deuses! – declarou sua mãe, ainda apegada à maneira romana de falar. – Será isso verdade? Dize-me, Matilde!

– Sim, Senhora. Isso será daqui a sete dias.

Marius pediu para Rufino levar a carroça mais rapidamente e comunicou a todos:

– Logo estaremos entrando em Roma.

– Vamos diretamente à casa de Saturnina – ordenou a matrona.

Marius não sabia se ela queria desembarcar lá por apreciar a cristã ou para caçoar dela, já que dirigira aquelas palavras rudes para a amiga.

Todos emudeceram e grande temor os abalou.

– Falei alguma coisa ruim, minha mãe? – indagou o pequeno Marius.

– Não. Disseste o que de mais correto foi, meu filho, fica satisfeito com isso.

A carroça de Veranda chegou a Roma e parou em frente daquela residência, com Marius indo a seu lado, a cavalo. Ele desceu e bateu na grande porta. Viram a casa fechada e meio às escuras, como que abandonada, mas lembraram-se da família de Antoninus, a quem Saturnina dera abrigo. Então, aguardaram para que algum dos componentes daquele grupo fosse atendê-los.

Na carroça coberta, enquanto as senhoras, quietas e tensas, aguardavam a família de Antoninus, o menino perguntou à sua mãe:

– Mãe, do que estão com medo? Alguma coisa ruim aconteceu com os que moram aqui?

– Não, meu filho, nada aconteceu. Estamos só aguardando por teu pai.

– Mas, então, por que ele demora tanto?

Veranda, muito preocupada, viu sair pelo portão o senhor Antoninus, que Saturnina acolhera em sua propriedade. Desceu rapidamente da carroça e, antes que Marius perguntasse qualquer coisa ao caseiro, indagou-lhe com ansiedade:

– Tendes notícias de Saturnina e sua família? Vimos que a casa está toda fechada.

– A senhora Saturnina partiu com seu filho e os servos para Herculano.

– Ufa! Graças aos deuses! – desabafou ela, colocando a mão sobre o peito.

Marius agradeceu sorrindo, deu um valor para o senhor e, colocando a mão sobre os ombros de sua mãe, fez-lhe uma pergunta:

– E agora, mãe, o que desejais fazer, já que estamos mais tranquilos? Vamos para a casa dos pais de Dulcinaea ou...

Sem esperar que ele continuasse, ela acentuou:

– E, depois, visitaremos nossa amiga em Herculano.

Marius e Dulcinaea se entreolharam sorrindo, como a dizer: "Nem ela sabe o quanto quer bem a essa sua amiga".

– Então, vovó... vejo que a senhora gosta mesmo da tia Saturnina, não é? Ficou tremendo de medo, achando que ela estava no circo com os cristãos.

– O que é isso, meu filho? – corrigiu-o Marius. – De onde tiras essas ideias?

– Ora, meu pai, enquanto vós ficais falando, eu vejo seus sinais, seus olhares e temores. Depois que falei nos cristãos, viestes mais rapidamente, e percebi que, em vez de irmos para a vovó Luzia diretamente, ficamos parados aqui...

Dulcinaea colocou os olhos no esposo e fez força para não dar uma risada.

Veranda concluiu:

– As crianças, hoje, parece que nasceram sabendo tudo.

– Isso é porque nosso pequeno Marius se interessa

por tudo na fazenda e está sempre metido entre os escravos e suas conversações.

Veranda e o filho Marius, juntamente com a nora, o netinho e os dois servos, saindo da casa de Saturnina, dirigiram-se diretamente para a residência de Luzia. No caminho, passaram pelo Fórum Romano e viram pessoas em aglomeração, que gesticulavam e até gritavam, o que deixou aquela família preocupada. Chegando à suntuosa residência dos pais de Dulcinaea, Luzia cumprimentou a filha e o neto secamente e todos os outros com leve sorriso nos lábios, pedindo à escrava Alzira que os levasse aos dormitórios destinados e logo oferecesse refrescos de rosas para todos. Mas Dulcinaea não quis ir com eles. Alcançou para Matilde a mãozinha de Marius, apegado a ela, e sentou-se no triclínio para descansar.

No átrio, com piso e colunas decorados em dois tons de mármore, bege e vermelho, Luzia perguntou à filha, vendo seu ventre tão avantajado:

– Para quando é esse bebê, minha filha?

– Penso que daqui a um mês o terei, se tudo for bem, minha mãe. Depois do que aconteceu com minha prima Clarice, que perdeu a vida dando ao mundo dois bebês ao mesmo tempo, tenho lá os meus receios.

– Não te preocupes. Daremos uma dádiva à deusa Artemis, a nossa preferida que...

– Minha mãe, vê-se que estamos longe uma da

outra pela própria distância do sítio a essa cidade. Tornei-me cristã, minha mãe... Hoje oro por um ser que nos ensinou a amar e a perdoar. Viveu e foi puro amor, ajudando pessoas, curando leprosos. Ele mesmo curou o meu sogro, através de um instrutor cristão. Artemis já não faz parte de minhas orações.

Os olhos arregalados de Luzia diziam o horror que aquelas palavras lhe traziam. Levantou-se de onde estava e começou a caminhar de um lado ao outro, colocando vez em vez as mãos sobre a testa.

– O que tendes, minha mãe? Disse-vos algo que não devia?

– Tu... não, tu não farias isso com tua mãe, sendo teu pai um homem do império.

– Mas não posso esconder essa verdade, minha mãe.

– Pois, então, terás que partir daqui.

– Vós, minha própria mãe, tocando-me desta casa, que também é minha? – inquiriu Dulcinaea à mãe, erguendo-se do triclínio.

– Minha filha – comentou Luzia, chegando-se a ela –, está bem. Tu estás grávida e és minha única filha, no entanto, deves considerar. Alexus ficará como louco se souber disso. Por favor, quando ele chegar, não toques nesse assunto com ele, porque dele sim, deverás temer. Olha, essa tua ideia jamais poderá vir à tona nesta casa. E teu marido, o que diz disso tudo?

– É melhor que mudemos o assunto. Meu filho se enrijece a todo o momento em meu ventre.

– Sim, paremos por ora, mas voltaremos logo após o jantar. Terás que mudar de ideia. Os deuses romanos poderão te castigar e fazer com que percas esse filho que está por nascer.

– Mamãe! Não digais essas coisas! Os deuses romanos são de pedra, não se movem, e só existem nas nossas cabeças!

– Cala-te! Depois falaremos, já disse.

Marius, Veranda e o netinho adentraram no ambiente acompanhados de Alzira e Matilde.

– Senhora – avisou a escrava Alzira –, agora eu prepararei os refrescos.

– Coloca também nas rosas um pouco de limão para que o sabor do refresco se pronuncie. Ah... Traze muitas uvas para os viajantes.

– Sim, Senhora.

– Marius, meu filho, não coloques as mãos nessa água. Ela está aí somente para embelezar e refrescar, não para se banhar, viu? – orientou-o Dulcinaea, dirigindo, a seu filho, recomendações sobre a piscina do átrio, temendo por sua vida.

– Eu sei, minha mãe, olhai para minha idade. Já estou quase um adolescente. Ia só ver a temperatura em que ela está.

287

— Adolescente? Para isso falta muito tempo, muitos e muitos anos! – respondeu-lhe a mãe.

— Então, querida, cansada? Como está nosso bebê? Vejo que estás suando muito – comentou-lhe o esposo.

— Está tudo bem, meu amor. Estou somente descansando um pouco e refrescando-me nesse lugar com essas belas plantas. Viste acomodações para nossos servos, Rufino e Matilde?

— Alzira já os levou à ala dos escravos e Matilde logo vem te ajudar com a bagagem. Mas que belo piso de mosaico temos aqui nesse átrio. É Mercúrio como o símbolo central, com serafins e flores em sua volta. Não são detalhes de feitos revolucionários, que a maioria usa, nem nossas guerras ou caçadas. É estranho, não havia notado isso antes – disse Marius

— Tens que convir que Mercúrio, nosso deus romano, é protetor do comércio, assim deves lembrar-te de que meu avô fez grande comércio com os produtos da fazenda. Se fosse por papai, seriam as caçadas que estariam aqui neste mosaico. É o que ele gosta de fazer, quando pode, pois Roma o exige a todo o momento.

— A imagem da fonte é a mesma dos mosaicos, notaste? – comentou Marius.

— Desde pequena eu vejo essa estátua, meu bem. Como não haveria de notá-la?

— Querida, seria bom que nosso bondoso amigo Rufino descansasse por algum tempo, afinal, ele não sossegou

288

de lá até aqui, tratando dos cavalos e prestando atenção na estrada... E, pensando assim, também Matilde poderá descansar agora, afinal, temos Alzira a nos servir, por hora.

Luzia franziu a testa. Não podia estar ouvindo aquele disparate. Cuidar dos escravos... Escravo era escravo, não podia estar ouvindo bem, ou isso também era um feitiço dos cristãos?

– Mãe, o que está acontecendo nesta nossa Roma? Vimos muitas pessoas em aglomeração nas ruas... – perguntou-lhe Dulcinaea.

– Roma, minha filha, a nossa Roma está em crise. Depois do incêndio, pelos cristãos, anos atrás, o povo rebelou-se, daí o sacrifício nas arenas. E Nero parece que louvou-se demais construindo as novas residências. Sêneca saiu de perto dele, depois que nosso imperador colocou Ofrônio ao seu lado, um sujeito sem escrúpulos. Diz-se que o povo tem necessidades, sofre de fome... Como sabes, Nero começou a auxiliar os mais pobres, oferecendo a eles uma quantidade de trigo, para que não se rebelassem. Um velho truque aos famintos. O imperador revestiu parte do seu novo palácio em ouro, vê só. Enfim, ninguém em sã consciência, nem mesmo meu esposo, homem do governo, está a favor do que nosso César está fazendo.

Marius e Dulcinae se entreolharam, e Luzia continuou:

– No circo, a diversão e as mortes continuam, o povo odeia os cristãos e clama por seu sangue – e, olhando de soslaio para a filha, continuou –, no entanto, nós também pensamos como eles.

Ergueu o peito e o queixo, fixando os olhos da filha, como revanche de suas anteriores palavras.

Marius e Dulcinaea trocaram novos olhares, mas a jovem não conseguiu deixar sem resposta aquelas palavras rudes e falou, erguendo-se do triclínio com uma das mãos no ventre:

– Nunca mais repitais isso, minha mãe! Não desejo perder o respeito que vos tenho. Sabeis, muito bem, que os cristãos não são culpados do incêndio! Já conversamos sobre isso muitas vezes.

Diante da posição da filha, Luzia gelou e olhou rapidamente para Marius, para ver sua reação sobre as palavras ásperas de sua esposa. Mas ele continuou impassível. Então, virou-se para Veranda, desejando ali obter apoio no que acreditava e notou que ela também não discordava do que Dulcinaea havia dito.

– Bem... talvez eu esteja enganada mesmo. Vou me retirar por alguns instantes, senhores, para combinar com Alzira nossa ceia – disse Luzia.

Mordendo-se de cólera, não sabia o que fazer. Chegou à outra ala da casa, batendo com o pulso na mesa:

"Sente-se que essa não é minha filha! Chamando minha atenção na frente de familiares? Que esse ódio, que em mim passa a existir agora, tenha seu tempo para revidar. Ela, agora, faz parte dos malévolos cristãos... – novamente bateu com a mão na mesa, e com tanta força, que se machucou. – Mas isso não ficará assim. Alexus saberá de tudo, assim que chegar, e dará uma lição nessa pequena desaforada.

O orgulho altivo da senhora romana fora extremamente ferido. Luzia chegou até a ala dos escravos e ordenou ao servo Félix:

– Quero que tanto Matilde quando Rufino fiquem sem refeição hoje. Compreendeste? Não lhes consigas colchões nem água. Se eu souber que falhaste, te verás comigo!

– Mas vosso genro Marius pediu-me exatamente o contrário, senhora...

– Ora, ele não precisará saber disso... a não ser – falou, colocando-lhe os olhos ávidos –, a não ser que tu, escravo, me traias!

– Não, isso não acontecerá, podeis ficar tranquila. Tudo será feito conforme pedistes.

Voltando ao átrio onde ainda todos estavam, a senhora Luzia comentou:

– Já está acertada a ceia que faremos. Serão aves assadas ao mel, frutas e bom vinho.

– Mas, vovó, eu não gosto de comer aves – disse-lhe o pequeno Marius.

– Mas esse será o jantar e, se não quiseres, tu, pequeno rebelde, comerás somente lentilhas, o prato dos meus escravos – redarguiu a avó.

– Mamãe, o que vos acontece? – inquiri-a Dulcinaea. – Está descontando no menino o que eu vos falei?

Mas Luzia retirou-se, nada respondendo.

Na realidade, Dulcinaea não sabia que Luzia não era sua mãe biológica e casara-se com seu pai logo que este enviuvara da primeira esposa, por ocasião do parto. Alexus se aproximou da mulher que lhe estava mais próxima, pedindo-a em união e escondendo esse fato da criança.

– Dulcinaea, por que ela está assim? – perguntou-lhe Marius.

– Mamãe é muito autoritária. Acha que todos têm de estar de acordo com ela e seus pensamentos. Vejo que, quando alguém não a obedece... ela é capaz até de envenenar, meu esposo.

– Deves estar brincando. Dize-me qual o motivo de tua revolta?

– Na realidade, ela não gosta de mim, desde a mais tenra idade.

– Não digas isso, querida.

– Então, começa a prestar atenção na maneira com que ela me trata.

A esposa de Marius entrou na alcova e deitou-se no leito para descansar. Pensou muito na reação de sua mãe e pediu a Jesus para saber por que ela agia assim. Adormeceu e sonhou. Viu-se criança, próxima a um lago, com uma escrava um pouco mais velha que ela, que lhe colocava os olhos fixos de ódio. Sabia que aquela era a filha de seu pai com uma escrava, que ele não quis assumir. Tinham as duas quase a mesma idade, e Eudóxia, assim se chamava a menina escrava, estava ali para cuidá-la, a fim de que não entrasse na água. Eudóxia mordia os lábios de raiva e despeito. Ouvira sua mãe falar que aquela menina clara deveria morrer, para que o pai a assumisse. Isso porque ela nada tinha e para a menina branca, sendo herdeira de todos os bens da família, nada faltava, inclusive o pai.

Agora, a menina branca estava ali no lago, com dez anos, e sempre oferecia sua boneca para Eudóxia brincar.

– Apanha esta boneca que ganhei da mamãe, Eudóxia. Olha como é linda e que belo vestido tem. Podes brincar com ela, mas vê, se as outras tu perdeste, esta terás que cuidar.

A negrinha sentou-se ao seu lado e, olhando-a com olhos ardilosos, levantou-se rapidamente para atirar, bem distante, a boneca no lago, dizendo:

– Vai pegá-la, Angelina, vai pegá-la. Olha, tua boneca vai se afogar.

Sem saber o que fazer, vendo a boneca afundar, Angelina entrou no lago e começou a engolir água, afogando-se.

Dulcinaea, muito assustada, gritou por socorro, com leve taquicardia. Sentia-se sufocar. Nesse momento, sentou-se ao leito. Por que tivera aquele sonho e o que tinha a ver com sua mãe? Via, nos olhos da escrava, os mesmos de Luzia, quando, há pouco, a corrigira. Agora, como sua madrasta, Luzia viera para resgatar o que havia feito, cuidando da criança desde os mais tenros anos de vida.

A esposa de Marius começou a pensar em Jesus e nas lições que estava recebendo de seu instrutor atual:

"Reconcilia-te mais do que depressa com o teu agressor, enquanto ele caminha contigo para o tribunal. Senão o adversário te entrega ao juiz, o juiz ao oficial de justiça, e tu serás jogado na prisão, e de lá não sairás enquanto não pagares até o último ceitil..."

(Mateus, 5:25, 26)

"Sim – pensou ela –, eu pedirei perdão à minha mãe. Sou ou não uma cristã? Seja quem tiver razão, eu vou exemplificar a humildade que o Cristo nos ensinou."

– Querida esposa, te ouvi gritar, o que aconteceu? – disse Marius, chegando rapidamente.

– Tive um sonho terrível. Era criança e me via entrar no lago para apanhar minha boneca... Tive a sensação de afogamento e, em minha mente, vi minha mãe com um sorriso maldoso.

– Isso foi um pesadelo, querida, por teres comido muitas uvas.

– Não, Marius. Vivi aquele momento como se fosse real.

– Mas por que tua mãe faria uma coisa dessas contigo?

– Não sei, meu amor, no entanto, eu sei que, desde pequena, sinto a distância de minha mãe, que me deixou desde bebê aos cuidados de minha ama e jamais me abençoou com o leite de seu seio. Enquanto meu pai... Sei que ele me ama muito.

– Nunca me contaste isso, querida.

Ouviu-se um ruído de cavalos na frente da casa, e, logo, a porta abriu-se, e uma voz grave se fez ouvir.

– Ouve, é a voz de papai. Ele chegou. Vou levantar.

– Onde está a minha pequena flor? Onde? – ouvia-se desde o átrio.

– Papai! – correu Dulcinaea, lançando-se em seus braços.

– Minha filhinha, hum... que gordinha estás... Senti tua falta, querida.

– Mas vós estais sempre em meu coração, papai. Vistes o pequeno Marius, como já cresceu?

– Grandinho e muito esperto. Não faz um minuto que veio me perguntar algumas coisas. Quis saber se as frotas romanas, em Óstia, haviam aportado com grande carga. E o que mais me deixou indignado: perguntou-me a quantidade de vinho que chegara às embarcações, e se o vinho era melhor que o dele.

– E o que respondestes, meu pai?

— O que vi e o que sabia. Que vieram animais ferozes para o circo, cavalos árabes, ouro, marfim, escravos da África, sedas da rota chinesa, os perfumes da Arábia e... cansei. Ele me perguntou novamente "mas e o vinho?". E eu, para terminar com a conversa, concluí: Não há vinho melhor do que o teu.

Todos riram.

— Vamos cear? Cheguei com muita fome. Depois me contas quando nascerá esse rebento.

— Sim, meu pai — respondeu Dulcinaea, abraçando ainda a cintura daquele a quem tanto amava.

Depois da ceia, Dulcinaea aproximou-se e falou-lhe sussurrando:

— Posso vos falar em particular, meu pai?

— Sim, querida.

— Vinde ao jardim. A noite está linda.

Ambos saíram para o jardim, iluminado pelo luar. A filha de Luzia sentia o perfume das flores das trepadeiras, e isso lhe embalsamava a alma preocupada.

— O que tens, minha filha? O que preocupa tanto essa linda cabecinha? Vem. Senta-te aqui comigo — continuou, abraçando-a. — Nós podemos ficar à vontade neste jardim, olhando as estrelas distantes enquanto a paz ensaia-se. Ouve os ruídos dos grilos... e aqui podemos ver os vagalumes desejando ostentar sua própria luz. Ouve... apesar dos gritinhos ao longe de algumas crianças que não desejam dormir, também podemos ouvir suas mães nervosas e alteradas. Mas isso já passará. Então, Roma adormecerá com uma falsa paz, porque, em nossas cabeças, muitas preocupações nos assolam.

Alexus suspirou. Via-se estar preocupado e, como se tivesse falando para si mesmo, complementou:

– Roma, Roma... o que está sendo feito de ti?

Dulcinaea viu que ele desejava desabafar e nada respondeu. E seu pai prosseguiu:

– Muitos de nós, os que são chamados de homens da lei, não estamos satisfeitos com essa Roma de hoje. E tememos. Tens ideia dos valores que estão sendo despendidos com todas as novas construções, desde o incêndio para cá, minha filha? Cá entre nós, sabemos que os cristãos, que mal não fazem, não poderiam ter incendiado Roma. Mas não temos provas se foi aquele de quem desconfiamos.

– Nero – confirmou sua filha.

– Já sabes?

– Todos pensam assim. E o que vos levou a pensar dessa forma, meu pai? Conheceis o Cristianismo?

– Não. Mas carnificina de mulheres e inocentes crianças de todas as idades, e até com a idade do nosso jovem Marius, isso é repugnante!

– Eu sei, conheço-vos, meu pai. Sei que vós não estais a favor dessa estupidez.

Alexus abraçou mais a filha, apertando-a ao coração, e disse-lhe, apontando para a lua que iluminava as colinas:

— Minha filha, eu sei que não podemos nos ver seguidamente, mas deves saber que a amo muito e, se eu me for deste mundo, de uma forma ou de outra eu cuidarei de ti. Olha que céu imenso e cheio de estrelas. Eu estarei lá em cima, olhando por ti.

— Sei disso, meu pai. O nosso amor perdurará para sempre. Sinto isso dentro de mim. Mas espero que não faleis mais nessas bobagens... Ninguém vai morrer por hora. Em breve, estareis brincando com esse bebê que vai nascer, vosso novo neto ou netinha.

— Por certo o verei nascer.

— E, se for menino, juro-vos, que levará o nome de quem tanto quero bem.

— O meu?

— Sim, meu pai.

— E, se for menina, o de tua mãe?

Dulcinaea calou-se.

— Sim, filha, eu compreendo. Tua mãe continua a mesma para ti.

— Deixai-a, papai, um dia acertaremos nossa vida.

— Mas o que desejavas me dizer, filha? Pediste para conversar comigo, e eu não te deixei falar.

— Quase respondestes a todas as minhas indagações.

– E, fazendo uma pausa, comentou um pouco receosa: – Eu sou cristã, meu pai.

Alexus levantou-se surpreso e olhou para ela.

– Então? Desprezarás tua filha, meu pai? – continuou.

– Oh, minha querida... Jamais te desprezarei... – disse, sentando-se novamente. – Se escolheste esse caminho é porque é um bom caminho. Mas agora estou mais temeroso, porque jamais Roma dependurou tantos na cruz, alimentou tantos animais e massacrou, de outras formas, pessoas inocentes. Mas eu confio em ti, no entanto, por favor, tem cuidado. Nero não vai atrás de cristãos romanos nesse momento, ainda mais nobres como nós, mas não saberemos o que aquela mente doentia poderá fazer no amanhã. – E repetiu: – Tem cuidado.

– Jesus nos mostrou um caminho de glória e de paz, que precisamos construir, modificando o que está em nossas raízes. Não podemos mais matar, nem injuriar ou julgar alguém, porque o amor deverá se estender ao ser que caminha conosco. Precisamos amar o próximo como se fosse a nós mesmos.

– Mas isso, penso eu, é impossível, minha filha. Quanto tempo necessitará alguém para se transformar dessa maneira?

– Os nossos instrutores nos dizem que a reforma não será de um dia para outro, mas necessita de nosso esforço para que se retire, aos poucos, as negatividades que ainda alimentamos, já que estamos seguindo o Mestre. Sei que poderemos melhorar. Há outra coisa a vos dizer, meu pai: se todos morrermos no circo, o Cristianismo desaparecerá, mas, como isso não vai acontecer, este é o momento para não vos preocupardes comigo.

– Podes pensar assim, mas, filha, para o ser humano largar as armas que matam levará séculos. No entanto, se o que vou dizer te fizer feliz, querida, digo-te que desejo também conhecer o que esse Jesus te ensinou, porque és uma boa pessoa. Só não entendo por que Ele deixa os que O amam serem mortos dessa maneira!

– Os que Nele acreditam, meu pai, não fazem revolta, só plantam a paz. Dito isso, não revidam, aceitam o sacrifício por saberem que estarão em Seu reino, assim que fecharem seus olhos.

– Mas não serão os cristãos... rebeldes? Eles estão agindo contra nossa Roma, minha filha! Não serão eles fanáticos?

– Não somos fanáticos, somente fazemos a vontade de Jesus. Procuramos amar, compreendendo o inimigo como nosso irmão de caminhada. Usamos o "Amai-vos uns aos outros como eu vos amei" como Ele nos ensinou. Eu também já penso assim e assim meu esposo, como também todos os meus filhos pensarão um dia. Desejamos que eles cresçam com a fé que temos e assim passem a seus filhos, e seus filhos, aos filhos deles. Com o decorrer dos dias, quanto mais conhecemos sobre Jesus, mais procuramos compreender as pessoas, mais procuramos auxiliá-las a abrir os olhos para o amor e o perdão. A evolução de nossa alma é nosso objetivo, e, se não fizermos assim, se assim não agirmos, o Cristianismo se perderá. Contudo, eu sei que, mesmo com a morte de tantos, jamais Jesus será esquecido.

– Tens razão. Essa corrente de amor, passada de uns para outros, levará Jesus a toda parte. Mas... minha filha, não tens medo da morte?

– Quando amamos tanto, nada tememos, contudo, meu pai – disse-lhe, aproximando-se mais, fixando-lhe o olhar e apanhando-lhe as fortes mãos –, se algo nos acontecer, prometei-me que ensinareis a meus filhos sobre o Cristianismo.

Alexus, sorrindo ternamente, abraçou a filha novamente e, com a luz do luar a banhar-lhe o rosto, respondeu, demonstrando a ela todo o amor que lhe tinha:

– Podes contar comigo. Agora, vamos entrar que está ficando frio.

– Desejo falar convosco a sós, minha mãe – Dulcinaea pediu à sua mãe, respeitosamente, antes de dormir.

Os servos saíram, e Dulcinaea continuou:

– Vamos permanecer na cidade por cinco dias somente e logo iremos visitar Saturnina em Herculano.

– E que tenho eu com isso?

– Quero colher de minha mãe todo o momento de ventura a seu lado, mas antes pedir-vos perdão.

– Ah... Então reconheces e te rebaixas, pedindo-me perdão, não é?

– Aprendi, minha mãe, que quem se humilha será elevado, mas também que o perdão faz bem para aquele que sabe perdoar.

– Ora... Bobagens. Eu não me rebaixaria a pedir perdão. Nós somos da nobreza romana e pensei ter te ensinado a ter um pouco mais de orgulho... Mas já que tocas nesse assunto, ainda bem que voltas atrás e vês que erraste. Deves ter te dado conta de que são absurdos esses ideais nazarenos.

– Não, mamãe. Sempre pensarei igual, mas não devo contestar a vossa maneira de pensar.

– Então, a que vieste, se não voltas atrás? Deixa, um dia verás que eu tenho razão.

– Desejaria dar-vos um fraternal abraço... Mas vejo que...

– Isso mesmo, eu estou magoada contigo. Não desejo receber esse teu "abraço".

Dulcinaea sorriu, vendo-a atravessar a passagem para o jardim, e concluiu em voz baixa:

"Eu vos amo, minha mãe, e, certamente, um dia,

também começareis a me amar. Já não há necessidade de vos perdoar, pois hoje começo a vos compreender."

Matilde nada comentara com seus patrões sobre o que estava passando na casa dos pais de sua senhora, todavia, sem comer, desmaiou na tarde seguinte. De natureza frágil, não resistira. Assustado, Marius perguntou a Rufino por que ela tivera o desmaio, e ele teve que dizer:

– Nada devo comentar, meu senhor.

O genro de Luzia foi até a ala dos escravos e indagou a Félix:

– Félix, eu não te pedi que cuidasse bem dos meus servos?

– Sim... – respondeu Félix, cabisbaixo.

– Matilde, além de muito pálida, desmaiou há poucos minutos. Ela se alimentou bem?

– Não posso trair a confiança da senhora Luzia.

Não recebendo a resposta, Marius procurou uma escrava que ali cuidava dos lençóis:

– Enéia, Matilde, minha serva, desmaiou. Sabes alguma coisa sobre isso?

– Senhor, ela nada recebeu para comer no jantar de ontem e no almoço de hoje, assim como seu esposo. Estranhei isso, mas penso que foi ordem da senhora Luzia. Além do mais, eles não receberam cobertas para dormir, devem ter se deitado neste chão frio.

– Sabes, Enéia? Tenho até pena de quem fez isso à pobre Matilde e seu esposo.

– Matilde e o esposo comentaram alguma coisa? – perguntou-lhe a serva.

– Eles jamais se queixariam. São cristãos.

– O que desejais dizer com isso, senhor?

– Que o cristão não se rebela, aceita os males sem ódio, sem revolta. Mas deixa estar, nossos servos, conosco, terão o tratamento que merecem.

– Gostaria de ser tratada dessa forma aqui. Sei que nada deveria vos dizer, mas somos escorraçados como animais pela senhora da casa.

– Não revides, aceita. Soubemos que Paulo, o apóstolo, escreveu aos colossenses: "Escravos, obedecei em tudo aos vossos senhores aqui da Terra, não servindo apenas diante dos olhos, como quem procura agradar aos homens; que o servo sirva bem a seus patrões com a simplicidade de seu coração, como se fosse a mim que o fizesse, sabendo que o Senhor vos recompensará no Céu". Por isso, Enéia, se fosses cristã, aceitarias, com alegria, a vida que tens.

Enéia ficou pensativa, e Félix, que tudo ouvia, imaginou como deveria ser agradável ter patrões assim como Marius.

Marius ensinava, mas estava contrariado com sua sogra; não aceitara as ordens dadas por Luzia contra seus servos, porém não poderia causar nenhum problema ali, sabendo também do pensamento cristão de Dulcinaea, que ela fazia questão de praticar, e ainda mais na presença do amável sogro. Então, na hora da ceia, pediu a Alexus:

– Senhor, penso que amanhã deveremos partir a Herculano.

– Mas logo agora que eu cheguei?

– Tenho receios. Receio por minha esposa e o bebê, e não desejo que a criança nasça no caminho, por adiarmos a viagem.

– Peço-te um dia ou dois somente. Preciso desse tempo para ficar com minha filha e neto, meu estimado genro. Quem sabe o dia de amanhã, o que nos acontecerá, não é? Depois, eu a vejo tão bem, tão saudável, que penso que a criança está feliz assim como está, aconchegadinha no ventre materno. Não vai desejar causar transtorno em viagem, para uma mãezinha tão terna.

Todos riram.

– Está bem, ficaremos mais dois dias.

– E quanto a Matilde, o que ela teve? – indagou o alegre anfitrião.

– A síncope de Matilde foi falta de alimentação – respondeu-lhe Marius, fixando-se nos olhos de Luzia.

Luzia gelou. Quando seu olhar se chocou com o do genro, notara que ele descobrira tudo.

– Mas, continuando – falou Marius –, eu penso que

ela não devia estar com apetite, portanto, depois da ceia, eu mesmo irei tomar conta de meus servos, dando-lhes um bom colchão e levando a eles as sobras desta ceia, com vossa licença.

– Ora, meu genro, eu sei que tens toda a razão por querer tão bem a essas duas joias. Fica à vontade e faze o que lhe aprouver. Matilde e Rufino se sentirão mais fortes somando a essa ceia um bom prato de lentinhas.

Marius levantou-se e, olhando seriamente para Luzia, saiu de cabeça erguida, levando a sobra do javali e das frutas para seus fiéis amigos servos.

A mulher de Alexus aguardou Marius voltar. Ficou pálida e sem graça, mas, em seu interior, desejava uma revanche com Félix. Desta forma, mais tarde, dirigiu-se até ele, no jardim, e o inquiriu:

– Félix, mau servo, dize-me: o que se faz com um traidor?

– O que desejais dizer com isso, senhora? Quem vos traiu?

– Não te faças de inocente. Responde!

Tremendo, porque já conhecia a maldade daquela mulher amarga, o escravo, humildemente, respondeu:

– Todo traidor deve ser açoitado. Mas quero vos dizer, senhora, que eu nada contei ao senhor Marius.

– Ah é? E como sabes que foi isso que eu vim te perguntar neste momento? Como foi, então, que Marius descobriu? Só tu estavas aqui, escravo infiel, mais ninguém!

– Sim, eu sei. Mas outros escravos viram o que mandastes fazer, senhora. Notaram que os servos não cearam e também que não tinham onde se deitar.

– Devo bater em todos com o chicote?

– Não – respondeu Félix, cabisbaixo.

– Então, é sinal que devo bater só em ti?

O homem baixou a cabeça. Revoltado, mas contendo-se, mordia os lábios. Sabia a maldade daquela mulher que, para o esposo, fingia ser outra pessoa. Então, respondeu:

– Sim.

– Ariano! Traze-me o chicote, mas antes prende fortemente este escravo ao tronco. Eu mesma quero bater nele.

Assim, Luzia, enquanto todos comemoravam a chegada do pai de Dulcinaea, despejou, sem consciência, todo o seu ódio contido em Félix, aquele antigo esposo, que a humilhara em encarnações anteriores, traindo-a e machucando-a nos seus mais secretos desejos, fazendo-a muito sofrer, e a quem Luzia deveria perdoar para que ele aprendesse a lei de amor.

A lei de ação e reação estava ali, reparando os erros do passado para Félix, mas traçando, para a senhora da casa, novos débitos.

*307*

Dois dias depois, todos os visitantes estavam preparados para a viagem de volta. Dulcinaea abraçava seu pai, referindo-se ao grande amor que lhe tinha. Luzia afastou-se, propositadamente, para o jardim. Como ninguém a encontrou, eles partiram sem se despedir dela.

Todos assentados, Rufino começou a dirigir o meio de transporte para o sítio, no que Veranda obtemperou:

– Eu não desejaria voltar para o sítio antes de saber de Saturnina, Marius, meu filho.

Logo Marius ordenou ao servo:

– Rufino, volta a carroça e rumemos para Herculano.

Alexus soube, através de um recado, que deveria comparecer ao palácio de Nero a fim de receber algumas ordens imperiais. Quando percebeu que seu trabalho seria uma perseguição aos cristãos que fugiam de Roma para não serem sacrificados, entrou em desespero e voltou para casa para ter com sua esposa:

– Luzia, eu não sei o que fazer! Essa nova ordem que eu recebi deixou-me totalmente alterado. O que será de nossa filha que tanto amamos se eu agir como preciso? E de meu genro? Perseguir cristãos... isso não posso fazer. Sabes que os homens que têm escravos cristãos, e sabem disso, procuram escondê-los para não perderem as melhores peças em matéria de trabalho? Perseguir minha família ou *domina* Saturnina, com seus fiéis servos, seria morrer com eles. Não. Jamais poderei fazer uma coisa dessas. Nero nos deu ordens de fecharmos todas as vias para as cidades vizinhas. Prepara-se para mais uma matança no circo.

– Ora, esposo, quem mandou ela se meter nessa coisa de loucos? Será que pensou um pouco nisso antes?

– Como podes ser tão insensível, mulher? É de nossa filha que estamos falando!

– Nossa? – respondeu com animosidade. – Pois não vou mais vos dar ideias. Odeio essa seita cristã que polui nossa Roma, desejando destruir todos os nossos deuses. Também não aguento a falsa ideia de humildade a que se mantém. Com breve sorriso nos lábios, aceitam injúrias e acusações sem se manifestarem, mas devem ter o interior repleto de ódio. E quanto a nós, romanos, como aceitar a serventia com igualdade e seus absurdos rompantes de satisfação, que, sei, devem ser pura hipocrisia? Onde está o nosso orgulho? Desejaríeis que nossos escravos se sentassem conosco à mesa? Desejaríeis que todo escravo fosse igual ao seu senhor? Estes são ideais estúpidos! Somos grandes conquistadores, meu marido, e fazeis parte do orgulho romano! – apontou, fechando os olhos e erguendo bem a cabeça com a boca hirta. – Se desejais mesmo um conselho, eu vos dou: largai nossa filha e genro! Se não desejais persegui-los, deixai-os que sejam salvos por esse Jesus, que dizem ser o salvador de todas as almas. E falais em Saturnina, vossa paixão de juventude? Pois eu desejo que ela morra entre os leões!

Luzia foi deixando o ambiente, incomodada, mas Alexus ainda conseguiu dizer a ela:

– Não tens coração. Não vou admitir que fales nada mais de minha filha e genro. Estou a ponto de me separar de ti.

– Bem... – elucidou Luzia, voltando-se e tentando acalmar-se – Eu vos digo isso, mas jamais comentarei com alguém mais, que eles, minha própria filha e genro, traem os princípios religiosos de nossa amada Roma. Aquietai-vos, portanto.

Sem responder mais nada, enojado que estava em assistir aquela mulher dirigir-se daquela forma à jovem que criara desde os primeiros momentos de vida, Dulcinaea, Alexus apanhou o cavalo e partiu com alguns soldados, depois iria a Herculano, sem lhes dizer qual a missão que teriam lá e, quando eles lhe perguntaram, somente obtemperou:

– Visitarei minha filha, que está parindo meu outro neto.

Avisaria *Domina* Saturnina, Dulcinaea e o esposo para que não deixassem aquela casa por alguns meses.

Alexus só chegou dias depois a Herculano. Marconde, o servo de Saturnina, ainda teve tempo de apresentá-lo a Demétrius, que visitava com Tília aquela localidade, mas Alexus, preocupado com o compromisso em salvar sua filha, não fez questão de conversar com ele e foi direto à entrada da residência de Saturnina, onde, anos atrás, estivera.

Com surpresa, Saturnina o recebeu e aos soldados, mesmo um pouco temerosa, mas, como havia conversado com Dulcinaea sobre seu pai, descansou.

– Ave, *domina* – cumprimentou-a, trazendo ainda no coração o doce enlevo da lembrança do passado.

– Ave, nobre romano. Com prazer vos recebo nesta casa.

Alexus adentrou no átrio, e ela lhe perguntou:

– Em que posso vos ser útil? – falou, ainda sentindo o mesmo carinho de antigamente, mas mantendo a distância que lhe cabia ali.

– Com vossa permissão, eu necessito ver minha filha.

– Sim, um momento. Podeis aguardar sentando-vos aqui no átrio. Ester logo vos trará algo para beber, pois deveis estar com sede.

– Muita sede – respondeu ele, inseguro ao vê-la.

Deixando os soldados à vontade no jardim interno, com refrescante bebida, Saturnina encaminhou-se a Marconde, que ali estava, pedindo-lhe que avisasse a esposa de Marius da presença de seu genitor. Enquanto o servo movimentava-se para isso, a viúva de Crimércio convidou Alexus para que a acompanhasse ao grande jardim, frente

311

ao mar, onde havia bela vista, receando notícias mais sérias sobre o Cristianismo em Roma.

— Por favor, sentai-vos, senhor. Deveis estar cansado. Sugiro que relaxeis um pouco, enquanto vossa filha não chega.

— Senhora, perdoai-me, porque vou precisar falar a sós com ela; essa é uma questão irrevogável. Não que vossa companhia não me seja agradável...

— Sinto-vos apreensivo, caro Alexus. Sairei assim que ela chegar. Dizei-me, como está a vossa gentil senhora? Dulcinaea falou-me que, dias atrás, ela não passou bem.

— Luzia sofre dos nervos. Infelizmente, está sempre de mau humor. Já procurei por doutores, que nada conseguiram resolver. Esteve até nas proximidades de Roma, banhando-se em uma fonte, aonde os imperadores vão para receber mais ânimo, mais energia e melhorarem seus problemas de tensão e tristeza. Mas, nela, parece-me que nada faz efeito[1]. — E, mudando a conversa, inquiriu-a:

— Minha filha está bem? A criança ainda não nasceu?

— Ela está descansando, porque, talvez, o bebê venha ainda esta semana. Mas tranquilizai-vos. Ela está feliz aqui. Está ótima.

— E vós... ainda tão bela...

Alexus deu-se conta do que falara. Queria ter calado, mas cada vez que a via lembrava do amor que, um dia,

---

[1] Falava ele das fontes com o componente Lítio.

tivera por aquela mulher, um amor que nunca se apagara. Então, ergueu-se e começou a caminhar de um lado para outro.

Saturnina, muito séria, fez-lhe a pergunta desejada:

– Vejo-vos preocupado. Como estão as perseguições, nobre Alexus?

Ele olhou-a franzindo o cenho e nada respondeu. Fitava-a com extrema ternura, no entanto, não escondia o temor, a angústia. Saturnina, notando que sua filha chegava, alertou-o:

– Ei-la que chega; e com Ester, o vosso refresco. Deixo-vos, com vossa permissão.

Saindo do jardim, a matrona pediu para que ninguém se aproximasse dali, a fim de que pai e filha ficassem à vontade.

– Papai, o que vos traz aqui? Estou preocupada, é sobre mamãe?

– Tua mãe está bem. Venho por outro motivo, filha – falou, colocando as mãos sobre seus ombros –, venho implorar-te que abandones o Cristianismo.

– Por que faria isso? Nunca deixarei o Cristianismo.

– Porque eu sou obrigado a entregar a Nero os cristãos fugitivos de Roma.

Dulcinaea, com o coração aos pulos, pediu para chamar seu esposo e colocou-o ciente desse fato.

– Faze como achares melhor, esposa. Não vamos

313

morrer, confio em nossa vida futura. Contudo, teu pai sabe como agir. Ele fará o que seu coração mandar.

— Não gosto de tomar certas atitudes, no entanto, não posso passar por cima de uma ordem do imperador. Estou vendo que não renunciarás a essa seita, não é, Dulcinaea? — discorreu Alexus, sentindo a posição da filha.

— Papai, esse será o caminho para que o mundo melhore. Nós temos que ter forças para vencermos essas dificuldades. Já imaginastes um mundo de paz, sem o medo a assolar as portas dos mais fracos?

— Ora, filha minha, não sonhes com aquilo que jamais acontecerá. Paz? Ora! Sinta como estou angustiado. Vim assim que pude. Renuncia, minha querida.

— Sim, um mundo de paz — continuou a falar, com uma cópia do evangelho de Marcos nas mãos, como se não tivesse ouvido o que o pai lhe respondeu. — Com Jesus, nós aprendemos tudo isso, meu pai. Não será um sonho, mas uma realidade! Temos de compreender as pessoas, não odiar o inimigo, perdoar sempre, todavia o mais importante para que tudo isso se concretize é olharmos para dentro de nós e verificarmos o que devemos mudar, a fim de seguirmos os passos do Mestre. Ele nos deu Seu exemplo. Jamais odiou a ninguém, jamais se lastimou, mas compreendeu o povo rebelde e chorou por ele, em Sua hora suprema, e mesmo assim o crucificaram. Se não formos nós a fortaleza, o Cristianismo será derrotado e esquecido, como esses deuses romanos já estão sendo.

— Achas que os deuses pagãos estão sendo...?

— Sim, papai, os deuses pagãos já estão sendo analisados melhor pelo povo consciente de Roma. Porque todos desejam viver tranquilos, ter filhos saudáveis que não precisarão guerrear, todos desejam a felicidade. O próprio Jesus disse que, um dia, todos se unirão com a mesma crença.

— Está bem — falou resignado —, se assim o desejas, mas não tenho cabeça para deglutir o que me falas neste momento, porque estou ansioso. Já que não queres deixar essa seita do Nazareno, peço-te que fiques aqui em Herculano por alguns meses, filha querida, porque, se voltares ao sítio logo, não sei o que poderá te acontecer. Para todos os efeitos, vieste aqui para ter a criança que geraste.

— Pensávamos em partir ainda esta semana, mas agora... bem, agora faremos vossa vontade, meu sogro. Ficaremos aqui — afirmou Marius, conformado.

— Ótimo. Assim ficarei descansado. Logo que nascer a criança, nos veremos. Até breve.

— Obrigada, papai. Salvaste-nos a vida. Trazei minha mãe na próxima vez, para ver nosso bebê.

Alexus caminhou até a entrada da casa e viu Saturnina, que conversava com Lucas, seu filho.

— Senhora, estou me retirando. Tive imenso prazer em vos rever.

— Ave, senhor; eu vos levarei até a porta.

E, lembrando-se do que ela lhe perguntara no jardim, comentou:

– *Domina*, não deveis vos preocupar com a nova perseguição que está acontecendo... Se...

– Está ainda acontecendo? – olhou-o assustada. – Então, eu estava certa. Viemos para cá seguindo minha intuição. Mas... quando isso vai parar?

– Se permanecerdes nesta casa durante algum tempo, talvez não haja problemas. Cuidareis de minha filha?

– Sim, não vos preocupeis. E Marconde irá pessoalmente avisar-vos quando o bebê nascer.

Alexus apanhou as mãos de Saturnina, beijando-as, e, olhando-a fixamente nos olhos, concluiu:

– Senhora, que os bons ventos vos abracem com ternura, que o perfume das flores acalente vossas noites sem sono, que a luz solar vos aqueça o coração e que...

Ia dizer "que sabeis que há pessoas que por vós suplicaram, um dia", mas resolveu calar.

Saturnina franziu o cenho, não entendendo, no princípio, o que ele quis lhe dizer, pois não terminara a frase e, assim, nada pôde responder, pois Alexus tinha batido com o braço direito no peito, fazendo-lhe aquele nobre cumprimento e já saindo pelo portão, levando seus soldados com ele.

Apesar da preocupação pelas novas perseguições, internamente a viúva de Crimércio sorria serenamente. Ela também ainda o amava em silêncio.

## Capítulo 20

## UMA NOVA FAMÍLIA

> *Cada um administre aos outros o dom como o recebeu, como bons despenseiros da multiforme graça de Deus.* (Pedro 4:10)

PASSARAM-SE OS DIAS.

O pequeno Lucas, no jardim interno de Herculano, brincava com Ester.

– Ester, minha mãe está me ensinando muitas coisas sobre como tratar as servas como vós. Quer que eu fale convosco com bons tratos. Diz que todos somos irmãos.

A serva sorriu.

– Isso é bom, fico contente com isso, porque, mesmo sendo criança, não és como os outros meninos, filhos de senhores abastados deste lugar, que tratam os escravos como animais.

– Os meninos brincam livres, por que não posso ter a vida como os outros que vivem nas ruas?

– Ainda é cedo para que brinques nas ruas com outras crianças, espera mais um pouco. Em breve, serás um homenzinho.

– Depois que Raquel e Silvina voltaram para cá, livres, esse lugar ficou melhor. Raquel achou que ia voltar a ser escrava, mas Romério chegou feliz, mostrando a ela seu documento de liberdade. O que significa a liberdade para uma pessoa aprisionada?

– A liberdade é a vida. Ninguém oprimido se sente feliz, meu menino. Mas não só os escravos são os que perdem a liberdade. Às vezes, as matronas no lar sentem-se mais oprimidas que seus próprios escravos.

– Ora, por quê?

– Porque as mulheres, com exceção de algumas, nada podem ser, a não ser mães e esposas. E seus esposos, sabendo disso, maltratam-nas... – olhava para o infinito lembrando alguma coisa, mas se dando conta, rematou – Mas isso não é conversa para meninos, perdoa-me.

Nesse momento, lembrou-se do amor que teve por Horácio e não pôde tê-lo como esposo. Lembrou-se também de sua alegria interior ao saber que ele também a amou. Como poderiam ter sido felizes os dois... Seria eternamente fiel a ele e respeitaria, no silêncio, esse seu voto. Sentiu, no momento, como uma leve carícia em seus cabelos e lembrou-se da promessa de Horácio, de que jamais a deixaria só. Em seu interior, o silêncio se fez para poder escutar os pensamentos do homem amado, que lhe sussurravam amor e alegria a seu coração. Lucas acordou-a.

– Perdão, meu menino, eu estava divagando.

– Não é necessário pedir perdão, Ester. Mamãe fala que, quando não nos sentimos magoados, isso não é necessário, e que precisamos ser mais humildes e aceitar as pessoas como são. Mas... Ester, conta para mim, por que ficaste triste de repente?

– Olha, jovenzinho, talvez algum dia conte para ti a verdadeira história de minha vida. Por hoje, digo-te que já não tenho minha família, mas vós sois os meus familiares, além do mais, estou desde meus dezenove anos na casa de tua mãe e, apesar da liberdade que ela me deu, morreria longe de ti e dela.

Lucas abraçou-a e a beijou.

– Mas por que não casas também? – inquiriu, sorrindo.

– Não casarei jamais, querido. – E, mudando o assunto, declarou: – Que lindo esse teu carinho por mim.

– Nesta casa, estão acontecendo muitas coisas, não é, Ester? E o senhor Demétrius esteve aqui implorando para que Tília se casasse com ele – rematou, desejando agradá-la.

– É verdade, meu rapazinho.

– Me disseram que as crianças romanas que nascem com defeitos são afogadas pelos pais, é verdade?

– Sim, se nascerem aleijadas ou com grandes problemas de saúde são mortas; esse é um legado dos gregos para os romanos. Mas por que me pergunta isso, Lucas?

– E se o bebê de Tília nascer aleijado?

– Bem... o senhor Demétrius talvez...

O pequeno Lucas franziu a testa e não deixou que Ester terminasse o que ia dizer.

– Não quero saber, Ester.

A serva quis alegrá-lo e comentou:

– Mas ele vai nascer muito são, vais ver. Amanhã, Romério casa-se aqui e parte com Raquel para a Judeia. Silvina, que só chorava para não deixar Raquel, não quis ir. Arrumou um namorado e está apaixonada. Raquel está muito feliz por voltar a ver seus familiares... Romério é um bom homem.

– Mas ninguém sabe que ele levará uma escrava.

– Ela não é mais escrava, Lucas.

– Mamãe falou para a gente não mentir. Romério mentiu para o senhor Demétrius. A mentira, um dia, aparecerá, sempre aparece, minha mãe disse... E se o senhor Demétrius descobrir que elas não estavam com a peste?

– Mas, meu pequeno, Romério Drusco agiu corretamente. Comprou as duas mulheres para que não fossem maltratadas.

– Esperto ele, não?

– Vamos voltar para casa, meu rapazinho? Está frio aqui...

– Ainda brinco com Marius, mas quero brincar com alguém maior que ele. Não consegues um amiguinho para mim, Ester?

– Faze uma prece, que Deus te ouvirá

– Então, vou rezar para que apareça aqui uma criança do meu tamanho.

– Entremos, meu menino. Vou também pedir a Deus isso para ti, mas agora Dulcinaea está para ganhar a criança de uma hora para outra. Seu pai me recomendou tanto que cuidássemos dela...

Por esse diálogo, podemos perceber a educação moral que o jovem romano estava recebendo.

Depois dos festejos do casamento de Romério e Raquel, de ver a alegria da noiva em voltar livre para a Judeia e rever sua família, Veranda voltou a Roma, pois Petrullio e o filho Murilo retornariam em breve, deixando, em Herculano, Marius e a esposa.

Em novo encontro de Saturnina e seus amigos com os instrutores de Herculano, Citúrio revelou :

– Uma família morreu por Jesus em Roma, mas seus filhos, ainda crianças, vieram para cá com um tio, que também pereceu, e permanecem logo ali, perto da ponte

de um riacho, abandonadas, aguardando uma mãe espiritual para eles – olhou fixo para Saturnina, prosseguindo:
– Aprendamos a amar o próximo, que a lei é de retorno. Muito obteremos, no momento em que mais precisarmos, se assim o fizermos.

Depois de abraçar o benfeitor da palestra, quando todos começaram a sair, Saturnina falou a seus acompanhantes:

– Tenho receio de que as crianças das quais ele falou, nesta noite não estejam agasalhadas. Vamos procurá-las.

Perguntaram ao instrutor onde elas estariam e saíram por uma hora, com o lume nas mãos, para encontrá-los, mas nada conseguiram na escuridão noturna, e Saturnina considerou:

– Amigos, amanhã bem cedo, voltaremos aqui para apanhar as crianças. Agora será bom repousarmos.

Já o frio de outono começava a castigar, mas o dia seguinte amanheceu claro e radiante. Além do perfume das flores do jardim e dos ciprestes, uma brisa veio do mar, como a assinalar a nova era que um dia chegaria, repleta de alegrias. Saturnina, ao admirar a natureza, agradeceu a Deus a bênção de viver. Vestiu-se humildemente e foi ver Lucas na cama. Depois, desceu as escadas para conversar com Ester.

– Minha amiga, há necessidade de que saiamos juntas para apanhar as crianças. Penso, porém, que tu e Marconde poderão tomar conta de tudo aqui e de Lucas, logo que ele acordar.

– Não vos deixarei ir só, senhora, onde sei que desejais ir. Aquele lugar está repleto de ladrões. Deixemos Ester e vamos nós atrás dos pequenos órfãos – advertiu-a o amável servidor.

– Está bem, mas Dulcinaea necessita de mim também, por isso não percamos tempo. O bebê nascerá a qualquer hora. E o nobre Marius, Marconde?

– Ainda não saiu do quarto, senhora, mas lamentou não ter ido conosco ontem à noite, por ter de ficar alerta ao lado da esposa.

Enquanto caminhavam, com alguns cobertores nas mãos, Saturnina orava a Jesus, temendo que aquelas crianças pudessem não estar bem. Deveria tê-las procurado por mais tempo na noite anterior. Após colherem informações, enfim chegaram à "toca" onde as crianças se escondiam, debaixo de uma ponte. Saturnina ergueu o cobertor, usado como porta, adentrando no reduzido espaço com Marconde. Três crianças, sendo que uma ainda nem engatinhava, estavam à mercê da caridade.

Uma menina, muito magrinha, de seus doze anos, ergueu-se e disse em voz altiva:

– O que desejais?

– Olá. Como te chamas? – perguntou-lhe Saturnina.

– Chamo-me Judite.

*323*

— E quem é esse menino?

— Esse é o Tadeu — respondeu Judite, em tom sério.

— Mas por que tantas perguntas?

— E o pequenino?

— Marcelus.

— Ah... um nome romano. Quereis vir comigo?

— Somos de Roma, mas nossa mãe e nosso pai foram levados pelos centuriões e não mais voltaram. Então, um tio se apiedou de nós e nos trouxe para este lugar, mas, há dois dias, não aparece. Estamos com fome e frio. O pão que ele nos deixou já acabou.

Judite começou a chorar e Saturnina a abraçou:

— Minha querida, vós não mais tereis fome nem frio. Vamos para casa. Há quanto tempo estais aqui? — ainda perguntou Saturnina.

— Há quase uma semana.

"Graças a Deus" disse para si mesma a patrícia.

— Mas, agora — continuou Saturnina, agachando-se para apanhar Marcelus, muito sujo de terra —, vós tendes mais um irmão e uma mãe. Posso ser como uma mãe para vós?

Judite olhou-a seriamente. Via-se, em sua face, todo o temor, pois aquela senhora abraçava seus irmãos como seus próprios filhos. Como nada respondera, Saturnina continuou:

– Tadeu, tu queres sair daqui e ir conosco?

Tadeu, de seus sete anos, fez um sinal afirmativo com a cabeça. E a mãe de Lucas continuou:

– Vê, Judite, teu irmãozinho menor sorri para nós, Tadeu também quer sair daqui, e tu, não gostarias de cuidar deles em lugar mais agradável, com boa alimentação e uma cama para dormir? Olha esse moço, chama-se Marconde e pode ser outro tio para vocês, assim seremos uma nova família.

Sentindo toda a responsabilidade da menina, um pequeno anjo, Saturnina abriu os braços para ela e deu-lhe carinhoso amplexo, ouvindo um soluço vir da profundidade daquela alma. Então, olhou-a. Nos grandes olhos amendoados, lágrimas dançavam até rolarem pelo rosto angelical, abundantemente.

– Olha, pequena, deixa tuas coisas aí porque, de agora em diante, nada mais te faltará.

A matrona, levando o pequeno no colo e abraçando Judite, pediu que Tadeu desse a mão a Marconde e, assim, voltou para casa.

– Lucas, Ester, olhai quem encontrei! – chamou-os Saturnina ao chegar.

Lucas veio correndo e, logo atrás, Ester.

– Mãe, quem são esses sujos? – perguntou-lhe Lucas.

– Nossa nova família.

Lucas olhou-os de cima abaixo e saiu correndo. Esse fato deixou-o ciumento. Não podia conceber que a mãe o trocaria por aqueles mendigos imundos. Foi, então, que Ester, aproveitando o momento, comentou com ele:

— Não te deste conta de que Deus ouviu as tuas preces, Lucas?

— Ouviu? Por que dizes isso?

— Olha lá, com tua mãe no átrio está o amiguinho que pediste a Ele. A criança deve ter um pouco mais idade que tu. Não querias um amiguinho dessa idade?

— Sim, mas esse é muito sujo! — respondeu o garoto, com os olhos muito abertos.

— Mas depois de um bom banho, ele ficará bem limpinho. Vê, ele sorri para ti, mostrando que será teu amigo.

Os olhos do menino se iluminaram e, com um sorriso, falou a Ester:

— Vamos lá, vê-los mais de perto?

Depois do banho nas crianças encontradas e do alimento para todos, reuniu-se, no aconchego do lar, a nova família, agora mais numerosa. Lucas não tirava os olhos do menino Tadeu, dizendo a Ester que agora gostaria de brincar com ele. Então, Saturnina orou:

"Hoje, Pai, agradeço-Vos os caminhos aos quais nos levastes. Mostrastes-nos, com esses novos familiares que nos proporcionastes, onde a alegria se escondia. Que possamos dar a eles os ensinamentos que nos legastes, além do necessário para uma nova vida."

Os Espíritos dos pais martirizados das crianças, que já as haviam destinado a Saturnina, abraçaram-se chorosos, abençoando-a, e puderam partir com o grupo de outros cristãos que os aguardavam. Saturnina recebeu ali a extensa vibração de amor enviada por eles.

– Senhor – orou a mãe dos órfãos –, que essa mulher possa receber, de Teus braços, as forças, o bem-estar e toda a proteção que necessita para o seu filho.

Dulcinaea, que estava deitada há dias, na manhã seguinte, recebeu em seus braços uma menina, mas teve que ser auxiliada por parteiras do local, no parto difícil que teve. Marius ria-se à toa por ter mais uma figura feminina na família e comentava:

– Ela tem tua fisionomia, minha esposa. Mamãe vai ficar feliz. Ela desejava uma menina.

Alexus não foi visitar Dulcinaea em seguida, apesar de ela ter mandado notícias do nascimento da criança. Com Nero ainda a fazer loucuras, a sede de revanche do Senado era grande. Muitos senadores já haviam sido assassinados pelo próprio imperador e qualquer insinuação que ele, Alexus, fizesse sobre os cristãos de Herculano, qualquer conversa, diante de seus soldados, poderia ser um

*327*

passo em falso sobre aquele refúgio cristão. Roma fervia pelos excessos de sangue derramado, e ele teve que agir, tanto pela sua vida como pelos cristãos distantes de Roma, sua filha, genro e netos, além da mulher que não deixara de amar. Então, Alexus, em comunhão com tantos outros, seguiu para fazer parte das tropas do general Galba, cuja finalidade era a derrota total daquele imperador. Com o assassinato de Galba, o Senado declarou Vespasiano, que estava no Egito, imperador e, em seu lugar, administrou Roma Caio Licinio Muciano, um governador da Síria auxiliado pelo filho de Vespasiano chamado Domiciano, um jovem tido como paranoico e de imensa crueldade, que desejava restaurar a autoridade de Roma, alimentando o culto à majestade imperial. Quem não o aceitasse como Deus seria sacrificado como indisciplinado e contra o imperador de Roma.

## Capítulo 21

## NOVOS ACONTECIMENTOS

*Tornando-nos recomendáveis em tudo: na muita paciência, nas aflições, nas necessidades, nas angústias.* – **Paulo** (II Coríntios, 6:4)

PETRULLIO ENTROU EM CASA DIAS DEPOIS DE SUA nora ter a criança em Herculano e pôde acomodar-se novamente no sítio. Sua esposa não pudera ver Dulcinaea, sua nora, dar à luz, mas sabia-a muito bem cuidada pela fiel Saturnina. Esperar o esposo chegar lhe era mais importante. Nero caíra do poder dias mais tarde e suicidara-se. Roma agora tinha outros dirigentes, e todos os amigos de Saturnina, assim como ela própria, sentiam que poderiam retornar para casa.

Assim, chegavam ao sítio Marius e sua família, levando consigo o bebê, que já estava com dois meses. Isabel era o nome da criança de Dulcinaea, nome que Marius colocara em agradecimento a sua avó paterna a quem amara muito. O pequeno Marius, que, no princípio, achou que sua mãe o traíra, dando-lhe uma menina em lugar de um menino, agora apanhava a mãozinha do bebê a toda hora.

Depois dos abraços ao seu irmão e seu pai, o esposo de Dulcinaea perguntou a Petrullio:

– Papai, Salúcio não tem mais vos perturbado?

– Não o tenho visto nem atrás das moitas – comentou o pai, rindo.

– Sabeis por quê? Contou-me Rufino, que ele tem aparecido por aqui, perguntando à minha mãe se ela está bem e se não precisa de nada. Quer cativá-la aos poucos, enquanto estais nestas vossas viagens longas – comentou Murilo, o filho.

– Pobre homem... mas o que vou fazer? Se a tivesse conhecido junto a ele, juro que nem teria me aproximado dela, respeitaria o casal. Eu disse isso a ele anos atrás, no entanto não acreditou em mim.

– Até quando isso continuará, papai? Ficamos temerosos cada vez que viajais. E vejo que vós não o odiais.

– Um dia nos encontraremos cara a cara, mas creio que não haverá águias de Roma que o farão acreditar em minha inocência e ver-me como realmente sou. Enfim, o que for será. Não posso me esconder nem deixar de obedecê-lo, quando ordena que eu vá para tão longe. Contudo, a distância só faz renascer o amor que sinto por tua mãe, dia a dia. Ah... amor de minha vida!

Com a queda de Nero, as perseguições ao Cristianismo haviam tido uma trégua porque, para reorganizar um império, dever-se-ia ter tempo e dedicação. Assim, Saturnina retornou a Roma com todos e lá tiveram dias de muita paz.

Salúcio novamente mandou chamar o centurião, ordenando-lhe pessoalmente:

– Deves voltar às Gálias, Petrullio.

– Está bem, mas, desta vez, irás me escutar.

– O quê? Desejas ser aprisionado por desacato à minha autoridade?

– Desejo que somente me ouças, Salúcio – pediu-lhe Murilo Petrullio ao antigo amigo, colocando-lhe a mão no ombro.

Salúcio retirou-lhe a mão e foi nesse momento que toda a raiva contida, em muitos anos, foi despejada aos socos e palavras rudes ao esposo de Veranda, que caía e erguia-se, sem revidar.

– Não devolves, covarde? – dizia ele, enfurecido.

– Sou teu amigo e não quero bater em ti.

– Amigo traidor? Roubaste-me a mulher que eu amava, covarde! Odeio-te e odiarei pelo resto de meus dias! Desejo que morras, para jamais te ver por perto!

– Pois então, ao menos, ouve-me!

Salúcio seguia socando e soqueando o antigo amigo,

*331*

que se defendia retirando o corpo e, quando ele se cansou, sentou-se numa murada; Murilo sentou-se com ele, abraçando-o e dizendo-lhe:

– De que adiantou todo esse sofrimento nesses longos anos? Nem quiseste me ouvir... Olha para ti. Envelheceste por tanto me odiar, ficaste doente, como sei, pois já te foi dada ordem de descanso das tarefas romanas... Não casaste e nem tiveste filhos... O ódio, meu amigo, traz angustiosa tristeza, e a doença segue aquele que não sabe trabalhar o rancor e a dor que traz por dentro. Vi isso em alguns casos romanos, assim como estou vendo em ti.

E falando sofregamente pelos empurrões e socos que havia levado, continuou:

– Eu conheci Veranda, minha esposa, num encontro frente às termas. Fui amigo do pai dela e a própria mãe de Veranda nos apresentou... Eu nem sabia que ela estava noiva, pois ela me escondeu esse fato. Jamais te vi com ela lá... Como, então, podes culpar-me? Se me tivesses apresentado na tarde em que voltei das Gálias, jamais teria começado o romance com ela, no entanto, não poderia abandoná-la depois que nos apaixonamos. Veranda me ama e, cada vez que viajo para longe, mais e mais nosso amor se firma, meu amigo. Por que não aceitaste isso?

Vendo a cabeça baixa de seu general, Murilo continuou:

– Todavia, a minha amizade por ti ainda é a mesma. Refreia teu coração, aceita, já que não posso pedir que me perdoes. Não fui culpado. Crê-me. Jamais quis te fazer mal.

— Está certo. Sairei de Roma para jamais te ver. Dias atrás, quando vi Veranda, notei que jamais ela me amará. Entrego os pontos. Ganhaste. Mas ainda te odeio e meu ciúme me impele a matá-lo. Por isso, jamais me verás.

— É uma tristeza perder um amigo estimado — ainda disse Murilo ao sair de retorno ao lar, sacudindo a poeira que sujara o seu traje romano.

Luzia, em Roma, enquanto seu esposo festejava a vitória de Galba e a partida de Nero deste mundo, com senadores e amigos romanos, comentava, sempre de mau humor, ao escravo Félix:

— Bem que falei a Alexus que esse louco não iria durar mesmo, mas o que será de nós agora? Pelo menos, antes, meu esposo estava recebendo fartos valores...

— Penso, senhora, se me permitirdes falar, que nada mudará para vosso esposo. Ele é correto e bom servidor das leis de Roma — disse, desejando agradá-la.

— Ora, isso não é "tão verdade" assim... afinal — enfatizou como víbora peçonhenta —, ele não cumpriu com as ordens de Nero naqueles dias, porque deixou alguns cristãos amigos fugirem e, com eles, sua própria filha, uma cristã. O filho que tive, morto quando nasceu, não seria como Dulcinaea, mas leal às tradições de Roma.

*333*

O escravo, que não gostava dos cristãos, olhou-a entre cenho e inescrupulosamente interferiu:

— E a senhora nada fez para denunciá-la?

Luzia se deu conta do que tinha falado e desconcertou-se, dizendo:

— Bem... Vejo que falei demais a um néscio e pedante escravo, que acha que salvará Roma das desgraças. Coloca-te em teu lugar, miserável! Mas será que para ninguém se pode comentar o que acontece em Roma?

E o escravo, com seus botões, murmurou:

"Se Nero ainda vivesse, seria eu o primeiro a denunciar Alexus Romenius como traidor, se soubesse o que se passava em sua cabeça. Dia virá em que sairei daqui, destruindo aos que me escravizam, batalhando para uma vida justa, vingando-me de todos!"

O escravo voltou para o trabalho que fazia, despejando impropérios sobre sua posição e lamuriando-se:

"Será que a senhora da casa não percebe o que vejo? Vejo uma Roma em reconstrução, que ainda será mais bela que a anterior com Galba, no entanto, carregada de seres estúpidos e ignorantes, envoltos nessa nova crença que destruirá a todos."

Raquel chegou a Jerusalém. Alegre e feliz em rever sua terra amada, ela correu para os braços de sua mãe, no entanto, tudo estava diferente. Com as perseguições aos cristãos, sua família assistira muitas atrocidades, e familiares seus haviam desaparecido nos conflitos; assim, depois de algum tempo lá e de rever seus mais chegados, dirigiu-se ao amado esposo, indagando:

– A Judeia já não é a mesma. Tenho receios. Penso que devemos ficar aqui por pouco tempo.

– Isso sempre foi assim, Raquel, mas vejo ansiedade em todos os rostos.

– Tudo está muito triste e perigoso! O povo se rebela contra os romanos. Há mortes em cada esquina, meu marido.

– Aproveita para ver e matar a saudade de teus familiares na Galileia, porque, em breve, Roma atacará Jerusalém com todo o seu poder.

Raquel abriu muito os olhos e comentou:

– Gostaria de apanhar minha mãe, que enviuvou, e voltar a Roma; poderemos levá-la?

– Sim, querida. Avisa-a para que ela se prepare.

Roma aparentava ter voltado ao normal; havia mais paz e parecia que o povo estava mais controlado, menos agressivo. Saturnina havia chegado cansada pelos afazeres e muito triste. Sentia a ausência de seu fiel Horácio, mas o que mais lhe doía era a desencarnação de todos aqueles importantes cristãos, que, desde que conheceram Jesus, antes ou depois da crucificação, renunciaram à vida que tinham para se destinarem somente a ensinar o Evangelho do Mestre amigo, como Paulo de Tarso e Simão Pedro.

Os cristãos, sem voltarem às catacumbas para as lições da Boa Nova, por precaução, faziam as orações na casa de Saturnina e em outras residências, com a presença, às vezes, de Marius e sua pequena família. Mas os grandes salões alugados, onde eles costumavam se reunir, na época em que Paulo e Simão ainda viviam, não mais abriram as portas. Mesmo com a liberdade aparente, o cuidado com as reuniões era intenso.

E o tempo passava...

Certa noite, ao se deitar, Saturnina sonhou com Porfírio, que lhe avisava que as perseguições e os maus-tratos com os cristãos ressurgiriam. Orientava-a a fugir com as crianças e os amigos para a Alexandria. A nobre romana acordou saudosa, mas sobressaltada, e pensou em ir ter com o nobre Alexus, o pai de Dulcinaea, na ausência de Murilo Petrullio, também porque, mesmo se Petrullio estivesse em Roma, ela achou que Veranda não iria gostar desse encontro, ciumenta como era. Saturnina precisava estar ciente dos fatos reais sobre as perseguições aos cristãos. Pensou em seguir com sua biga, tendo Marconde ao seu lado, quando chegou Flavius, um aparentado de seu finado esposo, para visitar o pequeno Lucas. Este achou que não ficaria bem a patrícia ir com o servo em uma biga, mostrando-se ao povo, pois ela já não tinha a sua liteira. Então, gentilmente alugou esse transporte para ela, requintado conforme sua posição anterior na sociedade, cedendo-lhe alguns de seus escravos, para, assim, levá-la mais acomodada, enquanto seguia ao seu lado a cavalo, deixando Saturnina sem palavras para agradecer-lhe. Quando eles chegaram ao local combinado, Flavius desceu do cavalo e foi falar-lhe:

– Saturnina, minha estimada amiga, não vos humilheis indo até Alexus. Peço-vos que espereis aqui, que eu vou chamá-lo. Ele está bem ali, na frente do anfiteatro, conversando com alguns patrícios, vede? Vós tendes vos exposto demais, desde que meu primo morreu, e não fica bem manter um assunto com Alexus na rua. Mas o que é de tão importante que desejais falar com ele?

Vendo o sorriso da parenta, que nada quis comentar, ele obtemperou:

– Bem, acho que nisso não devo interferir.

Alexus estava conversando com um amigo e, quando viu Flavius se aproximar, atendeu logo ao chamado. Saturnina via tudo por entre as cortinas da liteira e notou que o pai de Dulcinaea, despedindo-se logo da pessoa com quem conversava, sorriu ao saber quem desejava falar com ele.

– Senhora, Ave, em que posso vos servir? – cumprimentou-a.

– Ave, nobre patrício. Peço-vos informações a

respeito dessa paz que estamos tendo. Sabeis o que desejo dizer, não?

— Desejais saber sobre novas perseguições? Ora — aclarou, rindo —, Nero se foi, não mais haverá perseguições, aliás tudo está na paz que todos pedimos.

— Nada soubestes?

— Não. Aliás, os cristãos, parece-me, ninguém sabe deles — proferiu, desejando brincar. Agradeço-vos pelos cuidados à minha filha. É linda a minha netinha. Cheguei a pouco do sítio de Petrullio.

— Não me agradeçais; agradecimentos não são importantes quando desejamos fazer o bem, ainda mais por Dulcinaea, a quem muito aprecio — falou, colocando seu doce olhar no romano, a quem admirava.

Alexus beijou-lhe as mãos, comentando:

— Ah... sempre esse Cristo nos ensinando a amar...

— Bem, eu preciso ir. Por favor, avisai-nos caso souber de algo.

— Terei o prazer em vos levar a notícia pessoalmente.

O olhar de Alexus, cravado na jovem e bela viúva, foi persistente. Saturnina sentiu seu coração disparar e pretendeu voltar para casa, dando sinal ao escravo de Flavius e pedindo que ele avisasse seu senhor. E, então, Flavius apressou-se para ir ao seu encontro.

— Eu estou voltando, Flavius, e muito vos agradeço por esse auxílio.

Flavius despediu-se, beijando-lhe as mãos sob o olhar firme do pai de Dulcinaea, que suspirou profundamente, dizendo a si mesmo:

"Desde que vim de Herculano, não consigo parar de pensar na magnitude de caráter e força moral dessa mulher. – E, suspirando novamente: – Teríamos sido imensamente felizes."

A mãe do pequeno Lucas chegou a sua residência aliviada. Procurou Marconde. Pediu para que ele visse onde a maioria dos cristãos estava se reunindo para o compromisso com o novo bispo de Roma, porque iria ter com eles, suspendendo a reunião em sua casa. As crianças não iriam. Depois do sonho que tivera, teria que tomar ainda mais cuidado para não envolvê-las.

Marconde e Marius acompanharam Saturnina ao encontro noturno, planejado no ano anterior, em grande estábulo no Esquilino. Amigos cristãos a viram e foram ao seu encontro sorrindo, apesar da face pesada, comentando sobre os terríveis acontecimentos anteriores. Disseram-lhe que Simão Pedro, quando aprisionado, estava tranquilo e que, em seus olhos, brilhava uma luz diferente como se ele estivesse em êxtase. Fora crucificado de cabeça para baixo, com sua imensa fé, dizendo aos soldados que não tinha o direito de morrer como o Cristo. Contaram a ela sobre a maldade de um soldado chamado Aniceto, que escarneceu de sua dor, atirando-lhe uma pedra na cabeça e tirando-lhe, assim, a vida mais rapidamente. E continuavam:

– Sem o desejar, o soldado fez com que Simão parasse de sofrer as dores do corpo, afinal, desejando-lhe um mal, fez-lhe um bem.

Marconde e Marius, este sem a vestimenta de soldado, ouviram tudo, horrorizados. Então, uma das mulheres relatou, continuando:

– Quanto aos demais cristãos, entre eles Raimunda, as feras tomaram-lhes conta, mas estavam tranquilos, como sabíamos que iriam estar. Mas olhai, Saturnina, estão chegando Anacleto, Isaac e Eudócio.

Todos, olhos iluminados, abriram um sorriso diante de Anacleto, que se colocou na posição em cima de um tablado, entre lumes a óleo, para falar-lhes.

– Ave Cristo, irmãos em Cristo Jesus! Pela primeira vez, depois do testemunho de Simão Pedro, vejo essa grande quantidade de cristãos, vindos de todas as comunidades de Roma, que aqui se reúnem por amor ao Cristo. Estejai cientes, irmãos, de que estão no caminho certo. Não vos esqueçais de que a obra é do Mestre, não nossa, portanto nada devemos temer. Há pessoas temerosas e isso é natural, mas não quer dizer que estejam prontos a retroceder, contudo faz-se necessário não recalcitrar sobre esses temores. Pensemos somente que o verdadeiro bem nos trará a paz. Sermos do Mestre, isso não nos será difícil, pois conhecemos o sofrimento humano, as necessidades por que já passamos, a dureza da política do imperador, a fúria dos pretores, a maledicência que roda a nossa volta e tudo o mais que nos aborrece. Todavia, anularmos o mal que está em nós mesmos é o que nos permitirá sermos Seus verdadeiros seguidores. Precisamos ser fiéis a Jesus em todos os momentos, principalmente quando estivermos dando nosso testemunho de amor e de fé.

Sabemos que todos choram ao pensar em seus pequeninos em casa, mas, se fordes apanhados, tereis ciência de que os seus ficarão orgulhosos de vós. Portanto, amados, nada precisamos temer. A força que obteremos virá do alto, assim como tantos cristãos já deram seu testemunho. O mundo não esquecerá que, os que já se foram, entraram cantando no circo. Nero pensou que nos derrotaria, mas vede, os caminhos estão cheios, repletos cada vez mais de cristãos. Quanto mais mortes no circo, maior o número de fiéis.

E Anacleto continuou falando por mais uma hora, e, no final, Saturnina e os amigos iniciaram a saída, grupo a grupo, para não chamar a atenção dos pretores.

Assim, ainda que sem perseguições no momento, mas com o cuidado necessário, continuaram os encontros semiescondidos dos cristãos em Roma, cada vez em maior número.

Os meses foram passando. A cidade dos conquistadores ainda estava calma, no entanto, Saturnina lembrava a realidade de seu sonho. Nisso, bateram à porta.

Marconde foi atender e adentrou o pai de Dulcinaea, esbaforido.

— Necessito falar com vossa senhora, urgentemente. Levai-me até ela!

Marconde obedeceu, pedindo-lhe que o seguisse. Passaram pelas crianças órfãs que estavam sentadas no chão, e Lucas, o filho de Saturnina que, com eles, ria alegremente, pelas histórias que Ester contava. Quem tivesse visto antes aquelas crianças que Saturnina acolhera, naquele momento, não as reconheceria. Estavam agora coradas, com as faces risonhas e olhos brilhantes, e Lucas fizera de Tadeu seu melhor amigo.

Com o pensamento a distancia e a preocupação constante, Saturnina dizia para si mesma, não ouvindo Alexus que entrava: "Preciso defendê-los. Precisamos fugir".

Alexus chegou de mansinho, mas seu profundo suspiro acusou-o, e ele relatou contrafeito:

— Ave, senhora.

— Alexus, o que vos traz aqui? — indagou Saturnina, erguendo-se de inopino do triclínio, assustada, onde matutava sobre suas más intuições.

— Venho vos advertir de que deveis partir o quanto antes.

— Perseguições? Novas perseguições, por isso me procurais?

– Sim.

– Mas por que razão, visto que Nero está morto? Ele não perseguira os cristãos pelo incêndio romano? Qual o motivo, agora, de tamanha desgraça?

– Nossa Roma estará participando de uma imensa guerra com os revoltosos da Judeia, em breve, como deveis estar ciente. O general Vespasiano, proclamado por suas tropas como imperador de Roma, já mandou seu filho Tito para eliminá-los. Com nossa revolta contra a Judeia, tudo se complicou. Domiciano sacrificará todos os que não o tratarem como Deus e fizerem culto a ele. Então, o povo como que enlouquece para apanhar os cristãos. Mentem e acusam, dando desculpas miseráveis, tendo como meta o sacrifício.

– Mas por quê? O que têm os cristãos a ver com essa guerra?

– Creio que a plebe se revolta com tudo o que diz respeito à sociedade hebraica. Acontece que o Cristianismo é nascente na Judeia, entre os judeus. Entendeis agora? Novas perseguições estão à porta e, seguramente, temo por vós.

– No entanto, sou romana e descendente da nobreza. Além do mais, penso que ninguém pode afirmar que sejamos cristãos, e muito menos judeus!

– Vós mesma correis perigo, patrícia – penalizado e mais tranquilo, Alexus a alertou.

Saturnina, testa franzida, pousou os olhos preocupados no romano e sentou-se no triclínio, onde antes estava, indagando ao amigo:

– Quem me denunciou?

– Olhos perspicazes, anos atrás, viram-vos no cárcere, visitando pessoas cristãs...

– Sim, visitávamos Horácio, meu servo, e outros amigos. Mas quem me acusou?

– Algum centurião que vos conheceu, isso não importa.

Com gesto de total renúncia, ela desabafou:

– Ah... Preciosos momentos de fraternidade na paz de uma Terra sem guerras é o que todos nós desejamos. Contudo, eu estou preparada. – E, suspirando profundamente, continuou: – Agradeço-vos, meu amigo. Preciso me preparar para levar as crianças para bem longe.

E, olhando para Alexus, que mostrava seus olhos brilhantes, admirando o interior daquela alma sem maldades, concluiu:

– Quando o Cristianismo tanto se alastra com raízes profundas, alimentando tantos corações sedentos de consolo, paz e alegria, o mal reaparece, como que não permitindo que as pessoas sejam melhores e a Terra se transforme e se reabasteça, com as flores e o perfume do amor. Sempre a luta do mal contra o bem... Sim, partiremos o mais breve possível.

– Lembrai-vos, senhora, de que, quando temos no coração a fortaleza do querer, sempre obteremos sucesso.

Resguardou-se do anseio de apertá-la nos braços, como a defendê-la do mal.

Ester e Marconde, que entravam e prestaram atenção nas palavras de Alexus, voltaram-se rapidamente. Ela para preparar a bagagem de todos, ele para encilhar os cavalos e arrumar a carroça com os mantimentos possíveis. Mas... para aonde iriam?

Alexus continuou:

– Levai os vossos para a Alexandria, *domina*. Tenho residência lá. Ficarão todos bem instalados. Quando lá chegarem, procurai a taberna de Domenico Prósfiro, e ele vos mostrará nossa residência.

Saturnina lembrou-se das palavras de Porfírio no sonho e notou que os amigos da espiritualidade os estavam protegendo.

– Fugir para a Alexandria como Jesus criança... Obrigada, Alexus. Sois uma alma caridosa e grande amigo. Nós aceitamos.

Ele não se susteve e apanhou-lhe as mãos, beijando-as. Como que comovido, disse a ela:

– Senhora, é o mínimo que posso vos fazer depois de todos os cuidados que tivestes com minha filha em Herculano. Marius também levará para a Alexandria sua família. Visitar-vos-ei em breve.

Saturnina, agradecida, levou-o até a porta e despediu-se do amigo, indo arrumar suas coisas.

Luzia estava à morte. Sempre negativa e impaciente como de mal com a vida, enchera seu organismo de úlceras cancerosas. Ainda nela, habitava o ódio e o pavor por tudo e por todos aqueles que discordavam da política romana. Não quis visitar Dulcinaea em Herculano, a menina que criara como sua filha, por estar em desacordo com a seita que a jovem mãe abraçara. Dessa forma, ficara totalmente distanciada e alienada das notícias familiares. Mas Dulcinaea, alimentando na alma o perdão, adquirido pelos ensinamentos cristãos recebidos, que nela florescera através da compreensão que sentia pela mulher que tinha como mãe, lamentava aquela alma triste e infeliz. O próprio Alexus não mais aturava o mau humor da esposa e saía quase todas as noites, direcionado-se sempre à casa de seus companheiros, com a finalidade de obter um pouco de harmonia em sua existência, já conturbada pelo receio das revoltas aos cristãos que, vez em vez, absorvia-lhe a paz. E isso foi o estopim para que a doença se alastrasse na pobre patrícia, que sentia imenso cansaço em viver. Mas seu mau temperamento não foi o motivo para que Dulcinaea a abandonasse. Pronta para ir ao Egito, conforme seu pai pedira, ao saber da doença terminal de sua mãe, por Félix, saiu do sítio de seu esposo e foi se dedicar à sua progenitora em seus últimos momentos, quando essa mais precisou de afeto e cuidados. No entanto, naquela casa, havia um homem revoltado, com pensamentos malévolos. Félix, que não olhava diretamente para ninguém, sempre cabisbaixo como se não quisesse que descobrissem sua verdadeira personalidade, odiando a nobreza de seu senhor e a vida boa que ele tinha, em desacordo com a sua de escravo, sabia o que fazer.

– Minha filha, por que não foste com os outros para a Alexandria? – inquiriu seu pai, espantado por vê-la entrando em casa e indagando pela enferma.

– Vim para cuidar de minha mãe.

– Que bom que vieste, minha filha.

Abraçou Dulcinaea, que entrava com Rufino, este levando sobre os ombros a bagagem de sua senhora. E continuou:

– Quando o médico me falou, nesta semana, que ela está à morte, fiz questão de cuidar dela pessoalmente, no entanto, como tens ciência, tua mãe necessita de cuidados especiais que não lhe posso dar. O dever também me prende ao governo. Isso porque ela não deseja os escravos próximos ao leito. – E olhando-a com carinho, aludiu: – Perdoa-me filha querida, pois, a este momento, já deverias estar longe. Eu não sabia que Luzia estava tão mal. Foi de uma hora para outra e foi bom Félix ter te avisado. Hoje, ela quase não fala. Fica com os olhos sempre fechados e, vez em vez, tem alucinações, gritando nomes estranhos...

– Minha viagem ficará para mais tarde.

– Mas não te preocupes com as perseguições cristãs. Aqui em casa, sei que estarás segura. Jamais alguém, conhecendo-me, iria fazer buscas por cristãos aqui nesta casa.

– Sei disso. Neste momento, minha mãe é o mais importante, não penso em perseguições. Mamãe merece todo o meu zelo. Estou triste por ela e ficarei aqui até o momento em que ela partir desta vida. Desejo servi-la em tudo o que ela desejar.

– E teus filhinhos?

– Meus filhos foram com o pai encontrar-se com Saturnina no Egito. Marius foi a contragosto, levando consigo a ama de leite, conforme aconselhastes. Aqui, eu teria que me desdobrar com as crianças e, por certo, seria difícil cuidar tão bem de mamãe. Juro, papai, que, apesar de nossas diferenças, farei o possível para que ela esteja bem neste final de vida. Vou falar com ela sobre Jesus, salvador de todas as almas.

– Mas, por certo, ela não vai desejar te ouvir.

– Com calma, tendo uma oportunidade, devagar, vou lhe explicar que Ele é nosso Salvador, assim, partirá mais tranquila.

Com profundo suspiro, Alexus se expressou:

– Todos nós morreremos um dia, mas nunca saberemos quando esse momento chegará. Estamos nas mãos firmes dos deuses que, quando querem, retiram-nos da vida, diretamente para o Hades. E perdemos tudo. O que temos, nossos afetos e...

– Meu querido pai, vós falais isso porque desconheceis a verdade e só ela poderá proclamar-vos que jamais morreremos!

– Não entendo por que dizes isso. Aprendeste com Jesus, de quem tanto falas, o contrário?

– Meu pai, quero só que não vos preocupeis com o Hades. Jesus contou a Seus discípulos que "na casa do Pai, há muitas moradas" e deve ter dito isso porque, logicamente, cada um de nós irá para a morada que está de acordo com nossa maneira de pensar e de ser.

– Se isso for verdade, nos trará muita esperança, filha minha – e, dando-lhe um beijo na testa, despediu-se.

– Agora, deixo-te com a enferma. Voltarei ao findar da luz solar.

Dulcinaea pediu para a escrava Enéia auxiliá-la, levando para o dormitório de sua mãe algumas coisas de que necessitava. Alzira, disponível de corpo e alma para Dulcinaea, pois fora sua ama de leite, também se revestia de mil cuidados, sem se aproximar do leito, de acordo com a vontade de Luzia.

– Quem está aqui?... – perguntou a enferma em um momento, com voz muito baixa, pressentindo mais pessoas na casa.

– Sou eu, vossa filha. Vim cuidar de vós. Desejais alguma coisa em especial, minha mãe?

– Eu? Eu desejo que partas... – respondeu alterada. – Vai embora!

– Não, eu vim cuidar de vós.

– Eu... não preciso... de tua ajuda. Vai!

– Mamãe, perdoai-me. Perdoai-me por não ter sido aquela filha que desejaríeis que eu fosse e por todas as coisas que deixei de vos fazer. Pelo amor que vos neguei...

– Ora, sabes muito bem que não saíste de mim. Teu pai deve ter-te contado.

Dulcinaea ficou chocada com aquela revelação. Então conhecia, agora, a verdade. E a matrona enferma continuou:

– Assim sendo, eu também não fui o que tu desejarias que eu tivesse sido, uma mãe. Não te amei. Foste um estorvo no meu casamento. Destruíste toda a ilusão que eu, tão jovem, desejava ter, tendo que ouvir choros e limpar panos sujos – desabafou abalada.

– Perdoai-me por isso, mamãe. Mas, mesmo assim, fostes, todo esse tempo, a pessoa que teve caridade para com uma pequena órfã de mãe.

Luzia aquietara-se, e Dulcinaea continuou:

– Mas vamos esquecer a tristeza, porque o passado

jamais voltará. Ficaria feliz se vós imaginásseis um lugar muito lindo que gostaríeis de visitar.

– O Hades! É para lá que eu vou. O lugar das sombras e dos mortos. E... eu nada desejo ouvir... de tua boca. Teu pai me falou que jamais me amou. Usou-me para cuidar de ti, terminando com meu sonho de juventude! Fiquei com vontade de tirar tua vida, mas tive que te aturar.

Dulcinaea se condoeu, mas não se magoou. Sentia-se, sim, culpada por, só agora, compreender a verdade e revolta de sua mãe e as consequências adquiridas por sua rebeldia e a não aceitação das coisas. Imaginou-a jovem e cheia de ilusões com o homem que amava, e que a usara somente para dar uma mãe à filha órfã.

Agora, sim, a compreendia, pois colocava-se em seu lugar. Aquela mulher ali, no leito de morte, tinha dentro de si a mágoa, e ela, Dulcinaea, sempre lhe fora um estorvo, ainda mais quando Luzia soube, pelos próprios lábios de Alexus, que ele jamais a amara, mas, em troca, oferecera-lhe um lar, roupas belas e joias, as festas e os compromissos sociais nos lugares charmosos da corte, em troca de um pouco de amor e cuidados à sua filhinha adorada.

"Quem compreende não se magoa", dizia a si mesma Dulcinaea. Precisou Jesus entrar em seu coração para que ela começasse a entender o ser humano. Sabia de tudo o que Jesus havia passado. O próprio povo o havia injuriado, maltratado, atormentado, além de desejar tudo dele, sem lhe dar retorno em nada, nem no momento de seu sacrifício. E, ao imaginar o sofrimento do Mestre, ela Lhe agradecia, porque o infortúnio que ela passava no momento era tão ínfimo... Pouquíssimos homens compreenderam o Mestre, e ela mesma sempre fora tão feliz em seu lar, recebendo o amor imenso do pai, por que não entender a mulher que a criara como filha? Então, pensou em falar com a enferma sobre o pequeno Marius, para que Luzia se alegrasse um pouco.

– Lembrai-vos do pequeno Marius, minha mãe? Há meses, não o vedes. Está tão lindo e esperto... Uma vez, certo homem bom nos disse que deveríamos ser como crianças puras e inocentes. Somente dessa forma, disse-nos Ele, seríamos felizes e, quando morrêssemos, poderíamos ir para lugares esplendorosos, que nossa imaginação, hoje, não consegue alcançar.

Luzia permanecia calada enquanto que a filha continuava:

– Nosso sítio, que não conheceis, tem um belo campo verde, com um caminho de ciprestes altos, lado a lado, que vai até nossa moradia. Se andarmos nesse caminho, à procura do jardim que está além, mamãe, vamos encontrar um lago que reflete o céu azul, límpido, em contraste com o verde brilhante do jardim florido. Nós jamais havíamos nos dado conta da beleza que tínhamos ali, até alguém nos alertar. Assim também, quando estamos na Terra, minha mãe – continuou, com os olhos úmidos –, e buscamos nossa felicidade sempre além, sem a encontrarmos, algo que diversas vezes não sabemos o que é, mas, quando a procuramos dentro de nós, voltamos a ser aquela criança pura, inocente e feliz. A felicidade está sempre aqui, em nosso íntimo, aguardando para ser descoberta. Ela é o equilíbrio e a harmonia sublime, e, com ela, encontramos a paz ao fim do caminho, onde nos espera a mais elevada revelação: um mundo cheio de surpresas de amor.

Olhou para Luzia e viu que ela estava derramando lágrimas. Então, continuou:

– Assim o andarilho nos ensinou. Trazia os braços carregados de flores para nos entregar aquela revelação, e muitos não o quiseram ouvir. Ele afirmava que, só através do amor, poderemos ser felizes. Mas quando temos tudo, riqueza, alegria e uma família exemplar, e ainda nos sentimos infelizes como eu me sentia, é porque nossa felicidade está no olhar do faminto quando recebe o alimento, no cobertor daquele que tem frio, no acalento à criança abandonada, nas palavras confortadoras para o desesperado e no auxílio àqueles a quem amamos. E, quando o andarilho partiu sozinho, nada tivemos para lhe retribuir, a não ser desesperanças, lamúrias e queixas. Amou a todos nós, minha mãe, e Ele quer que vós O aceiteis também.

Colocou um pano alvo com água fria na fronte da mãe, que muito suava, e continuou:

– E pergunto a vós, esse homem bom merecia sofrer?

– Não... merecia – Luzia segurou com forças a mão da filha e falou ainda – ... tenho medo... minha filha. Tenho medo de... morrer.

– O andarilho sofreu muito por nós, mas nos deixou a consolação, dizendo-nos que somos imortais.

– Co... como?

Dulcinaea, vendo que a sua mãe se interessava pelo assunto, concluiu:

– Ele foi crucificado e ressuscitou, aparecendo depois àqueles a quem ensinava, para lhes dar a certeza de que jamais nós morreremos, minha mãe.

– Isso não pode ser ver... dade.

– É verdade. Pessoas o viram. Quando precisamos dele, minha mãe, ele vem para curar nossas feridas, dando-nos esperança e fé.

– Pois... chama esse homem, filha... desejo vê-lo.

Dulcinaea ajoelhou-se e orou com todo fervor a Jesus para que sua mãe pudesse enxergar sua imagem mentalmente e, com isso, partisse tranquila. E, depois de segundos, teve a confirmação.

– Sim... Talvez seja Ele quem está aqui, cheio de luz. Disse-me o jovem que... na casa do Pai, há muitas... moradas...

– Vistes, minha mãe? Ele jamais nos abandona.

– Como ele se... se chama?

– Chama-se Jesus.
– O Cristo?

Dulcinaea, sorrindo, confirmou, e Luzia ainda disse:
– Como eu... estava errada... filha... Perdoa-me...
– Jesus jamais julga e eu também não vos julgarei. No entanto, agradeço toda a renúncia de vossa vida para que eu fosse educada.

E, nesse minuto, Luzia, sorrindo, deu o último suspiro, deixando sua mão cair sobre o vestido da filha.

"Reconcilia-te depressa com o teu adversário". Dulcinaea cumprira sua parte. Ela continuou sentada ao lado da mãe e, apanhando sua alva mão, muito chorou. Toda partida é triste, mas, quando se sabe que pouco se fez para a pessoa que vai, a dor nos parece mais intensa. Essas palavras estavam circunscritas em seu pensamento. Chorava por não ter compreendido a mulher amarga, que não tinha sido amada como desejava. Sabia agora que, se tivesse aprendido sobre o Cristianismo naquela época, jamais teria falhado como falhou todos aqueles anos, isolando sua mãe por não se sentir aceita por ela.

Enquanto esse fato se passava, Félix, quando soube da desencarnação de sua senhora, através de Enéia, saiu sorrateiramente para o caminho do Quartel dos Pretorianos, na Via Nomentana. Cabisbaixo, manto sobre a cabeça, o escravo deixava o lugar onde belas residências ornamentavam a velha Roma, seguindo pelas vielas frias, empoeiradas e mal iluminadas. Ia resoluto. A severa senhora estava morta, esse seria o momento para se vingar daquele magistrado pelas humilhações recebidas e engolidas por todo o tempo de escravidão que tivera. Entregaria a filha maldita ao cárcere, como cristã.

Ao chegar lá, procurou o chefe dos pretores:

– Preciso fazer uma denúncia, pretor.

– O que acontece? Que desejas? Solta a língua, escravo miserável! – impôs a ele o soldado da guarda pretoriana, sem paciência por ver que o escravo estava ansioso e permanecia calado.

– O que ganho se denunciar alguém como cristão, que está, neste momento, na casa de um dos mais nobres homens de Roma?

– Ora, não temos tempo para esse tipo de discussões. Abre logo sua boca e fala!

– Mas o que recebo?

– Vamos, fala antes que te prenda também.

– Há uma cristã na casa de Alexus Romenius, nobre homem da política romana. Sua filha Dulcinaea.

– Ah, ah, ah. Essa é muito boa! Acaso achas que acreditarei numa bobagem dessa? Conheço muito bem esse homem. Sai daqui! – ordenou, apontando o dedo para a rua. – Deves ser um escravo de Romenius e queres vingar-te dele.

– Pensai o que desejardes. Vereis, mais tarde, que eu estava com a razão.

Sem ter recebido valor algum, Félix voltou para a residência de Alexus.

Lisandro Séptimus, homem sem caráter e vingativo, um dos maiores perseguidores dos cristãos na época de Nero, viu o escravo sair e ficou pensativo. Não se acusava ninguém da nobreza como cristão naqueles dias, somente os mais infelizes escravos e homens do povo e aquilo deveria ser, sim, uma acusação vingativa. No entanto, se isso fosse verdade, Alexus seria apontado como traidor e isso faria o Senado "ruir" aos olhos dos nobres. Mas não seria complexo decifrar esse enigma. Iria pesquisar o assunto, afinal o tributo seria dele próprio.

Pensando um pouco, ficou de contar ao próprio Alexus sobre o que lhe fora denunciado, mas achou melhor seguir às escuras, para, então, ganhar alguma insígnia a mais, sobre sua ação e presteza.

O entardecer trouxera o amargor para a casa de Alexus que, vendo cortinas escuras nas janelas e faixas assim também na porta da entrada, soube do acontecido. Dulcinaea estava aguardando-o no jardim e, quando o viu, correu e se atirou em seus braços.

– Oh, papai, ela só me esperou chegar... nem pude conversar muito com ela.

– Ela se foi? E como ela partiu, filha?

– Conheceu Jesus e pediu-me perdão, mas eu descobri que seria eu a lhe pedir que me perdoasse por não tê-la compreendido.

Dulcinaea não quis dizer ao pai que soube da verdade e o abraçou fortemente, chorando.

– Minha filha, aproveita, então, para ir ao encontro de teu esposo e filhos. Arruma tuas coisas que partiremos logo depois de o corpo ser cremado.

– Já estou pronta, meu pai. Aliás, eu nada tirei da bagagem.

Nisso, bateram à porta.

– Há uma guarda pretoriana aí, senhor – avisou Félix, abrindo a porta com sorriso sarcástico.

– Deixa-os onde estão, que irei ter com eles – ordenou Alexus.

– Lisandro Séptimus se apresentando, magistrado – cumprimentou-o o pretor diante da surpresa de Alexus.

– O que vos traz aqui, pretor?

Dulcinaea se aproximou e ouviu seu pai dizer:

– Isso é uma calúnia. Minha filha não é cristã!

– Foi vosso servo quem a acusou.

Alexus virou-se para ver a fisionomia do culpado, mas ele já não estava lá. Somente quis perceber o desespero de Alexus e fugir.

— Enéia! Alzira! Vinde aqui. Onde está Félix, o miserável escravo? – perguntou.

— Pai, nada façais. Ele somente disse a verdade.

— Verdade? Que verdade é essa a que te referes, minha filha?

E, virando-se para Lisandro, comunicou:

— Pretor, podeis ir em paz, porque isso foi uma calúnia. Aqui todos somos adoradores dos deuses romanos, e vocês estão cansados de saber disso!

— Menos eu, soldado. Podeis levar-me, porque não devo abjurar a Jesus – disse-lhe Dulcinaea.

— Não, não! Não deis razão para o que ela diz! Sua mãe acaba de perecer e Dulcinaea está abatida e sofredora. Quer morrer porque sua mãe morreu. Enéia, vem cá! Dize para o pretor onde está a mãe de Dulcinaea – gritou o homem, preocupado.

Enéia chegou correndo e, gaguejando, relatou:

— Ela morreu há poucas horas.

— Podeis subir para vê-la, Lisandro. Vede com vossos próprios olhos como não estou mentindo – ponderou Alexus.

— Sim, subi – pediu Lisandro ao grupo.

Os soldados subiram e verificaram que era real.

— Senhor, essa é a realidade. A mãe dessa jovem ainda nem esfriou – disse um dos soldados.

— A esposa de Alexus está morta — confirmou o outro soldado para o pretor, atenuando o olhar desconfiado de Lisandro.

— Bem... se todos confirmam a demência de sua filha, nada mais devo fazer aqui.

Deixou a residência; no entanto, não desistiria. Voltaria dias depois.

Alexus abraçou a filha, dizendo:

— Minha filha, por que razão quiseste te entregar? E agora, o que faremos? Ele voltará. Conheço a persistência desse homem da lei.

— Mas ele não é vosso amigo, meu pai?

— Ninguém é amigo nesta Roma, quando poderá tirar vantagens com o imperador, minha filha.

— Mas eu falei a verdade. Não poderei fugir dela.

— Mas, minha filha, e teus pequenos? O que será deles sem a mãe? E deixarás teu esposo para se casar novamente com quem poderá abandonar teus filhos?

— Oh, papai! Eu estou completamente desconcertada!

— Filha querida, tu irás para a Alexandria hoje ainda.

— Mas e a mamãe? Iremos deixá-la assim, sem dar assistência e respeito ao corpo que tinha?

— Aguarda. Vou sair agora, mas logo voltarei. Tenho

amigos leais – comentou Alexus, dando-lhe um beijo na testa. – Rufino, teu fiel servo, Alzira e Enéia ficarão ao teu lado, minha filha, portanto, não saias daqui.

Via-se que o pai de Dulcinaea tinha uma ideia em mente.

A filha de Alexus imaginava que a espera poderia lhe ser fatal, mas se culparia por toda a existência se abandonasse sua mãe, que, nos últimos momentos, voltou-se para ela.

A noite caíra rapidamente. O outono já apontava, estimulado com seus delírios cortantes de friagem e vento, o desfolhar das árvores da cidade e a cobrir de um cinzento amargo o céu romano. A filha de Alexus, tristemente, entregava-se ao destino que lhe estava reservado. Então, orou por sua mãe, para que Jesus de bondade permitisse que ela fosse auxiliada e, mesmo sem ser cristã, fosse acolhida e amparada. O esposo de Luzia havia saído de casa, extremamente apreensivo por sua única filha. Nada de mal poderia acontecer a ela, porque, se assim fosse, ele não suportaria. Que desventura seria sua vida sabendo-a sacrificada com uma morte terrível em cruzes, animais ou fogo... Seria como perder novamente a mãe que a gerara.

Procurou, em sua casa, o amigo Firminus Trajanus, nobre cidadão em quem confiava por seus predicados de moral e respeito ao ser humano, que, naquele momento, poderia lhe ser muito útil.

Percorrendo vias escuras de Roma, com sua biga dirigida por dois cavalos árabes, chegou até um lugar mais amplo e iluminado por tochas de fogo, onde belas residências romanas erguiam-se, como a mostrar o poder ilusório dos valores materiais, que os mais ricos gostavam de ostentar. O pai de Dulcinaea deixou os cavalos à frente daquela residência e olhou para o céu que escurecia. Em sua atitude inquieta, suspirou profundamente, lembrando-se do Cristo ao qual sua filha tinha tanto apreço. Então, enviou a Ele um apelo sentido:

"Cristo! Estou desesperado. Perdi minha esposa hoje, que, apesar de tê-la a distância por penosas diferenças de atitudes, era minha companhia, mas vos imploro: que eu não perca meu único arrimo! Auxiliarei vossos aliados onde estiverem se conseguirdes salvar Dulcinaea."

Ajoelhou-se em plena rua deserta, olhando sempre para o céu. O vento forte reiniciou seu trajeto, lançando sobre ele as folhas secas da árvore próxima. Isso, contudo, para Alexus, que sempre fora otimista, eram as bênçãos que estariam por vir. Então, adentrou na residência erguendo o busto de nobre e orgulhoso romano, recompondo-se, já mais fortalecido pela esperança.

– Alexus, salve, prezado magistrado! Por todos os deuses, o que vos traz aqui em uma hora destas? Jamais assim o fizestes, meu amigo!

– Firminus Trajanus... minha esposa se foi – respondeu Alexus, cabisbaixo.

Os olhos do amigo se abriram mais, e ele abraçou-se a Alexus, consternado.

— Vinde, sentai-vos aqui, à minha frente. Sinto muito, Alexus. Sei que tivestes vossos atritos com Luzia, mas sempre a respeitastes. E vossa filha sabe disso?

— Minha filha está em nossa casa. Mas está completamente consternada e fora da razão. Meu amigo, eu necessito de vosso auxílio, preciso tirá-la de Roma, não poderei deixá-la aqui para as exéquias. Não sei o que fazer.

— Mas o esposo, e a família do esposo?

— Todos estão muito longe, fora de Roma. Levaria dias até que viessem apanhá-la, e preciso tirá-la o quanto antes da presença da morte para levá-la ao seu esposo. Eu a levaria, mas não seria justo deixar minha falecida esposa sem as exéquias necessárias.

— Sim, isso é lógico, afinal, ela, durante muitos anos, usou vosso próprio nome, hoje um nobre nome... Mas penso que vossa filha poderia partir se conseguirdes uma pessoa de confiança para levá-la. Lisandro é um pretor correto e poderá viajar com ela.

— Não, amigo Firminus. Ela se sentiria desconfortável; afinal, ele é jovem e bem-apessoado, e ela é casada e bela. Penso que isso pioraria sua neurose atual.

Com a mão sobre o queixo, desejando auxiliar o amigo, Firminus, em um átimo, ergueu-se e confirmou:

— Já sei o que fareis! Conheceis o grego Demétrius?

Sim, deveis conhecê-lo, porque vossa filha conhece muito bem Tília, sua esposa. O próprio Demétrius, cuja residência está próxima, esteve ceando nesta casa com a esposa, uma mulher de cor, princesa em seu país e de uma beleza extraordinária, com aqueles grandes olhos azuis. Bem, isso não vem ao caso. Quando eles estiveram aqui ceando comigo e quando falei em vosso nome e de Dulcinaea, que vos abençoa com tanta beleza, ele comentou que Tília a conhecera muito bem e a apreciava. Ele vos ajudará. Quem sabe Tília e alguns de seus escravos poderão ir para fora de Roma com Dulcinaea. Desejais ir até lá amanhã?

– Penso que deveria ir agora.

– A esta hora, meu amigo? Não seria uma ausência de atenção àquele amigo? Bem, mas uma morte é uma morte. Vamos.

Alexus sentiu-se aliviado. Lembrara-se de que vira o grego e Tília com Saturnina em Herculano.

Firminus Trajanus foi com Alexus até a casa de Demétrius, e este, recebendo-os muito bem, assentiu que Tília acompanhasse sua filha na viagem até Óstia, contanto que seus escravos de confiança, Sula, nova entre eles, mas distinta, Vitório e Clarêncio a acompanhassem.

"Minha filha se salvará – pensou Alexus –, e ainda com todos esses conhecidos cristãos, sentir-se-á com sua família."

Dulcinaea estava preocupada. Já era noite alta e seu pai não havia voltado. Então, aguardou-o por mais tempo sem subir, para não ver novamente a face cadavérica da morte, como dizia. Quando viu chegar a biga e uma carroça fechada com Tília e os outros dois escravos que Dulcinaea tanto conhecia, ela sorriu, correndo até eles.

Alexus desceu da biga e, aproximando-se da filha, disse-lhe em tom de exaltação:

– Finalmente conseguimos, querida. Estarás livre! Mas, para a viagem de navio, tens que levar contigo Alzira e, quem sabe, também Rufino? Ele ainda está aqui à tua espera?

– Sim, ele ainda está aqui.

– Darei a ele os valores para a viagem e, depois, avisarei Petrullio e a senhora Veranda.

Dulcinaea jogou-se aos braços paternos.

– Como conseguistes isso, meu pai? Conheceis Demétrius e essas pessoas?

– Sim, eu os vi em Herculano, lembras?

– Tília, Clarêncio e Vitório são pessoas dignas e boas – comentou sua filha

– Tudo está resolvido. Firminus Trajanus auxiliou-me. Tília e sua escrava Sula, juntamente com Vitório e Clarêncio, que já conheces, escravos do senhor Demétrius, acompanhar-te-ão até o porto de Óstia. Assim,

Lisandro de nada desconfiará. Depois, voltarão as duas senhoras com Vitório e Clarêncio e tu partirás com Alzira e Rufino para o Egito, onde, depois das exéquias de tua mãe, me aguardarás. Minha filha, ouve-me – falou, olhando-a atentamente e apanhando os ombros magros de Dualcinaea –, tens que ouvir teu pai, está bem?

– Para vosso consolo, eu partirei, sim, meu pai querido.

– Obrigado, filhinha.

Assim, Firminus Trajanus, tendo Dulcinaea como mentalmente fora de si, ao falar com o pretor Lisandro deixou este descansado quanto à denúncia vingativa de Félix e começou a perseguir o escravo fugidio, sem jamais o encontrar.

## Capítulo 22

## No Egito

> *Confirmando os ânimos dos discípulos, exortando-os a permanecer na fé e dizendo que, por muitas tribulações, nos importa entrar no reino de Deus.*
> – (Atos, 14:22)

VESPASIANO CONTINUAVA NO EGITO E NÃO SE OUvira mais falar sobre a matança de cristãos em Roma, mas somente sobre o colosso que ele mandara construir para a alegria popular, com festejos, duelos entre os prisioneiros e gladiadores e estes também com animais... Esses seriam os acontecimentos no grande circo, que estava começando a ser construído em Roma, todo revestido em mármore, sendo que seus nichos seriam adornados por muitas estátuas de romanos, do mesmo material. Grandes exibições seriam feitas naquele espetacular colosso, semicoberto e, além de tudo, gratuito para o povo. Vespasiano desejava ser endeusado também pelos romanos como os outros imperadores o foram. Porém, Domiciano continuava radiante pelo poder e já prendendo os cristãos que não o queriam adorar.

Veranda continuava no sítio não distante de Roma, sempre a esperar o retorno do esposo e do filho com o mesmo nome. Petrullio e Murilo, quando não nas legiões a trabalho, voltavam ao lar, revendo seus vinhedos e gozando a alegria de chegar à paz e tranquilidade da família. No entanto, chegaram entre os soldados os murmúrios de que Saturnina e seus acompanhantes seriam acusados como cristãos, e os dois Murilos, pai e filho, ficaram preocupados. Dias antes, a denúncia havia sido feita por um carcereiro, que vira a *domina* com prisioneiros no cárcere alguns anos antes, visitando seu escravo Horácio, que depois foi martirizado. O acusador fora Cassio Plinius, antigo soldado, que sempre fora ridicularizado por Crimércio, esposo de Saturnina em épocas passadas, enquanto era seu subalterno. Sendo expulso por ele da legião a que aderira, caiu em um precipício e, na ausência de auxílio momentâneo, ficou manco de uma das pernas. Havia jurado vingar-se do comandante de alguma forma, não importava o quanto teria que esperar. Assim, mesmo ignorando que o homem que odiava já não existia, procurou o chefe dos pretorianos, na época.

— Lisandro Séptimus, sou Cassio Plinius, ex-soldado da legião de Nero, comandada na época por Crimércio Zacaro, apresentando-me — disse-lhe o carcereiro, tocando com o punho no lado esquerdo do peito. — Sou ex-soldado, porque, conforme vedes minha deformação na perna direita, hoje me conformo trabalhando nos cárceres. Manco como um aleijado, mas isso não me impede de acusar uma pessoa, dizendo o que sei sobre ela.

E continuou, já com nervosismo na voz, porque havia chegado o momento da sua desforra:

– Tive conhecimento de que o comandante Tito já chegou à Judeia para conter a fúria daquele povo, que não soube respeitar certa liberdade que lhe concedemos, e me foi dito, que, depois de muito sangue derramado, aquela gente foi se reunir, para se defender, ou quiçá se esconder, na fortaleza acima de uma grande rocha, Massada. Mas tenho certeza de que venceremos. Todos nós estamos odiando os judeus, não é isso?

– Sei de tudo isso – censurou-o o pretor, sem muita paciência para ouvi-lo –, mas, afinal, o que queres de mim e aonde queres chegar com esse parlatório todo, Cassio Plinius?

– Toco nesse assunto porque quero vos avisar que essa revolta do povo aqui também se alastra. Ainda ontem, vi romanos gritando o "ódio aos rebeldes", com tamanho ânimo, que envolveu a turba dos menos favorecidos em explosão de verdadeira animosidade, um ódio terrível! Sabendo da guerra que estamos travando na Judeia, eles clamam, cheios de ódio, por vingança e pedem a volta dos sacrifícios de cristãos, cuja seita nasceu naqueles sítios.

– Certamente, neste momento, os judeus aqui de

*369*

Roma se tornaram inimigos do nosso povo e recomeçaram a se esconder.

– Vós achais que poderão voltar os sacrifícios humanos?

– Sem dúvida, esse povo enfurecido pode levar o imperador a agir dessa forma.

– Bem... Aqui mesmo em nossa Roma, poderei levar-vos a uma residência onde soube que, seguidamente, reúnem-se a alguns cristãos judeus, para as obscuras palestras sobre essa seita maldita – já se interessando em fazer grau com o chefe dos pretorianos, Cassio afirmou.

Lisandro suspirou indignado... e, depois de instantes, comentou:

– Ainda ontem tive uma denúncia desse tipo, vinda de um escravo pertinaz, que só me trouxe incomodação. No entanto, como és romano e foste um legionário, bem... torna-se diferente. – E Lisandro perguntou-lhe: – E onde se reúnem esses malfeitores?

O soldado acusou a antiga residência de Crimércio, mas aquele fora um local que havia sido destruído pelo grande incêndio romano e ainda não havia sido restaurado, apesar de já haver movimento de obras naquele local.

No dia seguinte, Lisandro, achando que seria bom apanhar muitos cristãos de uma só vez, pesquisou naquele local, como quem nada quer, sobre os antigos moradores da Villa de Saturnina em reparos, até saber sobre a pessoa que lá residia. Contudo, não lhe deram o nome dela e, assim, não sabia de quem se tratava. E, procurando descobrir mais, mandou chamar Cassio.

– Encontrei a nova moradia da senhora que acusas, mas, antes, uma averiguação: essa mulher é hebreia? Era escrava daquele local? Não me falaste nada sobre ela.

– Bem... ela é a esposa de Crimércio Zacaro e imagino que seja romana.

– Novamente me ludibriando essa corja de infelizes! Sai daqui! – protestou enfurecido o pretor. – Como vais desejar colocar no cárcere uma nobre romana e ainda esposa de um antigo comandante? Estás enlouquecido? Não prendemos nossos romanos por uma falha política, quando interessados nestas seitas! Sai já daqui!

– Mas, senhor, eu juro que ela recolhe judeus cristãos em sua casa, e está traindo nossas raízes. Roma adverte quem não bajula os imperadores que aclamamos como deuses!

– Bem, se desejas continuar com isso, não contes comigo. Vai até lá. A casa é próxima do Tibre e faze o que desejas – frisando bem –, se conseguires.

Anoitecia. Cassio, perturbado, não se dava por vencido. Havia aguardado tanto tempo por essa revanche, e como não encontrara mais Crimércio, sabendo-o na Sicília, tinha que agir rapidamente. Encontrou um centurião com alguns soldados fazendo a ronda na cidade e proferiu a mesma acusação que fizera a Lisandro, excluindo-se o fato de que a senhora em questão era uma nobre romana.

Estes se encaminharam para o local indicado, acompanhados do carcereiro. Depois de muito baterem na grande porta, apareceu Antoninus, dizendo-lhes que a dona da casa tinha saído em viagem, todavia, sem crer no que ouviam vasculharam a casa toda.

– Sem dúvida, não há viva alma nessa residência. Vai ver que o velho tem razão, carcereiro Cassio. Mas e tu, velho, onde moras? – inquiriu-o o centurião.

Com certo receio, ele confirmou:

– Logo ali, depois das árvores, em pequena casa, com mulher e filhos.

Empurrando-o, Cássio, extremamente empenhado em concluir o que havia iniciado, elucidou:

– Eles devem ter se escondido lá. Vamos até lá.

Rapidamente, os soldados marcharam até a casinhola enquanto Cassio, mancando, ia o mais rápido que podia para não perder o espetáculo que lhe animaria a alma vingativa. Adentrou no casebre apoiando-se em um móvel para não cair. Seus olhos aguçados especulavam ao redor, na ânsia em rever *domina* Saturnina. A esposa de Antoninus meteu-se em um canto, abraçando as crianças como a protegê-las, coração aos pulos, com olhos inquiridores ao esposo, que parecia mudo, tal o medo.

– É essa mulher a quem te referes? – indagou o centurião a Cassio.

– Não, não é essa – redarguiu Cassio desiludido.

— Dize-me, velho, vós sois cristãos? – indagou, então, a Antoninus.

— Na... Não! Nós nem conhecemos o Cristianismo.

— Tens certeza? E por que estais morando aqui, no mesmo jardim da senhora que procuramos?

— Porque... porque ela nos acolheu. Nós não tínhamos onde morar.

Cassio, no entanto, achou que resolveria o caso.

— Olhai, Marcus Servius. Como centurião, tendes o direito de realizar a prisão de todos aqui.

— Mas eles não são cristãos nem judeus. Por que o faria?

— Ora, com isso tiraremos a prova. Se prendê-los, certamente a mulher que procuramos se apresentará para libertá-los. Dizem que esses incendiários agem assim.

— Isso foi inteligente, Cassio. Sim, todos irão para o cárcere. Aprumai-vos todos, soldados! Apanhai o velho, a esposa e as crianças.

Desesperados, temendo a mão romana perseguidora, a esposa de Antoninus abraçou-se às crianças, implorando:

— Senhor, não temos culpa de nada nem sabemos a respeito da vida particular da senhora que nos retirou das ruas. Por favor, não nos leve!

Mas Marcus Servius fez que não os ouvia, vendo os

soldados, aos empurrões, amarrarem todos para levarem-nos à prisão. No cárcere, Antoninus foi maltratado até conseguir abrir a boca e contar onde Saturnina estava.

Os dias passavam lentamente. A plebe de Roma se contorcia em revoltas ocultas contra Jerusalém e todos os judeus e, ao saber da vitória alcançada por Tito, avançou nas ruas gritando: "Morte aos inimigos de Roma! Judeus e cristãos no circo!

Cassio, perturbado com a obsessão de vingança, transcorria, seguidamente, ao quartel dos pretorianos.

– Não, Cassio, não me desgastarei em ir até o Egito com meus soldados, por causa desses míseros infames e de uma senhora que fez questão de escondê-los – respondeu-lhe Marcus Servius, contrariado. – Roma nos precisa aqui! Isso será uma perda de tempo diante das atrocidades que se amontoam lado a lado. Como disseste, ela chegará a nós, pois deve ter bons informantes... Aguarda mais um pouco e esquece-a no momento. Tendo Antoninus e sua família em nossas mãos, no cárcere, a matrona voltará para libertá-los. Dizem alguns romanos daquele local que sua bondade "inferniza", pois coloca, em sua casa, toda espécie de gente.

Com a volta de Tília e os escravos, Demétrius estava radiante. Ele permanecia bajulando sua amada Tília, fazendo-lhe todas as vontades. Enfim, estava o casal vivendo realmente o amor, com seu bebê, enquanto que Demétrius Darius abraçava agora o comércio, enriquecendo rapidamente.

Um mês antes desses fatos, agora transcorridos, Romério e Raquel haviam saído de Jerusalém, voltado a Roma e, assim, evitando a revolta assustadora que estava por vir. Todavia, não voltaram sós. Levaram consigo os mais queridos familiares da jovem esposa, imaginando logo serem recolhidos por Saturnina. Chegando, estranharam a casa escancarada e quase vazia, sendo habitada por vândalos. Cerrando as portas novamente e deixando tudo em ordem pelas mãos da fiel Raquel, Romério foi procurar por Antoninus, sem encontrá-lo.

– O que podemos fazer, meu amor? Temo pela senhora e por todos aqueles que ela ampara – confessou Raquel. – Temos de agir rapidamente.

– Penso que é melhor eu ir procurar por Murilo Petrullio ou Alexus Romenius, já que fazem parte do governo romano; eles devem saber o que está acontecendo e onde se encontra a senhora Saturnina. Mas antes vou dar uma chegada nos cárceres do Esquilino. "Que eles não estejam lá" – falou a si mesmo.

– Ide, meu amor. Façais o que seja melhor, mas trazei-me logo notícias.

Alexus estava pensando em preparar a viagem para se encontrar com a filha no Egito quando surgiram compromissos inadiáveis e, estando próximo à porta da entrada para sair, eis que deu de frente com Romério, que vinha chegando.

— Ave, Romério! Que bons ventos te trazem de retorno à nossa bela Roma, a mais grandiosa de todas as praças! — comentou alegre ao vê-lo.

— Ave, nobre Alexus. Viemos eu e Raquel da Galileia, trazendo alguns familiares mais caros. Jerusalém está parecendo uma desgraça, um inferno de dor, choro e tristeza. Mesmo sendo romano, penalizo-me por aqueles que lá ficaram, aos quais aprendi a me afeiçoar.

— É, mas eles mereciam isso. Povo orgulhoso aquele, não tem um mínimo de aceitação. Fomos tão indulgentes com eles, permitindo que mantivessem suas crenças, mas por trás da aparência agradável que eles nos demonstravam, grande ódio se inflamava, e tanto, que tivemos que agir de outra forma.

— E por que não fostes para essa guerra, nobre Alexus?

— Voltei não há muito das tropas de Galba, meu amigo.

— Muito bom o que aconteceu. Sem Nero, eu vejo Roma agora mais saudável, mais ativa.

— Contudo, ainda desejando sangue dos inocentes. Aconteceram muitas coisas nestes anos que estiveste fora, Romério, também conosco. Minha esposa ficou doente, tanto que faleceu. Perdi a companheira e, mesmo com o temperamento que ela tinha, faz-me falta sua companhia. A casa sozinha tornou-se um mausoléu verdadeiro – Alexus suspirou profundamente. – Suas exéquias foram três dias atrás.

– E agora, o que pretendeis fazer? Permanecer nesse palácio a sós?

– Tentarei refazer minha vida, afinal, ainda me sinto forte e vigoroso como um leão. – depois, indagou a Romério. – Como a família de Raquel conseguiu vir?

– Raquel trouxe esses parentes mais próximos por meu intermédio, caso contrário, não teriam como passar.

– Mas onde te alojaste, com tua bela Raquel?

– Ao chegarmos, fomos ver a senhora Saturnina, mas vimos que sua casa fora invadida. Vândalos estavam morando lá. Ficamos resguardando a moradia.

– Bem pensado, pois ela deixou tudo em ordem... eu mesmo presenciei isso. Antoninus, o caseiro, cuidou de tudo.

– Pois é, mas Antoninus e sua família lá não estão; no entanto, alguém colocou aqueles vândalos para dentro. Onde está a senhora Saturnina? Antoninus foi com ela?

– Pelo que eu soube, ele não quis ir, mas sua senhora viajou para a Alexandria levando todos os seus hóspedes, inclusive minha filha está lá.

– Silvina também? Raquel desejava vê-la, assim como a Ester.

— Sim, Silvina voltou para a casa de Saturnina como o verdadeiro "filho pródigo".

— O quê? Conheceis já as recomendações laboriosas de Jesus sobre o amor da família?

— Vivendo dias com minha filha, sabes que me transformei um pouco. Mas fiz de tudo para que ela tirasse a ideia do Cristianismo de sua cabeça, sem conseguir. Ela cada vez está mais rigorosa em sua fé. Acreditas que soldados estiveram aqui para apanhá-la, acusada que foi pelo ingrato Félix?

— Ora, por que ele fez isso? Sempre fostes tão bom para com vossos servos.

— Vingança, talvez. Ou inveja. Vi-o olhar-me atravessado algumas vezes.

— Nobre Alexus, se formos analisar melhor, esses ensinamentos cristãos nos impelem à reformulação de nossos antigos hábitos. Mas Roma quererá reavaliar suas origens, abraçando uma causa desse tipo, em que não vence a nobreza? Sim, porque os mais abastados perderão seus escravos e descerão do pedestal em igualdade comum.

— Não, isso jamais. Quanto a mim, isso não me tocaria, porque trato a todos com quase cortesia. Por esse motivo, tenho a sensação de que Félix não estava bem da cabeça, vi o ódio e a astúcia em seus olhos, quando aqui chegou com Lisandro, como se quisesse me ver sofrer.

— Era aí que eu queria chegar. Em Félix, vemos a certeza de que ele, infeliz, não abraçou a causa cristã, diferente

de Rufino, o servo de Petrullio ou até de Alzira. Se assim ele fosse, ter-vos-ia perdoado, seja lá o que o incomodava a vosso respeito. Cá entre nós, seria muito bom, em parte, se o Cristianismo abrangesse o mundo, mas é difícil que essa seita vença. Não sei não, talvez eu esteja me interessando e quase cedendo aos ensinamentos que ouço por aí. Sabeis, como político que sois de nossa Roma, o quanto os cristãos estão sendo procurados por toda parte e, se analisásseis bem, o homem Jesus veio alertar a população a entender que o ódio faz mal a nós mesmos. Vede o caso de Salúcio, o inimigo de Petrullio. Ele odiou tanto o pobre homem, que perdeu sua vida nisso. Batalhou por uma imagem de revolta e vingança, mas foi ele quem saiu ferido. Sentis o que estou querendo dizer? Pelo que soube por alguns cristãos, Jesus, o carpinteiro que matamos, procurou instruir o povo para se corrigir e tornar-se mais humano, e, assim, conquistar a paz em si mesmo. Já imaginastes uma Roma sem guerras? Sem esses desvios todos e essa promiscuidade? Conversarmos com uma pessoa e vermos que não estamos sendo ludibriados por ela? Sabendo que um homem duro e insensível com as pessoas, orgulhoso e prepotente é um ser que não devemos odiar, mas compreender, com a certeza de que ele também, um dia, será melhor? Que o criminoso, se receber esses ensinamentos como educação, procurará se reformular? Vemos, desta forma, que o Cristo, como todos assim o chamam, veio para educar a todos nós. Ele é o Mestre e o mundo é o aprendiz – suspirou profundamente.
– Roma Cristã... Seria uma Roma muito mais humana.

— Ora, isso é desejar demais, é utopia, e o que vejo é que somos todos pessoas más e que, se eu me reformular, e, digamos, Félix não, não usarei a espada, mas ele me alcançará, como Salúcio fez com Petrullio – argumentou Alexus.

— Em realidade, admiro muito essa seita, só que, no momento, eu me pergunto: se ela vingar, quanto tempo precisará para nos modificar? Quantos anos? Séculos, ou não? O homem, meu amigo, é um ser ainda animalizado, cheio de orgulho, e os mais nobres são os mais vaidosos e egoístas. Perdão... nada disso tem a ver convosco, pois há, sim, casos mais raros de pessoas mais sensíveis. Olhai o caso de Saturnina, nossa amiga em comum. A bela mulher vendeu a residência do Aventino, distribuiu parte entre os necessitados, leva alimento aos pobres, já não usa joias... Onde está sua vaidade?

— Mesmo assim, na simplicidade em que se coloca, é a mais bela patrícia de Roma... – retocou Alexus, suspirando.

— Perdoai-me a ousadia... vós a amais? – olhando-o de frente, indagou-lhe Romério, franzindo o cenho.

— Melhor mudarmos de assunto. Aguardo questões se resolverem e essa guerra estúpida acalmar para sair de Roma por uns tempos. No momento, sou necessário aqui – complementou Alexus.

— E para aonde ireis?

— Ora, Romério, vou atrás de minha filha.

– Ah... Ela está com a senhora Saturnina...

– Não brinques, meu amigo – pediu-lhe Alexus, com felicidade no olhar.

– Vejo, nesse olhar, felicidade ou ventura?

– Ilusão, Romério, ilusão. Hoje sou um homem solteiro.

– Se é assim... chamo isso de esperança. Bem, já estou indo. Adeus.

– Adeus – suspirando fundo, o magistrado respondeu.

Passaram-se dias, Alexus agora mandara um de seus auxiliares preparar tudo para a longa viagem a Alexandria, quando recebeu Romério novamente.

Depois dos cumprimentos, o centurião comentou sobre as perseguições:

– Vejo tamanha revolta do povo aos judeus, que penso que recomeçarão as perseguições aos cristãos, Alexus.

– Sim... sinto que notaste, inteligente que és, que as perseguições estão reiniciando, Romério.

– Isso vos perturba, como vejo em vossos olhos, nobre Alexus?

– Quem não se entristece de assistir tamanho derramamento de sangue inocente? Eu não poderia sair já de

Roma e, como deves lembrar, estava para sair dias atrás em viagem, contudo temo por pessoas que amo. Soube hoje que, depois que Vespasiano tomou Jerusalém, começou a procurar pelos descendentes de David para matá-los, para que ninguém da casa real sobreviva. Ele também quer exterminar todos os cristãos.

– Eu sei que Lisandro Séptimus, o tribuno que, além de Tigelino, no tempo de Nero, capturava cristãos sem piedade, está de volta, mas não foi ele quem esteve na residência de Saturnina. Foi o ex-soldado Cassio. Esse foi o que a acusou e jurou vingança a seu esposo. – argumentou Romério.

– Ora, de onde tiraste isso? Soube de um centurião que acusava *domina*...

– Sim, antes centurião, hoje carcereiro, manco de uma perna. Estive no cárcere para ver se Antoninus e a família estavam lá. Não os encontrei, mas conversei com um dos carcereiros. Ele descreveu-me que Cassio jamais havia esquecido como fora maltratado por Crimércio Zacaro. Tanto que seu problema da perna foi causado por aquele comandante de sua legião. E esse foi o motivo por que deixou as linhas de conquistas. Ele reconheceu a senhora Saturnina no cárcere, com seu escravo Horácio, anos atrás e, agora, aproveitando o reinício do movimento, acusou-a. Eu estive lá com a *domina*, naquela época, e o que me gravou foi seu olhar sobre ela, enquanto ela conversava com seu servo.

– Depois de tantos anos?

– Sim, Alexus, estejais certo de que, mesmo passando tanto tempo, a vingança do romano é perigosa. O romano não esquece, aguarda o momento exato e vinga-se! Lisandro, ou outro centurião qualquer, poderá ir ao Egito com seu grupo ou aguardará a senhora aqui, sabendo que, como cristã, com certeza, ela virá para tirar do cárcere Antoninus e sua família. Por esse motivo, eu decidi procurar Saturnina para alertá-la. Preciso do endereço de onde ela se encontra, se podeis me dar.

– No entanto, penso que nada ocorrerá a ela, como esposa de um comandante de Roma que ela foi, assim como a minha filha.

– Mas deveis temer. O povo é cruel. Estimula o governo com manifestações populares, gritando "aos leões os cristãos". Isso favorece ao imperador, que sempre diz querer o bem do povo, e a volta às perseguições. Eles já esqueceram Crimércio, comandante de legiões, Alexus. Saturnina, agora, é considerada pobre, sem nobreza, e uma mulher sozinha e desamparada. O povo quer sangue jorrando nos circos, e, com a *domina* Saturnina, alguns judeus se encontram. Todos esses detalhes favorecem aos que estão odiando o Cristianismo.

– Vou procurar pela patrícia e pela minha filha e prezo aos deuses encontrá-las sãs.

– Sim, sim... nobre Alexus, mas eu irei convosco. Suspendi a guarda que me acompanharia exatamente para

*383*

que não cheguem a saber sobre o Cristianismo na casa de Saturnina.

Em Alexandria, o entardecer cobria as areias distantes com um leve tom róseo. Ainda fazia calor e a Lua já iniciava seu roteiro celeste, para, mais tarde, iluminar a paisagem noturna.

Saturnina caminhava no grande jardim da nova residência, cedida por Alexus Romenius, um pouco afastada dos locais centrais, onde mercadores e transeuntes se movimentavam. Entre robustas palmeiras e belos arbustos floridos, ela se perguntava se havia sido importante sua fuga, deixando tantos amigos cristãos e conhecidos em sua amada Roma. Certamente, se a acusassem, tirar-lhe-iam seus poucos bens e jamais ela poderia voltar lá, no entanto, sabia que "todo o seguidor de Jesus teria uma estrada repleta de pequenas ou grandes renúncias".

Mulher de sociedade que vivia em festas, teatros, circos e termas romanas, à volta de grande número de conhecidos, repleta de joias e adereços, tendo Alexus como pretendente entre outros, ela casara-se com Crimércio, conforme vontade dos pais, e continuara a frequentar a todos os espetáculos que a exuberante Roma lhe oferecia. No princípio, admirava aquelas festas palacianas, com demonstrações de teatro, danças e músicas, onde os jardins iluminados em tripés a óleo desvendavam as ricas colunas de mármore, sempre decoradas com desvelo, com guirlandas de rosas e outras flores. Músicas e cantos enchiam com belos sons os grandes salões marmorizados, e anões lançavam perfumes nas piscinas internas, cercadas de estátuas de deuses, perfumando todo o espaço... Saturnina, fiel companheira do esposo, comparecia à beleza dos grandes jantares, quando todos reclinavam-se em triclínios recobertos com peles de diversos animais, inclusive tigres, para assistir às danças voluptuosas. Mas, nessa época, Crimércio começou a se afastar dela, olhando para outras mulheres, permitindo que os indiscretos homens casados também se insinuassem à esposa abandonada, com seus gracejos desrespeitosos. Pouco antes de Crimércio deixá-la, talvez por achá-la pacata demais, ou por ele não resistir aos olhares e jogos amorosos da esposa de Minucius Libertus, Saturnina engravidou. Abandonada, desejando morrer, pois não tinha mais seus pais, foi salva da morte por Lucas, o médico cristão, aprendendo sobre os ensinamentos de Jesus com Paulo de Tarso, como aqui já foi comentado. Que mudança houve em sua vida desde aquele momento... Lembrando esses dias passados, disse a si mesma:

– Ah, Roma, Roma... Roma perversa, onde os homens não sabem analisar as qualidades da alma, onde os valores somente se representam pelas conquistas materiais. Roma, seus deuses nada valem; eles são estátuas caladas que nada auxiliam. Somente há um Deus e esse Deus não é de vingança, mas de amor, perdão e bondade.

Saturnina olhou para o céu e imaginou a face de Jesus, que lhe era desconhecida, descrita por Simão

Pedro aos cristãos, com seus olhos a exprimir amor e toda sua imensa ternura. Ela sorriu, dizendo-lhe mentalmente:

"Seja feita a Vossa vontade, amado Messias. O que desejais fazer comigo façais, mas, se permitirdes que minhas crianças sigam, elas levarão Vosso Evangelho para muitos. Sinto, Mestre, que talvez meus dias estejam contados, mesmo assim, dentro de mim há a certeza de que jamais me abandonareis."

Sim, Saturnina jamais negaria a Jesus, mas tantas fugas a deixavam com sentimento de, talvez, ter falhado com o Cristo. Todavia, não fora pelo medo da morte que novamente fugira, mas porque se sentia responsável por Lucas, pelas crianças que acolhera, como também pelos queridos amigos e servos. Quantos sob sua responsabilidade! Não soubera como, até aquele momento, pudera alimentar a tantos, tão desprovida de valores que estava.

## Capítulo 23

## ALEXUS CHEGA COM ROMÉRIO

*E vós, irmãos, não vos canseis de fazer o bem.*
– **Paulo** (II Tessalonicenses, 3:13)

SATURNINA RECEBEU ALEXUS COM O CORAÇÃO SALtitante de alegria, pois a gentileza e a ternura do magistrado realimentaram a pequena semente que florescera em seu coração na adolescência, agora jovem mulher de seus quarenta e dois anos. A patrícia cumprimentou Romério e chamou Silvina, Ester e Dulcinaea, e logo todos da casa ali estavam para abraçá-los.

Alexus beijou a filha, abraçou Marius e apanhou Saturnina pelo braço, pedindo para que se afastasse um pouco com ele, porque precisava revelar-lhe alguma coisa. Ambos foram sentar-se em um banco no jardim, onde bela lua iluminava os arbustos.

– Saturnina – aludiu ele, beijando-lhe as mãos –, talvez seja cedo para vos falar de meu afeto, talvez não seja esse o momento propício, mas necessário se faz expressar-me. Sois a mais preciosa das patrícias... Ninguém compreenderia o carinho acentuado que há tanto tempo sinto por vós, mas que, só agora, estou aberto para vos revelar. Todavia, peço que os deuses romanos nos protejam e me deem a oportunidade de poder acalentar meu coração com vossa presença graciosa e tranquila. Peço-vos que caseis comigo. Aguardo amar-vos como mereceis e fazer-vos muito feliz. Na maturidade, somos mais sábios e por isso acentuo as palavras, confirmando minha admiração. Aceitais meu pedido?

Sorrindo, mas não retirando a preocupação da face, a patrícia respondeu:

– Sim, aceitaria com alegria o que me ofereceis, desejando ser a mulher que esperais que eu seja, mas haverá tempo? Sinto meu coração opresso. Foi por isso que viestes? Por que viestes? – indagou a ele com olhos lacrimosos e o coração querendo saltar do peito.

– Não vim só por isso. Vim também para vos advertir.

– Não tenho inimigos...

– Ledo engano, cara minha. Quando Romério chegou a Roma, levando com ele Raquel e alguns mais caros parentes dela, procurou-vos em vossa casa. No entanto, a residência se encontrava cheia de vândalos.

Alexus contou a ela sobre a tomada de Jerusalém e a perseguição de Vespasiano aos descendentes de David.

— Mas... e Antoninus? – perguntou ela, preocupada.

— Lembrai de que vos falei sobre um centurião que a viu com os cristãos no cárcere?

— Sim. Lembro.

— Romério esteve nos cárceres do Esquilino e ficou sabendo que Cassio Primus, antigo soldado de Crimércio, hoje um manco que cuida de cárceres, acusou-vos como cristã ao centurião Marcus Servius, dizendo que vossas ideias contra as leis romanas são abomináveis, influenciando também multidões. O pretoriano, não vos encontrando na residência, aprisionou Antoninus e sua família.

Saturnina colocou as mãos sobre a cabeça, respirando fundo.

— Multidões? Não tenho toda essa habilidade e não conheço esse carcereiro, nunca o vi... Como ele poderia saber de minha vida? Depois, estamos com novo imperador – olhou-o assustada, quase sem fôlego – ... as perseguições continuam?

— Vespasiano e a revolta aos judeus fizeram isso, minha querida. Inclusive, ele está à procura de todos os descendentes de David para executá-los!

— Contudo, Alexus, eles não têm o direito de me acusar, sou da nobreza romana e, até agora, ninguém da nobreza foi incriminado.

— Saturnina – ponderou Alexus carinhosamente, fazendo-lhe uma carícia em seus cabelos, desejando acalmá-la e voltando a estar com suas mãos entre as dela –, no entanto, mulheres sem esposo ficam desprotegidas. Mas tenho como vos salvar. O primeiro passo seria nossa união pelas leis romanas. Isso demonstrará, a toda Roma, que voltastes a pertencer à nossa sociedade. A segunda forma, se Marcus Servius aqui chegar, seria abjurar a esse Cristo, nem que seja só por algum tempo.

– Oh, Alexus – respondeu a amável senhora, colocando no homem da lei seu olhar cheio de amor –, não conheceis um verdadeiro cristão – suspirou profundamente. – Eu não poderei fazer isso. Que exemplo daria a todos os que aqui estão, e ainda mais a meu filho? Oh, meu amigo... o quanto vos agradeço por vos acautelar pela minha pessoa, mas jamais poderei negar o que aprendi com Paulo, Simão, Porfírio, e outros. Teria vergonha de mim mesma se assim o fizesse. Tantos já se foram, com tanta coragem...

Saturnina afagou as mãos de Alexus e começou a derramar lágrimas dolorosas. Ele afagou-a em seu peito, declarando:

– Sempre fostes a mulher de meus sonhos, a aspiração de toda a minha vida, ambição que nos tornou infelizes ontem... mas pensai bem, hoje poderemos ser felizes.

– Meu querido amigo – respondeu ela, erguendo os olhos lacrimosos –, estou sempre tentando ser forte para não falir. Na situação em que me encontro hoje, não poderia, jamais, voltar a frequentar as festas romanas, cujas oferendas aos deuses se fazem necessárias.

– Mas aguardemos essa época triste passar. Vivamos o nosso amor da juventude, minha querida. Sejamos felizes! Eu também choro de preocupação por todos vós.

Saturnina enxugou as lágrimas, ficou alguns segundos pensativa e fixou-lhe o olhar sofrido, perguntando-lhe:

– Prometei-me cuidar de todos? Cuidaríeis de meu Lucas e das três crianças?

– Não aceito o que desejais fazer. Ireis vos entregar! Confirmais com esse pedido a vossa decisão e não desejo que passeis, logo agora que nos reencontramos, por todo esse sofrimento. Casemo-nos! Sejamos felizes!

– Feliz, eu? Como poderia ser feliz nesse mundo, com o sangue de inocentes sendo derramado e tantos crimes cometidos? Não, Alexus, quem conheceu Jesus e ficou ciente do mundo prometido de paz, que um dia teremos, jamais voltará atrás. Ele veio para nos dar o exemplo, e isso precisa ser levado avante. Todos devem saber que o mundo, um dia, será um mundo melhor, quando aceitarem fazer sua reforma interior, quando o ser humano não mais tirar a vida de alguém, quando souber perdoar e amar a todos como irmãos!

– Mas, minha querida, isso é impossível! O ser humano não passa de animalidade! Isso não vai acontecer, jamais! Não será com vosso sacrifício que Roma renascerá no amor!

Erguendo os olhos para o alto, como que analisando o que soubera sobre Jesus, Saturnina, iluminada pela espiritualidade, aqueceu-se pelos amplexos angelicais e confirmou:

– Há de acontecer, sim, quando o ser humano, desiludido com seu coração inconformado, tiver de procurar por um Deus único. Há de acontecer quando ele se esquecer de si mesmo para analisar as dores alheias; há de acontecer quando enxergar em seu próximo a sua própria pessoa. Então, não mais procurará se vingar, mas aprenderá a compreender as falhas humanas, pois saberá ele que Deus é justo, é Pai de todos e quer que nos amemos uns aos outros.

Depois, sorrindo, confirmou a Alexus:

– Alexus, eu estou preparada.

O nobre romano analisava ali, com um sorriso triste, a fortaleza da mulher amada.

– Que nobreza de caráter que mantendes por esse homem Jesus. Mas – inquiriu-a de soslaio – amai mais a esse Jesus do que a vosso próprio filho?

– Meu filho será um dos que levará, com fervor, os ensinamentos aprendidos – confirmou com lágrimas nos olhos, mas um sorriso de satisfação.

– Saturnina, não tendes medo? A morte por feras é terrível!

– Meu amigo, honro-me seguir para os braços do

Mestre dessa forma. Sei que ainda não podeis me entender, pois só pode entender aquele que conheceu a verdade.

Ensimesmado, Alexus, acariciando a face molhada da mulher que amava, colocou-a contra o peito e, afagando-lhe os cabelos, que se rebelavam com o vento, confirmou com os olhos úmidos:

– Está certo. Mesmo a contragosto, respeito vossa vontade. Podeis contar comigo, Saturnina. Não só zelarei por vosso filho, mas por todos desta casa. Serei o escudo que os defenderá para que possais seguir tranquila, pois eles levarão, com firmeza, a palavra desse Mestre que tanto amais. Realmente, um mundo de paz é o que todos desejamos – e, suspirando fundo, beijou suas mãos e levantou-se.

Foi caminhando em direção à residência. Saturnina conscientizou-se de que ele estava internamente atormentado e, adiantando-se para acompanhá-lo, ouviu-o dizer:

– Bem, devo me apressar para partir à procura de acomodações.

– Aqui em vossa casa, como sabeis, há muitas acomodações. Vou preparar os leitos de ambos. – E, depois de uma pausa, colocou-se a sua frente, esclarecendo-o: – Alexus, eu também vos amo. Perdoai-me se não posso assumir esse amor.

– Não posso entender essa vida de entrega por um

ser que nem conhecestes. Também muito temo por minha filha e Marius. Se ela também se for, então, morrerei de tristeza. Como criarei sozinho a meus netos?

Caminhando novamente, a patrícia continuou:

— Nada acontecerá com eles. Dulcinaea, no sítio, saberá se cuidar. Marius pedirá licença para tomar conta da vinha, disse-nos ontem. Sois vós quem precisareis de cuidados com as minhas crianças na adolescência — parou para analisar no rosto a expressão que ele fez e continuou, agora sorrindo, com os olhos lacrimosos — ... adolescentes sempre dão trabalho. Mas Ester estará convosco e cuidará de tudo. Ganhastes uma grande família, nobre patrício — depois, confirmou, em voz baixa e decidida:

— Quando voltardes a Roma, se assim permitirdes, irei convosco.

— Entregar-vos-eis a Marcus Servius?

— Eu preciso ver se posso salvar Antoninus e a família. Temo por aquelas modestas pessoas. Ele é um escravo liberto que veio parar em minha porta, pedindo-me auxílio. Jamais o teria feito se não entendesse, pelas lições e exemplos que recebi dos discípulos de Jesus, a bênção e o objetivo real de amarmos ao nosso próximo. Antoninus tem uma esposa delicada e trabalhadora e as crianças são uma preciosidade. Além do mais, eles não são cristãos, são politeistas. Mas não vos preocupeis. Saberei me cuidar em Roma e sei que Marius cuidará de todos os que aqui ficarem.

— Romério poderá vos levar.

— Por favor, Alexus, guardai essa minha decisão e os acontecimentos sobre Cassio, no momento. Não preocupeis a todos.

— Podeis ficar tranquila, cumpro sempre minhas promessas.

— Então, entremos para a ceia.

Depois de cearem, sem mais falar sobre o que conversaram no jardim, Saturnina contou, na mesa, o que soubera de Antoninus e comentou com todos:

— Quando soube disso, fiquei preocupada. Por isso, parto para Roma com Romério, assim que ele for, se me permitir.

— Mas não será perigoso para vós, senhora? — perguntou-lhe Ester.

— Ora, querida amiga, nós não aprendemos que devemos sempre confiar nos caminhos que Deus nos traça? Confiemos. Aconteça o que acontecer, sabeis que sigo a Jesus e que tenho, por isso, proteção até nos momentos mais difíceis.

Todos calaram-se ansiosos, e Lucas, como que pressentindo o que aconteceria, aproximou-se da mãe, para que ela lhe acariciasse a cabecinha.

— Tu és um menino bonzinho, não é, meu filho? E tens confiança de que Deus traça os caminhos para todos nós, mas sabes que Ele estará sempre nos protegendo. O amor de tua mamãe por ti é tão grande que estará vivo sempre dentro de ti, por onde andares. Lembra-te disso e toma conta dos amiguinhos que agora temos aqui, pois enquanto tua mãe não está em casa, és tu o chefe da família.

Antes de partir, Saturnina também abraçou os filhos que acolhera com seu amor. Foi até o dormitório e apanhou uma pequena bolsa contendo antigas joias de família, que havia guardado para alguma necessidade maior, chamou Ester e confidenciou a ela:

– Minha amiga, desejo que fiques com isto. Se encontrardes dias muito amargos pela frente, como estes que estamos passando, e precisardes fugir com as crianças, troca estas joias por conduto de viagem e alimentos. Reservei-as para momentos de muita necessidade. No entanto, se permanecerdes aqui em Alexandria, talvez não necessites disto.

A antiga serva olhou-a com olhos chorosos e a patrícia a abraçou.

– Eu sinto que a senhora está com alguma intuição negativa, ao contrário não teria me dado esse conteúdo.

– Mas nada acontece em nossa vida sem que Deus o permita, Ester. Portanto, não temas por mim.

Com o coração apertado pelos maus presságios, Saturnina despediu-se de todos antes de partir, com um beijo na face de cada um, sob os olhares cariciosos e admirados de Alexus, que permaneceria lá por alguns dias mais.

Alexus chamou Marius e pediu que ele honrasse aquela casa, ficando firme se algum soldado lá aparecesse no momento em que ele não estivesse, mas que nada escondesse a respeito da ausência de Saturnina.

Dois dias depois, o centurião Romério Drusco e Saturnina deixaram Alexandria de volta à cidade dos césares.

Em Roma, Cassio Primus não se conformava em aguardar Saturnina. Dizia ele a Marcus Servius:

— Senhor pretor, não acredito que a patrícia venha para "salvar" seu servo, ou seja lá o que aquele homem representa para ela. Achai vós que ela se colocará no próprio cárcere em seu lugar, sendo procurada como está? Mero engano, senhor. Ela pode ser cristã, mas uma *domina* da sociedade, esposa de Crimércio Zacaro, jamais faria uma coisa desse tipo. Ela, sim, deve respeitar sua situação de patrícia Romana.

— Talvez, Cassio, no entanto, vejo que estás, de fato, desejando o pior para aquela mulher. Qual é, afinal, o teu objetivo? Desejas matá-la? Isso é vingança por ela não lhe devolver a ardorosa paixão que lhe tens?

— Ora, não é nada disso, ela está contra Roma, não vedes? Ela tem outro Deus, o Deus dos cristãos, e não fará culto a Domiciano. Ela coloca inúmeros cristãos contra nossas crenças. Dessa forma, o Cristianismo acabará por transformar Roma de tal maneira, que não mais teremos nossos deuses, nem nossas oferendas, nem nossas vestais. Estou com a razão ou preferis dizer também vós, como os cristãos, que não se deve vingar, nem matar ou...

— Está bem, Cassio Primus. Mando-te para a Alexandria com outro centurião na captura daqueles malditos. Podes partir amanhã mesmo.

Semanas depois, ao chegar à Alexandria:

— Desejamos ver a senhora Saturnina Zacaro — indagou a Marius, esposo de Dulcinaea, o centurião que acompanhava o carcereiro.

— Ela viajou — respondeu Marius ao centurião desconhecido

— Mentira! Preciso verificar com meus próprios olhos — abruptamente falou Cassio, analisando Marius. — E eu te conheço, és um soldado, mas não te vestes como tal.

— Centurião — indagou Marius, fingindo não ter ouvido o que Cassio lhe dissera —, esse que me dirige a palavra e está ao vosso lado não é o carcereiro do Esquilino?

— Sou eu mesmo. E vós, pelo que parece, escondeis uma pessoa fora da lei: Saturnina Zacaro.

— Eu não menti. Ela foi até Roma para ver se salva da morte uma família amiga.

O centurião fez uma cara de "tudo bem" e, depois, realçou:

— Soubemos que outros cristãos romanos fugitivos aqui se escondem.

— Isso não está correto, meu amigo. Como vês, sou soldado, romano também, e ocupo esta casa de meu sogro. Sei, portanto, o que se passa aqui.

— Não queiras me enganar — continuou Cassio, metendo-se na conversa —, soubemos que aqui há grande numero de cristãos.

— Vede por si próprio, centurião amigo — novamente não dirigiu a palavra a Cassio.

— Cassio, vasculha toda a casa. Traze todos os cristãos que encontrar!

Cassio assim o fez. Ao chegar ao átrio, viu as crianças jogando com pedrinhas, sentadinhas no chão e rindo. Lucas lhe perguntou:

— Olá, amigo, quer brincar comigo?

O Plano Espiritual estava ali, com a proteção que Saturnina tanto pedira na véspera de sua partida, e a luz que envolvia a todos da residência também envolveu Cassio, com ternura, no momento em que colocou o olhar sobre aquelas crianças. Ele sorriu e acariciou a cabeça de uma delas, lembrando-se de sua filhinha, a pequena Miriam. Depois, percorreu a residência, encontrando somente Dulcinaea, que falou ser a esposa de Marius.

399

– Há mais alguém nesta casa? – indagou ele a ela.

– A casa está cheia, não vês? – respondeu a ele indignada, mostrando-lhe as crianças.

Ester e os outros tinham saído para comprar mantimentos. Então, Cassio deixou-os e voltou, falando, como que secretamente, ao centurião:

– Não há mais nenhum cristão aqui. É a patrícia Saturnina, esposa de Crimércio Zacaro, antigo comandante de Roma, quem procuramos e, voltando-se para Marius, perguntou-lhe:

– E, afinal, onde poderemos encontrar o esposo da senhora Saturnina?

Nesse momento, chegou Alexus fardado e cumprimentou a centúria, mas, dirigindo o olhar de asco a Cassio, interpelou-o:

– Mas que tanto interesse tendes por Saturnina, nossa nobre amiga, podeis dizer-me?

Ninguém que ali se encontrava para prender cristãos disse uma só palavra.

Alexus, sorridente, continuou a falar ao carcereiro;

– Carcereiro Cassio, vós desejais saber sobre o comandante da vossa antiga legião? Ora, ele está nas catacumbas ou talvez tenha tido um sepultamento especial com seu corpo colocado nas estradas da Via Ápia!

– Como?

Rindo muito, Marius concluiu, agora dirigindo-se ao carcereiro:

– Morto, ele está morto! O esposo da patrícia morreu há sete anos, Cassio. Lembro-me de que uma vez foste conversar com ele ainda naquela antiga e bela residência do Aventino, lembras? Eu era adolescente, mas jamais esqueci. Estava lá com meu pai, Murilo Petrullio.

Cassio chegou-se mais perto da centúria e disse-lhe, cochichando:

– Ele quer me ludibriar...

Logo, Dulcinaea, vendo ali o mesmo o centurião que fora com Septimus à sua procura em Roma, comentou:

– Novamente? Vós não desistis de ir atrás de gente inocente? Eu vos vi com o pretor Lisandro em minha residência. Nada há de mais importante para fazer? – disse-lhe com desprezo.

– Estais ainda demente pela morte de vossa mãe, senhora? – em resposta, falou para machucá-la.

Dulcinaea, no entanto, ao ver a face preocupada de Marius, entrou na residência, ainda contrariada, e disse bem alto, para que eles ouvissem:

– O esposo de minha amiga está morto há anos, e estes soldados ainda não se informaram disso...

O centurião bateu os pés e retirou-se, louco de ódio.

– Cassio, por que não me disse que ele estava morto? Pensei que ele somente havia se distanciado dela; agora fiquei com cara de paspalho. Morto há anos e decerto como um herói.

– Isso não! Heróis não desertam.

– Foi uma viagem cansativa e inútil, Cassio!

– Mas não perderemos as esperanças de apanhar a patrícia em Roma.

Saturnina, ao chegar a Roma, procurou, com Romério, por Petrullio, no sítio em que morava. Lá encontrou-se com ele, Veranda e o filho Murilo.

– Minha amiga, o que te traz até este sítio? – perguntou-lhe Veranda alegremente.

– Preciso falar com teu esposo, minha amiga, se o permitires.

Em sua simplicidade atual, a *domina* vestia uma túnica clara com um manto na cabeça, desprovida de joias e adereços. Veranda, penalizada, sacudiu a cabeça em negação, contudo, consternou-se, dizendo:

– Que possas ficar à vontade nesta casa, cujos habitantes tanto te apreciam.

– Obrigada.

Petrullio se aproximou dela:

– Já sei a que viestes, pois estamos a par dos acontecimentos. Como alma nobre, viestes saber se podemos fazer algo por Antoninus, não é? Mas já vou vos responder que isso será impossível.

– Mas por quê? Marcus Servius prendeu aquela família na falta da pessoa envolvida com o Cristianismo, a minha pessoa. Ele procurava a mim!

– Pois aqui, entre nós, estávamos comentando se viríeis mesmo. Veranda achava que sim, porque o fato de se sacrificar pelos outros faz o vosso tipo, mas eu e Murilo discordávamos dela. Não pensais em vosso filho, *domina*? E toda aquela gente a quem ofereceis alimento e moradia?

– Sim, e porque penso neles é que tomo essa iniciativa. Precisamos de uma vida de paz e uma Roma sem crimes. Ninguém deve morrer em meu lugar. Há crianças com eles e jamais minha consciência justificaria esse crime.

O centurião Romério assistia a tudo com tristeza no olhar, mas muita admiração. Muitos homens não teriam a coragem dela, e os não cristãos, quase todos, se não a maioria, deixariam a pobre família morrer sacrificada em seu lugar. E ali ele notou a verdadeira diferença entre um cristão, que mantinha os ensinamentos de Jesus, e um romano, com sua crença em vários deuses.

Saturnina baixou a cabeça e, quando ergueu os olhos lúcidos e úmidos ao esposo de Veranda, demonstrou aí todo seu sofrimento e preocupação:

– Sim, ajudai-me, peço-vos. Preciso fazer a troca de Antoninus e sua família pela minha pessoa.

Petrullio ergueu as sobrancelhas como a inquiri-la e comentou:

– É isso mesmo que desejais, senhora?

– Sim.

– Bem, nesse caso, penso que isso poderá ser possível...

– Aguardemos para fazer esse contato com Antoninus e sua família amanhã – falou Saturnina, decidida e com a intenção de voltar a sua residência.

– Ave, senhora! – saudou-a Petrullio.

Veranda, pela primeira vez, abraçou-se à amiga e soluçou em choro compulsivo.

– Saturnina, pelos deuses, não faças isso!

Murilo também a abraçou respeitoso.

– Não vos preocupeis, amigos. O amor nunca morre e tampouco nossa amizade morrerá, mas nossa consciência, quando conhecemos a responsabilidade e não agimos de acordo, sofre muito. Portanto, agradeço-vos esses abraços e a gratidão para comigo, dizendo-vos que estarei confiante. Ave Cristo!

– Vamos, senhora, em nome de César, abre esta

porta! – ordenou Marcus Sérvius ao bater na residência de Saturnina, acompanhado por Cassio.

Saturnina abriu a grande porta sem sorrir, mas não encontrara ali Antoninus.

– Combinamos de fazer uma troca. Onde está o meu caseiro?

– Estão chegando, *domina*.

Nisso, viu chegar Antoninus, com sua esposa e seus filhinhos, acompanhados por dois soldados.

– Olha, ali estão eles – alertou-a um dos soldados, penalizado.

As crianças entraram e abraçaram Saturnina pela cintura. Saturnina encheu os olhos de lágrimas e sorriu. Havia conseguido retirá-los da prisão. Antoninus ajoelhou-se perante Saturnina e beijou-lhe as mãos. Assim também sua esposa.

– Levantai-vos. Está tudo bem – ponderou ela.

Cassio gargalhou:

– Enfim, Crimércio Zacaro, eu me vingo! E que sofras ainda mais no Hades que criaste para ti!

A vibração de ódio de Cássio foi tão grande que os inimigos do bem ali festejaram mais uma vitória. Todos na residência sentiram arrepios intensos pelo corpo, que não sabiam discernir.

A nobre romana abraçou Silvina e Raquel, que choravam, e confirmou ao pretor:

— Podeis levar-me, estou pronta.

Nisso, Raquel gritou:

— Não a leveis, por favor! Carecemos de sua fortaleza, de seus ensinamentos!

Nesse momento, Romério chegou em sua biga. Já esperava o fato e quis verificar o contexto dos acontecimentos. Subiu os degraus e abraçou Raquel. Marcus Sérvius, vendo aquilo, concluiu:

— Ah... sois Raquel, eu sei, esposa de Romério Drusco; deveis estar tratando vossa enfermidade aqui. Conversei com o nobre Demétrius, o que vos vendeu por estardes com peste, mas não vos preocupeis, tudo fazemos pelo bem de nossa grande Roma, o orgulho de nossas conquistas. Tende em mente que pessoas que desprezam as leis romanas devem ser banidas. Nós, os romanos ilustres, não toleramos essa ideia de fraternidade. E todos devem fazer culto ao imperador. Os cristãos são vistos com ironia, porque sei que são uma turma de enganadores. Podem até terem eles alguns lados positivos como a matrona aqui, que quis salvar seu caseiro, que nem é cristão, mas outros enganam e até colocaram fogo nesta cidade. Nós, como deveis saber, senhora, pois tendes como esposo o centurião Romério, temos nossas leis e nossas tradições com os deuses em que cremos, mas os cristãos desejam substituir nossas crenças por seu Deus e reformular nossas raízes. Por isso – falou, dirigindo-se a Romério –, centurião Romério, devíeis acautelar vossa esposa para que não aparente ser também uma cristã, com esses rompantes de cuidar da patrícia que hoje prendemos.

– Não há nada a temer, Marcus Servius.

Ao se dar conta de que poderia ser presa, Raquel falou temerosa:

– Se estou melhor, é graças aos cuidados da senhora Saturnina.

– Que bom, se estais melhor, não sentireis tanta falta dela – aludiu com sarcasmo Marcus Servius. – A senhora, esposa de um homem da lei, nada deve temer de nós, pois, apesar de ser hebreia, sabemos que não admira essa seita de loucos.

Todos se calaram, temerosos da lei romana, e Saturnina foi levada para o cárcere, onde encontrou Domitila com seu esposo, o cônsul Flavio Clemente, que não quis cultuar como Deus o cruel imperador.

Dias depois, chegaram Alexus e Marius a Roma. Entristecidos, sabiam que nada mais poderiam fazer por aquela amiga e foram visitá-la no cárcere.

– Minha querida – falou-lhe Alexus Romenius,

apanhando suas delicadas mãos –, vós aqui, nesse estado, e eu sem nada poder fazer por vós...

– Estou bem, querido amigo, tranquilizai-vos. Deveis saber que jamais esquecerei aqueles a quem amo.

– Mas, mais uma vez, eu vos peço, abjurai, Saturnina, por amor a todos nós. Poderemos ser felizes juntos. Casemo-nos. Unamo-nos pelas bênçãos de vosso Deus e levemos todos aqueles a quem amamos conosco, para longe de Roma...

– Não posso fazer isso, eu não conseguiria abjurar. Não há felicidade enquanto houver escravos e homens usando a espada uns contra os outros. As lições de Jesus terão de prevalecer algum dia.

# Final

As perseguições, como sabemos, ceifaram muitas vidas, mas, como confirmara Saturnina, instruída por aqueles seres que lá estiveram para acrescentar o conhecimento cristão ao povo neófito, nem todos seriam sacrificados, pois como chegaria o Cristianismo até nós se não pelos primeiros cristãos? Com exceção de Saturnina e Marconde, apanhado logo depois, todos ali saíram ilesos. Todas as crianças, seus filhos, como pedira ela, continuaram com Ester e Silvina sob a proteção de Alexus, que jamais a esquecera, mudando-se com eles para as Gálias, cumprindo com sua promessa.

Saturnina recebeu-o como seu esposo em diversas encarnações, elegendo-o como alma de sua alma.

Seu filho Lucas, anos mais tarde, usando o nome de Leonis, desenvolveu-se no Cristianismo, auxiliando com caridade muitos órfãos como ele. Jamais ninguém ficaria sozinho. Os órfãos tornaram-se assíduos auxiliares da doutrina de amor, mesmo sem deixar o trabalho a que se confiavam.

Marius e Dulcinaea, na tristeza que os marcara de fato com o desaparecimento da amiga romana, por um tempo pararam de seguir o Cristianismo com rigidez, mas, em seus ambientes, com os empregados da vinha, reuniam-se à noite, ensinando a todos aquele caminho de felicidade.

Raquel seguiu a amar o Cristo em silêncio, também amando o próximo, conforme as lições do Mestre de amor.

Ante a imagem do povo que gritava ansioso, erguendo os punhos, demonstrando todo o ódio ao ver aqueles cristãos adentrarem ao circo, Saturnina orava.

– Aos leões, aos leões! – pediam eles.

A patrícia, olhando à sua volta, penalizava-se da turba revoltada, que não conhecia a sagrada luminosidade do verdadeiro amor, repleto de paz e compreensão. Com as lágrimas molhando suas faces, pediu a Jesus por todos os que ficariam neste mundo conturbado, desconhecedores das leis do Pai Maior.

Logo, os rugidos dos leões entrando no circo fizeram os cristãos gritarem e correrem. Ela, porém, pensamento altivo, elevado, não sem temor, mas confiante em Jesus, recomendou a Ele, chorando, sua alma, sua pequena família e todos aqueles amigos.

No princípio, o leão que vinha até ela deitou-se, lambendo sua pata esquerda. Devia estar machucado, e a senhora pôde assistir, com horror, as pessoas caindo à sua frente, com os animais ferozes abocanhando-as. Dando as costas para a arena, olhou para o público. Ante os olhares extremosos e ansiosos de Alexus e Petrullio, que ela não via, seus amigos que não quiseram abandoná-la naquele momento, outro leão atirou-se em suas costas, derrubando-a. Enfrentara o animal feroz ligada a Jesus, com a dor de Alexus que a amava, e de Petrullio, que, internamente, pedia a seus deuses por ela, odiando aquele teatro de amargura e animalidade. Eram aqueles laços eternos de amizade que se reencontrariam mais tarde.

Depois do choque do desligamento do Espírito, em vez de sentir o peso daquela tragédia, o ruído dos animais ferozes e o cheiro do sangue derramado, a nobre romana sentiu o perfume das flores que lhe eram jogadas por seres alados, do Céu fluorescente de luzes, além de ouvir os esplendorosos cânticos argênteos, dando as boas-vindas àquelas almas redimidas.

Foi aí que visualizou a lhe sorrirem os amigos, Porfírio, Horácio, Olípio, e outros cristãos que haviam partido antes. Seu coração rejubilou-se e agradeceu a Deus por achar não merecer tanta glória.

– Ave Cristo, senhora! Cumprimentaram-na os amigos instrutores e Horácio, muito iluminados.

– Vem, filha, sê bem-vinda, Jesus está aqui e te aguarda – estendeu-lhe as mãos Simão Pedro.

Saturnina subiu elevada, com lágrimas de alegria. Havia vencido a barreira da carne!

---

Irmãos...

Esses seres heroicos, que vieram para firmar, com seu testemunho, as lições do Mestre, não devem ser esquecidos. Precisam ser seguidos pelos cristãos de hoje, sendo copiados seus exemplos:

– Com Paulo, o exemplo do cristão incansável em espalhar pelo mundo a Boa Nova, sempre na corrigenda de seus próprios erros.

– Com Simão, a própria caridade aos necessitados. Não eram os carentes que iam procurá-lo em seus últimos dias; ele ia à procura dos desvalidos para lhes oferecer o que necessitavam; incansável sempre, lembrando a pergunta de Jesus: "Simão, tu me amas?".

– Com os mártires, a certeza de um mundo melhor, firme na mudança de suas próprias tendências, com a fé no caminho indicado por Jesus.

– Com Kardec, em suas diversas reencarnações, sempre em luta para um Cristianismo fiel e puro como nos tempos de Jesus.

Hoje, abraçando o Espiritismo, esse Consolador, que pelo amor de Jesus foi enviado ao mundo pelo Espírito de Verdade, tem-se, em mãos, o pedido da espiritualidade para que o mundo siga sua trajetória de fraternidade, amor e perdão, na transição que já se faz presente. Que se faça a vontade desse exemplo de virtude, o Mestre Jesus, sempre à procura de quem sofre, restaurando energias perdidas, oferecendo-lhes bom ânimo.

Não se pode voltar ao "homem de ontem", quando, egoisticamente, emergia-se no próprio ego. Faz-se necessário um mundo melhor, sem violência, para que toda boa vibração consiga mudar o rumo das catástrofes do Planeta. De nada nos vale dizer "Senhor, Senhor, nós te amamos" e continuar com os mesmos deslizes. O início dessa caminhada não leva um dia, mas quando o homem se decidir a mudar, transformar-se-á gradualmente.

Assim como os primeiros cristãos que se sacrificaram em morte terrível por um mundo de paz e de felicidade, que o homem de hoje possa ser um homem de bem, amando ao próximo, com caridade, compreensão e perdão. Os tempos são chegados, e, com esse tempo, um mundo novo. O exemplo de cada um, ao seguir as pegadas do Mestre na areia, servirá a muitos, nos dias abençoados que em breve chegarão. Lembremo-nos do pedido de nosso mestre Jesus:

"Amai-vos uns aos outros como eu vos amei"

Ave Luz! Ave Cristo!

No ano de 1963, **FRANCISCO CÂNDIDO XAVIER** ofereceu, a um grupo de voluntários, o entusiasmo e a tarefa de fundarem um Anuário Espírita. Nascia, então, o Instituto de Difusão Espírita - IDE, cujo nome e sigla foram também sugeridos por ele.

A partir daí, muitos títulos foram sendo editados e o Instituto de Difusão Espírita, entidade assistencial, sem fins lucrativos, mantém-se fiel à sua finalidade de divulgar a Doutrina Espírita através da IDE Editora, tendo como foco principal as Obras Básicas da Codificação, sempre a preços populares, além dos seus mais de 300 títulos em português e espanhol, muitos psicografados por Chico Xavier

O Instituto de Difusão Espírita conta também com outras frentes de trabalho, voltadas à assistência e promoção social, como o Albergue Noturno, evangelização, alfabetização, orientação para mães e gestantes, oficinas de enxovais para recém-nascidos, entrega de leite em pó, vestuário e cestas básicas, assistência médica, farmacêutica, odontológica, tudo gratuitamente.

Este e outros livros da **IDE Editora** subsidiam a manutenção do baixíssimo preço das **Obras Básicas, de Allan Kardec,** mais notadamente, "O Evangelho Segundo o Espiritismo", edição econômica.

# Conheça mais sobre a Doutrina Espírita através das obras de **Allan Kardec**

www.ideeditora.com.br

ideeditora.com.br

✱

Acesse e cadastre-se para receber
informações sobre nossos lançamentos.

twitter.com/ideeditora
facebook.com/ide.editora
editorial@ideeditora.com.br

ide

---

IDE Editora é apenas um nome fantasia utilizado pelo INSTITUTO DE DIFUSÃO ESPÍRITA, entidade sem fins lucrativos, que promove extenso programa de assistência social, e que detém os direitos autorais desta obra.